드래곤 킨
시리즈

PARANORMAL
ROMANCE 3

나를 사랑한 드래곤 **2**
THE DRAGON WHO LOVED ME

나를 사랑한 드래곤 2

ⓒ G. A. 에이켄 2016

초판1쇄 인쇄	2016년 6월 1일
초판1쇄 발행	2016년 6월 5일

지은이	G. A. 에이켄
옮긴이	손수지

펴낸이	박대일
편집	이문영 · 임유리 · 신지연 · 전보라
마케팅	송재진 · 임유미
디자인	박현주
일러스트	실베스테르 송

펴낸곳	파란썸(파란미디어)
출판등록	2004년 9월 14일 제313-2004-00214호

주소	04072 서울시 마포구 성지1길 32-36(합정동)
전화	02.3141.5589(영업부) 070.4616.2012(편집부)
팩스	02.3141.5590
전자우편	paranbook@gmail.com
카페	http://cafe.naver.com/paranmedia
페이스북	http://www.facebook.com/paranbook

ISBN	978-89-6371-303-8(04840)
	978-89-6371-301-4(전2권)

나를 사랑한 드래곤 **2**

THE DRAGON WHO LOVED ME

파란

로나

비골프

사우스랜드 드래곤 퀸 군대의 완벽한 전사. 죽이고 파괴하기 위해 존재한다는 카드왈라느브 일족 전사 드래곤 어머니와 보더랜드의 화산 드래곤 최고의 야장인 아버지의 피를 타고났다. 가장 충성스럽고, 가장 헌신적이고, 가장 유능한 전사로서 명령을 받으면 목숨을 걸고 수행해 내는 철두철미함 덕분에 '두려움 없는 자'라는 칭호를 얻었다. 하지만 드래곤워리어가 되기에 충분한 자질을 갖추고도 하사의 계급에 머물러 있는 그녀가 진정으로 원하는 것은 따로 있다.

노스랜드 번개 드래곤 군대의 총사령관. 형 라그나를 그림자처럼 따르며 그가 번개 드래곤들을 규합하여 통일된 세력으로 만드는 데 큰 역할을 했다. 전쟁이 일상인 노스랜드에서도 전장에서 맹위를 떨쳐 '끔찍한 자'라는 이름을 얻었다. 전장에서의 영광스러운 죽음을 고대하는 심각한 노스랜드답지 않게 긍정적이고 낙천적이지만 여자를 보호하고 지키는 것을 의무로 여긴다는 점에서는 뼛속까지 철저한 노스랜더이기도 하다.

이지

앤닐

모든 드래곤들의 아버지 신 뤼데르크 하일에게 목숨과 영혼을 저당 잡혔으나, 오직 앤닐 여왕만을 향한 뜨거운 충성심을 품고 있는 소녀 전사. 데저트랜드의 놀웬 마녀인 어머니가 사우스랜드 드래곤 퀸의 아들 브리크와 짝을 맺으면서 드래곤 왕가의 일원으로 받아들여졌다. 여왕의 종자가 되어 전장에서 활약하는 동안 맨손으로 적의 머리통도 뽑아낼 수 있는 무력을 선보임으로써 '위험한 자'라는 호칭을 얻었다.

사우스랜드 다크플레인의 인간 여왕. 평생을 군대와 함께 보냈고 앞길을 가로막는 자는 누구든 해치워 버리는 광포하고 무자비한 전사로서 '피의 여왕', '잘린 머리 수집가', '가반아일의 미친 계집', '피투성이 앤닐'이라는 다양한 호칭을 얻었다. 드래곤 퀸의 큰아들 피어구스의 짝으로 인간과 드래곤 사이에는 불가능하다는 아이들을 낳았으며 불의한 자들을 절대로 용납하지 않고 철저하게 응징하는 성벽으로 인해 여러 세력의 표적이 된다.

사우스랜드 드래곤 퀸의 막내딸. 빼어난 미모에 남자들을 유혹하여 쥐어흔들기로 악명이 높아 '절망과 죽음의 드래곤', '붉은 독사'로 불린다. 언제나 숨기는 게 많고 꿍꿍이를 품고 있으며 어떤 식으로든 자기 뜻을 관철시키는 데 능하다.

노스랜드 번개 드래곤들의 우두머리. 정치적 역량이 탁월하고 권모술수에 능하여 '교활한 자'라는 이름을 얻었다. 냉철한 이성에 공정하고 강력한 지휘관으로서 번개 드래곤들의 수장이 되었다. 사우스랜드의 화염 드래곤들과 공동전선을 펼쳐 새로 등장한 강력한 적 강철 드래곤에 맞서 싸운다.

드래곤 퀸의 막내아들 블루 드래곤. 오만하고 냉정한 드래곤 왕가의 일원답지 않게 점잖고 착한 데다 다정한 성품으로 인해 일족의 모든 남자들에게는 놀려 먹기 딱 좋은 어린것 취급을 당하는 반면 일족 모든 여자들의 애정과 환대를 독차지한다.

웨스트랜드 퀸틸리안 독립국의 지배자이자 강철 드래곤 대군주 트라시우스의 큰딸. 온 세상이 자신들의 왕국이 되어야 하고 모든 이들이 자신들의 노예가 되어 희생해야 한다고 믿는 강철 드래곤으로, 일족조차 자신의 즐거움을 위해 잔혹하게 해치기를 서슴지 않는다.

대군주 트라시우스의 조카이자 세상에서 가장 잔혹한 개자식으로 악명 높은 강철 드래곤. 삼촌의 잔혹하고 사악한 지배 방식에 반기를 들었다가 패해 '반역왕'이란 호칭을 얻었다. 뜻을 함께하는 이들과 퀸틸리안 변경 셉티마 산맥의 동굴에 숨어 살면서 트라시우스에게서 지배권을 빼앗을 날을 기다리고 있다.

퀸틸리안 독립국에서 대군주 트라시우스 다음가는 권력을 지닌 강력한 드래곤메이지. 세상 모두가 오직 자기만을 숭배하기를 원하는 탐욕스러운 신 '크람네신드'를 섬기지만 그가 진정으로 마음에 품고 있는 것은 바테리아로, 그녀를 위해서라면 어떤 일도 마다하지 않는다.

The Dragon Who Loved Me

Korean translation copyright ⓒ 2016 by Paran Media
Korean edition is published by arrangement with Ethan Ellenberg Literary
Agency through BC Agency, Seoul.

19

비골프가 태도를 조금만 더 분명히 했더라면 이 모든 일은 훨씬 더 쉬워졌을 것이다. 그녀의 창에 대해 트집을 잡고 그녀를 '보모'라고 부르는 건 관심을 표현하는 적절한 방법이 전혀 아니었다. 적어도 로나에게는 그랬다. 그녀는 미묘한 여자가 아니었고 미묘한 신호를 읽어 내는 방법을 알지도 못했다. 그러니 어떻게 이해하겠는가. 그녀는 단도직입적인 드래곤이었고, 상대도 단도직입적으로 나오기를 기대했다. 그러니까 일단 상대의 의도를 분명히 확인하고, 그걸 이해하고 나면…… 나머지는 꽤나 쉬웠다. 적어도 그녀에게는 그랬다.

그래서 로나는 키스했다. 강렬하게.

로나의 혀가 그의 입술 사이로 미끄러져 들어가, 그 안을 맛보고 집요하게 지분거렸다. 그녀의 입술은 스스로도 놀랄 만큼 강렬하고 절실하게 그의 입술을 누르고 있었다. 이 드래곤에게는 정말이지 강하게 마음을 끄는 무언가가 있었다. 아마도 그녀 자신이 기꺼이 인정하는 정도 이상으로. 그래서 전쟁과 전투와 군대와 일족과, 하루를 충분히 망칠 수 있는 다른 모든 걱정거리들로부터 한참이나 멀리 떨어진 ─난생처음으로─ 여기 이곳에서, 지금 당장 로나가 생각할 수 있는 것은 그녀 자신과 비골프뿐이었다. 그리고 진실로, 그것은 최고로 기분 좋은 일이었다.

그녀가 키스하리라고는 생각도 하지 못했다. 게다가 그녀의 키스는 절실하고 집요했다. 정확히 비골프가 기대했던 느낌 그대로였다. 밤색 날개와 갈기와 발톱의 그녀가 그의 방 창가 옆 돌벽을 들이받고 벽돌과 석재와 그의 마음속 평정을 깨트린 그날 이래로 그가 느껴 왔던 그대로.

그녀의 혀가 그의 입안으로 밀고 들어오고, 그녀의 손이 그의 가슴께를 끌어당겼다. 십 분 전 비골프가 그녀를 바라보며 서 있던 그때까지만 해도 전혀 생각지 못했던 일이었다. 어쩌면 키스 정도는 바랐을까? 이번에는 그녀가 돌려주는 키스 말이다. 그녀가 진짜로 응해 오는 그런 키스.

하지만 이건…… 이게 훨씬 더 좋았다.

그리고 완전히 뜻밖이기도 했다. 노스랜드에서는 일이 이런 식으로 진행되지 않았다. 노스랜드에서는 '키스를 먼저, 섹스는 나중에'였고, 때로는 '한참 나중에'가 되기도 했다. 번개 드래곤은 동족 여자들을 보호하고 지키려는 마음이 굉장히 강하기 때문에,

'권리 주장'을 하기 전에 한두 명 이상의 연인을 갖는 일조차 드물었다. 그래서 많은 남자들이 일생을 함께할 진정한 반려를 찾을 때까지 애완동물 삼을 만한 인간을 찾아 즐기는 데 그쳤다. 정작 진정한 구애의 과정은 비교적 단순해서 육체적 접촉이 포함되지 않았다. 서약을 하고 나서야 육체관계가 이루어지는 것이다.

심지어 그러고 나서도, 한 명 이상의 남자가 여자를 원한다면 ─실제로 그런 경우가 종종 있었다─ '명예'라고 불리는 결투가 열렸다. 목숨을 건 결투─적어도, 한 명의 참가자가 다른 모두를 의식불명의 상태로 만들 때까지─가 끝나고 마지막 남은 드래곤만이 상품을 차지할 수 있는 것이다. 물론 비골프의 아버지가 죽은 후로, 특히 요즘은 올게어 일족 사이에서 '명예' 결투가 일어나는 일이 드물어지긴 했다.

어쨌든, 여자를 얻기 위해 노스랜드 드래곤이 거쳐야만 하는 그 모든 단계는 길고 복잡했다. 상대가 보통의, 어디에나 있는, 지극히 평범한 여자라 해도 말이다.

하지만 카드왈라드르 일족 여자들이 나타나면서 모든 것이 변했다. 강철 드래곤을 상대로 한 전투에서 노스랜더들과 나란히 싸우게 된 이래로, 카드왈라드르 여자들은 맘에 드는 상대면 누구든, 원하면 언제든 몸을 섞는 걸로 알려졌다. 특히 격렬한 전투를 치른 후라면 그녀들은 그저 아무나 적당히 순진해 보이는 노스랜더의 꼬리를 붙잡고 어디 조용하고 후미진 곳으로 찾아 들어간다고 했다.

그런 사실을 노스랜드 남자들이 꺼렸느냐 하면 물론 전혀 아니었다. 정작 그들이 좋아할 수 없었던 것은 그 후에 일어나는 일이었다. 일단 일을 치르고 나면, 카드왈라드르 여자들은 상대와 더 이상 아무것도 함께하려 하지 않았다. 혹시 남자가 좋은 인상을 남겼다면 일족에게 얘기를 전하기도 했는데, 그 경우 상대 남자는 전투 사이사이에 거의 매일 밤을 바쁘게 보내게 되었다. 여자와 깊은 관계를 별로 원하지 않는 번개 드래곤이라면 그것도 괜찮을 것이다. 그들에게는, 자고 일어나 보니 말도 섞으려 하지 않는 여자—가끔은 누군지 알아보지도 못하는 경우조차 있었다—의 비늘에 빠져 헤어 나오지 못하게 되는 것보다 더 나쁜 일은 없을 테니까.

그러나 —부디 그런 일은 없기를 바라지만— 남자가 다소 과하게 밀어붙인다거나 요구하는 게 좀 많다거나 하면 사정은 훨씬 나빠졌다. 비골프가 재빨리 배우게 된 바지만, 카드왈라드르 여자들은 서로를 보호하고 지키는 데 익숙했다. 그래서 지나치게 밀어붙이거나 요구하는 게 많은 남자는 카드왈라드르 여자들의 공격 대형을 마주하는 처지에 빠지게 되곤 했다. 그녀들은 그런 경우를 '짜릿한 다과회'라고 애정을 듬뿍 담아 불렀다. 하지만 남자들이 보기에는 좋은 광경이 전혀 아니었고, 당하는 입장에서는 일족 사이에서 추락한 평판을 다시는 되찾을 수 없을 만큼 힘든 경험이 되었다.

비골프는 로나가 자기 사촌이나 자매 들이 주관하는 그런 '다과회'에서 한자리를 차지하고 있는 것을 몇 번인가 본 적 있었다. 그녀는 밀어붙이는 타입을 좋아하지 않는 게 분명했고, 그래서 비골프도 밀어붙이는 짓은 절대로 하지 않기로 마음먹었다. 아니, 적어도 너무 밀어붙이지는…… 너무 지나치게 밀어붙이지는 않았다. 그저…… 굳이 따지자면 살짝 밀어 본 정도? 그것도 오직 그녀를 안전하게 지키기 위해서였을 뿐이다.

하지만 지금, 로나가 팔에 안겨있고 그녀의 몸이 자신의 몸을 누르고 있는 지금, 비골프에게 문제는 대체 어떻게 해서 이런 일이 벌어졌는가였다. 내가 무슨 짓을 했지? 너무 참고만 있었나? 육체적 관계를 떠나서 그녀의 감정만 살피느라 너무 기다리기만 했던가?

아니, 어쩌면 그냥 닥치고 그녀가 내 물건을 쥐는 느낌을 즐기기나 해야 할 거야. 지금 로나가 그러고 있으니까. 비골프는 눈을 감고 천천히 숨을 내쉬었다. 로나가 그의 턱을 가로질러 키스를 이어 가다가 멈추고 이마를 기댔다. 그래, 좋은 의도 같은 건 나중에 생각해도 돼. 적어도 지금은, 좀 기다리라지.

로나가 그의 물건을 쥔 순간, 비골프의 온몸이 긴장했다. 온몸의 근육들이 일제히 굳어졌다. 마치 양 끝이 단단히 감긴 줄처럼 팽팽하게. 그는 이어질 일, 그저 한 번의 건드림, 한 번의 움직임만으로 무너져 버릴 것 같았다. 하지만 이윽고 그의 눈이 감기고, 그의 숨이 서서히 얕아졌다. 로나는 그를 쥔 손에 힘을 더하고 그의 숨이 한 번에 빠져나오는 것을 느꼈다. 다음 순간, 그의 손이 다가와 그녀를 들어 올렸다. 그대로 돌아선 그가 가장 가까운 나무에 그녀를 밀어붙이고 몸으로 꽉 누른 채, 입술로 그녀의 입술을 찾았다.

로나는 그의 키스에 응하며, 이제껏 한 번도 본 적 없는 필사적인 모습의 그를 즐겼다. 비골프는 노스랜드의 전사 드래곤이었고, 필사적인 모습 같은 건 '끔찍한 자' 비골프에게는 절대로 기대할 수 없었다. 물론 적을 죽이기 위해 필사적인 경우야 있었겠지만. 그 경우 역시 즐길 만한 광경은 아닐 터였다.

하지만 그럼에도 불구하고 로나는 그가 아직도 스스로를 억제하고 있다는 걸 알아챘다. 뭐가 두려워서 그러는 거야? 날 다치게 할까 봐? 그녀는 그가 지금 하고 있는 일을 멈추게 하고 싶지 않았다. 비골프를 '골칫덩이'로만, 그녀의 창에 불건전한 집착을 보이는 짜증 나는 골칫덩이로만 생각했던 지난 오 년 내내 그래왔듯이 그를 밀쳐낼 생각 같은 건 전혀 들지 않았다. 그것은 어제, 지난 주, 지난 달, 과거의 일이었다. 하지만 지금은……

비골프의 의지력을 잘 알고 이해하고 있었기 때문에, 로나는 이 남자에게 자신이 원하는 바를 분명히 해야만 한다고 생각했다. 하지만 그녀는 원래가 말이 많은 드래곤이 아니었다. 특히 섹스 중에는. 그래서 로나는 그의 손—그녀의 손가락에 얽혀 드는 그 손가락의 굵기에 놀라면서—을 잡아 자신의 다리로, 허벅지 사이로 이끌었다. 그리고 마침내 그곳에 이르자 힘주어 누른 뒤, 나머지는 그에게 맡기고 놓아주었다. 그의 일족 중 몇몇이 그렇듯이 무심한 남자가 아니기를 기도하면서. 가끔은 그 역시—특히 말에 관한 한은— 그렇게 보이기도 했지만……

그의 손에서 힘이 풀리는 순간, 잠깐이지만 로나는 그가 물러나려는 줄 알았다. 하지만 손가락이 그곳을 지분거리며 부드럽게 긁다가, 이윽고 가운뎃손가락만 남아 클리토리스 위로 조그만 원을 그려 나갔다. 그녀의 다리가 그의 몸을 감자 그가 남은 한 팔로 그녀의 몸을 받쳐 안았다. 로나는 자유로워진 두 손으로 등 뒤의 나무를 붙잡았고, 원을 그리던 그의 손가락이 리듬을 바꿔 그곳을 두드리기 시작했다.

그녀의 손가락이 나무줄기를 파고들었다. 그곳이 젖어 들고 그녀의 온몸이 움칠움칠 떨렸다. 그가 다시 그녀의 입술을 찾아들어 끈질기게 이어지던 신음을 지워 버렸다. 그녀는 붙잡고 있던 나무를 놓고 그의 팔을, 그의 목을 끌어안았다. 하지만 그는 그녀의 클리토리스를 더 세게 누르고, 다시 그 망할 조그만 원을 그리기 시작했다. 그녀는 터져 나오려는 비명을 키스로 삼키고, 그를 휘감은 다리를 더욱 강하게 조였다.

드디어 그 믿기 힘들 만큼 굵은 손가락이 들어와 그녀의 전신에 전율을 일으켰다. 떨림이 멈추기도 전에 그녀의 바지가 찢겨나가고, 이 같은 쾌락을 느낀 것이 얼마나 오랜만인지를 생각한 순간, 한마디 말도 꺼낼 새 없이 비골프의 그것이 힘차게 밀고 들어왔다. 그녀는 숨을 헐떡이며 그의 목을 더욱 단단히 감았다.

기억하는 한, 남자의 그것이 끊임없이 진동하고 조여드는 근육을 뚫고 몇 번씩이나 거듭해서 들어오고 나가는 감각이 이토록 좋았던 적은 없었다. 그러는 동안에도 비골프는 키스를 멈추지 않았다. 그 집요하고 필사적이면서도 이상하게 달콤한 키스가 로나의 무릎을 떨리게 했다. 그의 손이 그녀의 드러난 엉덩이를 미끄러져 내려가 꼼짝 못하게 붙들더니, 그가 천천히 그것을 끌며 빠져나갔다. 그 느낌에 둘이 함께 신음하는 순간, 비골프가 다시 빠르게 뚫고 들어왔다. 꿈틀거릴 수도 없이 그의 몸에 붙들린 로나는 그곳을 가득 채우고 거의 한계를 넘어서까지 밀어 올리는 감각에 정신이 아득해졌다. 맙소사! 이건 내 상상인가? 그게 안에 들어찬 느낌이 정말 이렇게 좋을 수가 있나?

있었다. 오랜만이긴 하지만, 그렇다고 해도 정말이지 너무나 좋았다. 비골프의 지나치게 거대한 몸은 계속해서 그녀를 망할 나무에다 붙들어 놓았고…… 그렇다, 그것 또한 진짜로 좋았다.

그녀의 두 팔과 두 다리가 그를 꽉 끌어안고 있었지만, 그의 그것을 단단히 물고 있는 힘에는 비할 바가 못 되었다. 설마 로나는 그곳의 근육도 훈련을 하는 걸까? 훈련을 했건 안 했건, 비골프는 자신이 옳았다는 걸 알았다. 이 꼬리는 그의 것이었다.

하지만 그의 눈을 돌게 만들고 무릎의 힘을 빼 놓는 이 여자를 어떻게 하면 곁에 둘 수 있을까 하는 것은 다른 날 생각할 일이었다. 지금 당장은 그가 원하는 모든 것이 바로 여기에 있었다. 로나가 그의 팔 안에 있고, 그녀의 뜨겁고 축축한 속이 그의 것을 감싸고, 그녀의 헐떡이는 숨결이 귀를 간질이고, 그가 밀고 들어갈 때마다 그녀에게서 환희의 신음이 터졌다.

불과 죽음의 신들이여! 비골프는 그 소리를 세상 끝나는 순간까지라도 듣고 있을 수 있을 것 같았다.

그녀의 신음이 음조를 높이고 갈라져 비명에 가깝게 변하자,

그는 로나가 절정의 순간에 거의 도달했음을 알았다. 그녀의 팔과 다리가 더욱더 세게 조여들고, 그녀의 몸이 그의 팔 안에서 떨리고 비틀렸다. 비골프는 다시 한 번 그녀의 입술을 찾아 혀를 밀어 넣고 구석구석 핥고 빨며 쾌락의 낙원을 열었다. 그녀의 신음이 그의 쾌락을 이끌고, 마침내 그녀가 절정의 비명을 올린 순간 그도 쾌락의 첨단을 넘었다. 바로 거기에 그녀와 함께 이르렀다는 사실이 비골프를 더 기쁘게 했다. 로나 말고 다른 누구와 다시 거기에 이르게 되리라고는 상상조차 할 수 없었다.

비골프는 머리를 뒤로 기댔고, 로나가 자신을 바라보고 있음을 알았다. 발갛게 달아오른 뺨, 부풀어 오른 입술을 하고서. 그제야 비골프는 자신들이 정신없이 서로의 옷을 찢어발기느라 드래곤의 몸으로 돌아갈 생각조차 하지 못했다는 것을 깨닫고 거의 웃음을 터트릴 뻔했다. 하지만 인간의 몸으로 나눈 섹스가 이렇게나 좋았으니, 그건 다른 날 다른 때를 위해 아껴 두면 될 일이었다. 어쩌면 좀 더 충분히 즐긴 후에.

로나가 숨을 크게 들이쉬고 무슨 말인가 하려고 입을 연 순간, 어디선가 날아온 동그랗고 커다란 열매가 그의 뒤통수를 때려 그녀의 말을 웃음으로 바꿔 놓았다.

비골프는 고개를 돌려 어깨 너머로, 몇 미터 밖에 서 있는 종마를 노려보았다.

"질투쟁이 개자식."

하지만 그렇게 코웃음 친 순간, 또 다른 열매가 그를 향해 똑바로 날아오는 바람에 덮치듯 로나를 바닥으로 넘어트려야 했다.

그들은 자고 있어야 했다. 이렇게 깨어 있다는 걸 엄마가 알면 좋아하지 않을 터였다. 하지만 이건 너무 재미있었다! 마치, 지하 감옥에서 벌이는 소풍 같았다! 그러니 어떻게 잠들 수 있을까? 대신에 그들은 말짱하게 깨어 얘기를 나누었다. 물론 소리를 내지는 않았지만.

엄마는 그들이 그렇게 '재잘거리는' 것도 좋아하지 않았다. 다른 사람들이 그러고 있는 걸 엄마는 그렇게 불렀다. '재잘거리기'. 그래서 그들은 자기네끼리 오직 생각만으로 얘기를 나누었다. 맨날 그랬다. 그것 역시 재미있었다!

그렇게 재잘거리고 생각하면서 재밌게 노느라, 그들은 하마터면 놓칠 뻔했다. 하지만 언제나처럼 탈리는 놓치지 않았다. 사촌 언니 탈리는 모든 것을 가장 먼저 알아챘다.

'그 애가 너희의 일차 방어선이야.'

언젠가 그들의 친구가 해 준 말이었다.

그들에게는 친구가 많았다. 엄마랑 다른 이들은 절대로 볼 수 없는 친구들이었다. 다그마 숙모를 빼고는.

하지만 친구들이 놀러 왔을 때 다그마 숙모가 근처에 있는 경우는 없었다. 친구들 중 하나가 처음으로 그녀와 탈윈, 탈란을 보러 온 그날 이후로는. 그녀가 아직 요람에 있던 때, 꼬마 숙녀의 침대로 옮기기 훨씬 전이었다. 다그마 숙모는 그들의 친구에게 너무나 화가 나 있었고, 그래서인지 친구는 숙모가 근처에 있는 동안에는 절대로 오지 않았다. 다른 친구들도 마찬가지였다. 다들 다그마 숙모를 무서워하는 것 같았다. 안 그런 척은 했지만 말이다.

어쨌든, 그들이 올 때면 어둠 속에서 밝은 빛이 피어나듯이 온통 예쁘게 반짝거리고 환하게 빛나곤 했다. 가끔은 눈이 너무 부셔서 시선을 피해야 할 때도 있었다.

그러나 뒷문을 통해 들어온 저 소름 끼치는 것들은 예쁘지도 않고 반짝거리지도 않았다. 그들은 마녀들이 복도에서 들려온 소음을 확인하러 나간 사이에 문을 지키고 서 있던 두 호위를 다치게 했다. 성벽 밖에서 벌어지는 온갖 싸움에 몰두해 있느라 마녀들은 성안에 진짜 위험 요소가 있을 거라고는 생각하지 못한 것 같았다. 하지만 있었다. 위험은 실재했고, 아빠가 집으로 돌아올 때까지는 계속해서 그럴 터였다. 아빠와 다른 이들 모두가 돌아올 때까지는.

탈리 언니가 무릎을 세웠다. 언니는 외부자를 싫어했다. 더 나빴던 것은 언니가 문을 지키는 경비들을 좋아했다는 점이다. 빛나지는 않았지만 그들도 예뻤고, 탈리 언니는 예쁜 걸 좋아했다. 하지만 저 소름 끼치는 침입자들은 좋아하지 않았다. 전혀 좋아하지 않았다. 그리고 탈리 언니가 누군가를 좋아하지 않으면 탈란 오빠 역시 좋아하지 않았다.

저 소름 끼치는 나쁜 놈들은 아주 빠르고 아주 조용하게 움직인 것이 틀림없었다. 그녀와 탈윈과 탈란을 위해서라면 목숨도 내놓을 수 있는 개들마저 깨지 않은 것을 보면 말이다. 그녀는 이유를 알 수 없었다. 내가 뭘 잘못한 걸까? 언니와 오빠가 또 무슨 잘못을 저지른 걸까?

언제나 그렇듯 탈리 언니가 먼저 움직였다. 그녀는 소리 없이 앞으로 돌진했다. 그자들은 언니가 다가가는 것을 보지 못했다. 아마도 그녀가 공격하리라는 생각조차 하지 못했으리라. 꼬마 애잖아, 그들이 말했다. 그냥 조그만 계집애야.

하지만 탈리 언니는 잠들어 있는 개들 중 하나—매일같이 함께 놀았던—의 등을 디딤대 삼아 밟고 솟구쳐 한 바퀴 공중제비를 돌면서 첫 번째 나쁜 놈의 가슴에 칼을 쑤셔 박았다. 언니가 칼자루를 놓고 바닥으로 착지한 순간, 놈이 제 친구 쪽으로 주저앉듯 쓰러졌다. 탈란 오빠가 두 번째 나쁜 놈의 벌린 입속으로 칼을 던진 것은 바로 그 순간이었다. 잘한 일이었던 것이, 하마터면 그놈은 뭔가 소리를 내서 모두를 깨울 뻔했다. 그랬다면 엄마가 속상해했을 것이다. 그리고 울면서 그들을 멀리멀리 보내야 할지도 몰랐다.

나쁜 놈들은 이제 움직이지 않았다. 아무도 움직이지 않았다. 나쁜 놈들뿐 아니라, 그녀를 미소 짓게 해 주고 탈리 언니에게 자기 칼로 방패를 치게 해 주었던 호위들 역시 움직이지 않았다. 그녀는 더 이상 그 모습을 보고 싶지 않았다. 그녀는 엄마를 속상하게 하고 싶지 않았다. 엄마가 속상하면 그녀도 슬퍼졌다. 그래서 그녀는 예쁜 아저씨 렌이 '통로'라고 부르는 그것을 연 다음, 나쁜 놈들은 성문 밖에 있는 저희 친구들에게 돌려보내고, 좋은 아저씨들은 그들을 돌봐 줄 좋은 전사 아저씨들에게 보내 주었다. 두 개의 통로를 동시에 열어야 했지만 별로 어려운 일은 아니었다. 사실 그녀는 예쁜 아저씨 렌이 왜 그 일을 그렇게 힘들어하는지 잘 이해할 수 없었다. 그녀에게는 이렇게나 간단한 일인데 말이다. 어쨌든 모두를 보내 버렸으니 이제 아무도 슬프지 않을 터였다.

하지만 사촌들이 그녀를 노려보았다.

— 우리 칼 어쨌어?

탈리 언니가 머릿속에서 딱딱거렸다. 그녀는 울어 버리고 싶었지만, 언니가 우는 애를 싫어한다는 걸 알고 있었다. 그래서 엄마가 마녀들 곁을 지나갈 때 언제나 하는 일을 따라 했다. 손가락 두 개를 들어 올리고 공중에서 튀긴 것이다.

"다들 안 자니?"

에바가 물었다. 에바도 그들과 한방에서 잠을 잤는데, 그녀는 서서도 잘 수 있었다. 진짜 말이랑 똑같이! 리안은 자기도 다리랑 발굽이 네 개씩 있었으면 좋겠다고 생각했다. 그러면 커다란 말들과 함께 달릴 수도 있고, 하루 종일 태양 아래서 뛰어놀 수도 있을 테니까.

"얼른 자야지, 요 꼬맹이들아. 탈라이스가 또 내 머릿속에서 시끄럽게 굴겠다."

에바가 미소 띤 얼굴로 그렇게 말하며 그들을 침대로 데려갔다. 그녀는 언제나 아주 다정했다. 심지어 화가 나 있을 때조차도 그랬다. 그들을 침대에 넣어 준 에바는 방 건너편 자기 공간, 책으로 가득한 자리로 돌아갔다. 그녀는 책 읽는 걸 좋아했다.

에바가 자기 자리로 가 버리고 나자 탈리 언니가 다시 딱딱거리기 시작했다.

— 이제 우린 무기도 없는데 어쩔 거야? 또다시 공격받으면 어떡하냐고? 넌 구제 불능이야!

그 소리에 화가 난 리안은 사촌 언니의 팔을 때렸다. 언니는 그저 눈알만 굴리더니 등을 돌리고 담요를 머리 위로 뒤집어썼다. 탈란 오빠는 어느새 잠들어 있었다. 오빠는 보통 어지간한 일에는 끄떡도 없이 잘 잤다.

이제 더 이상 누구도 말을 걸지 않게 되었으니, 리안도 잠을 좀 잘 수 있을 터였다.

서부 산맥 최강의 기마 부대를 지휘하는 사령관은 부하들과 함께 다음번 공격 계획을 논의하고 있었다. 그는 이곳을 마지막 벽돌 한 장에 이를 때까지 초토화시켜 버리고 싶었다. 자신들이 믿는 말의 신들의 이름으로. 혹시 사우스랜드의 여왕이 돌아온다고 해도 ─그럴 것 같진 않았지만─ 그녀가 여기서 발견하는 건 폐허와, 그녀의 친구와 가족의 시체들뿐이도록 확실히 해 두고 싶었다.

사령관이 부하들과 남쪽 성벽의 취약할 수도 있는 부분에 관해 논쟁을 벌이고 있을 때, 갑자기 그들 뒤에서 밝은 불빛이 터지듯 빛났다. 그와 부하들은 고개를 들고 천천히 돌아섰다.

그들 뒤에 두 명의 암살자─그의 부대 최고의 암살조였다─가 부려 놓은 짐짝 무더기처럼 겹쳐져 누워 있었다. 사령관 자신이 앤널의 악마 같은 자식들을 찾아내 죽이라고 겨우 몇 시간 전에 보낸 자들이었다.

부관이 시체들 쪽으로 다가가더니, 암살자들의 몸에서 조그만 크기의 무기들을 뽑아 들어 보였다. 그것들은 분명 단검이 아닌 검에 가까웠고, 부관은 궁금하지 않을 수 없었다.

"저들에게 켄타우루스만이 아니라 드워프도 있는 걸까요?"

21

비골프가 날아온 과일을 말에게 되던지지 않고 덥석 베어 무는 것을 보고, 로나는 감탄하고 말았다. 하기야, 둘은 절대로 친구가 되지 못할 게 뻔한데 공연히 음식을 낭비할 까닭이 뭐 있을까? 그보다, 그녀가 염려했던 대로 비골프는 섹스 후에 언제나 허기지는 타입인 게 분명했다. 빈 구멍을 채우는 데는 뭐가 있단 말이지.

하지만 비골프가 그녀에게 빵 덩어리를 건네자, 로나는 적어도 그가 나누기는 잘한다는 사실에 감사하기로 했다.

"우리 머리카락 말이야, 어떻게 해야겠어."

비골프가 불쑥 말했다. 벌거벗고 침낭 위에 앉은 두 남녀가 나누기에는 꽤나 이상한 이야기 같았다.

"뭐?"

"우리 둘 다 '전사 머리'를 하고 있잖아, 땋은 머리. 퀸틸리안 전사들은 머리칼이 너무 짧아서 이렇게 못할걸. 그러니까 우리가 뭔가 다르다는 걸 알아챌 수도 있어."

그의 말에 일리가 있었다. 로나는 남은 빵 조각을 입에 밀어 넣고 손을 털었다.

"당신 거 먼저 해줄게."

그리고 그의 뒤쪽으로 돌아가 무릎으로 선 채, 땋은 머리 한 줄을 손에 올려놓고 풀기 시작했다. 한 줄을 끝내자 다른 한 줄을, 다시 다른 줄을…… 그렇게 다 풀어 헤친 다음, 이번에는 손으로 머리칼을 빗어 내리기 시작했다. 손길이 한 번 머리칼을 훑어 내릴 때마다 그녀에게 기댄 비골프의 전신이 느긋하게 풀어져 가는 걸 음미하면서.

시간이 좀 걸리긴 했지만, 그들의 여정이 점점 퀸틸리안에 가까워지고 있으니 조금이라도 더 은밀하게 움직이고 싶다면 그렇게 하고 가는 게 현명한 일일 것이다.

"당신 차례야."

비골프가 뒤에 선 그녀를 끌어당겨 자기 앞으로 돌린 다음, 다리 사이에 앉혀 놓았다. 아무런 도움 없이도 그가 그럭저럭 그녀의 머리채를 다 풀어내자 로나는 살짝 놀랐다. 솔직히, 그 굵은 손가락이 충분히 날렵하게 움직여 줄지 미심쩍었던 것이다. 하지만 한편으로 그 손가락들에 대해 조금 전 배운 바를 생각해 보면…… 꽤나 능숙하긴 했다.

그녀가 저도 모르게 웃음을 흘렸던지, 비골프가 물었다.

"왜?"

"아니야."

로나는 그의 무릎에 팔을 걸치고 자세를 편하게 하려 했지만, 그의 다리가 너무 길다 보니 구부리고 있는데도 팔을 걸치기엔 너무 높았다. 그래서 그녀는 그의 두 다리를 길게 펼쳐 양쪽으로 밀어 놓았다. 한때는 필생의 숙적이었던 적의 남자와 이렇게 편안하고 한가로이 뒹굴고 있자니 어쩐지 퇴폐적인 느낌 같은 게 들었다. 그 느낌은 로나의 마음에 들었다. 그녀는 다소 퇴폐적인 게 좋았다.

노스랜더에게 머리 정리를 맡기고 참을성 있게 기다리다가, 로나는 지금 그가 하고 있는 일이 좀 전에 그가 그녀의 몸을 가지고 했던 일보다 훨씬 친밀하게 느껴진다는 것을 깨달았다.

"당신, 머리를 어깨 아래까지 길게 자라도록 둬 본 적 있어?"

그가 물었다.

"없는 거 같은데. 머리칼이 너무 길면, 특히 근접전에서 머리칼이 방해가 될 위험이 있잖아. 그래도 글레안나 이모만큼 짧게 하고 다니지는 못해. 이모는 그렇게 해도 잘 어울리는 얼굴인데, 난 아니거든."

그녀는 그의 뺨을 톡톡 건드리며 말했다.

"이모처럼 날렵한 광대뼈가 아니라서."

"하지만 당신은 보조개가 있잖아."

"시끄러."

"진짜 있어."

"나도 알아. 어쨌든 시끄러."

그가 키득키득 웃더니, 손가락으로 그녀의 목덜미를 쓸어 흐트러진 머리칼을 모아 들었다. 그리고 머리칼 사이로 손가락을 미끄러트리자, 로나는 깊은 한숨을 내쉬었다.

"당신 괜찮아?"

그녀의 머리를 부드럽게 주무르면서 그가 물었다. 그 손의 움직임은 전에 누구도 해 준 적 없는 새로운 느낌이었다.

"난 지금, 말하자면…… 완벽한 기분이야."

그가 그녀의 목덜미에 키스했다.

"좋아."

로나는 눈을 감고 어느새 내일을 계획하고 있었다. 얼마나 길어질지 모르는 여정, 위험스러운 적의 영토, 미친 여왕을 찾아 헤매야 하는 노고…… 누구라도 즐거움을 찾기는 어려우리라. 하지만 그래도…….

"당신이 나랑 함께 와 줘서 좋아."

그녀는 어깨 너머로 비골프를 돌아보았다.

"누군가 뒤를 봐 준다는 것도 기분 좋은 일일 수가 있네."

"확실히 내가 당신 뒤를 봐 주고 있지. 그 점은 걱정하지 마."

그녀는 손을 뻗어 그의 머리칼 속으로 부드럽게 밀어 넣고 머리채를 한 움큼 틀어쥐었다. 그리고 확 끌어당기며 말했다.

"하지만 앞길을 막는 건 안 돼."

"당신이 언제 그 망할 창으로 꿰어 버릴지 모르는데? 어림도 없지."

그녀는 빙그레 웃으며 그에게 키스했다. 그래, 당신이 함께 와 줘서 정말 좋아.

로나의 키스는 강렬하고 진해서 비골프를 놀라게 했다. 사실은 그동안 가끔씩 그녀가 침대에서도 전장에서처럼 전사답게(?) 굴지나 않을까 궁금했던 것이다. 하지만 아니었다. 전혀 그렇지 않았다. 적어도 그에게는 그러지 않았다. 그녀는 자연스럽게 주고받을 줄 알았고, 조금도 거리낌이 없었다. 그를 밀어 땅에 쓰러트리고 그의 것을 꺼내 자기 안으로 받아들이는 순간조차도.

그녀가 미소 지으며 비골프를 내려다보았다. 밤색 머리칼이 그녀의 얼굴을 따라 흘러내리고, 그 망할 보조개가 그녀를 믿을 수 없을 만큼 사랑스럽게 만들었다. 비골프는 그녀의 엉덩이를 붙잡았다. 그녀의 그곳이 세게 쥐었다 서서히 풀어 주는 감각이 정신을 경계선까지 밀어붙였다. 그를 올라탄 그녀의 등이 활처럼 휘어지고, 그의 허벅지를 쥔 손이 살 속으로 파고들었다. 시작은 거칠고 단호했지만, 로나는 전혀 서두르지 않았다. 그녀는 그를 즐기고 싶어 했고, 그는 그녀를 즐기고 있었다.

비골프는 손을 뻗어 그녀의 가슴을 쥐고 손가락으로 젖꼭지를 간질였다. 하지만 갈증은 점점 커져 갔고, 결국 그는 몸을 일으켜 팔을 그녀의 허리에 감았다. 그대로 입을 그녀의 가슴 가까이 가져가 혀로 젖꼭지를 핥고, 돌리고, 세게 문지르다가 입술로 물었다. 로나가 그를 감싸 안고 가슴을 밀어붙이며 다시 조그맣게 신음을 내기 시작했다. 그는 계속해서 빨고 간질이고 잘근거리며 깨물었다. 그녀가 자신의 것을 거의 고문하듯 쥐어짜는 감각이 미칠 듯이 좋았다. 로나가 그의 머리칼 속으로 손을 집어넣고 자기 가슴 쪽으로 누르듯 당기자, 비골프는 그녀의 다른 쪽 가슴을 쥐었다. 그들이 앉은 침낭 아래에는 눈이 깔려 있건만 그들은 무겁게 신음하며 땀을 흘리고 있었다. 날이 추웠다 해도 그들은 느끼지 못했고, 개의치도 않았다.

로나의 목구멍에서 새어 나온 흐느낌 같은 신음을 들은 순간, 비골프는 그녀를 돌려 엎드리게 하면서 그녀의 양쪽에 두 손을 짚었다. 그리고 몸 아래에서 그녀의 몸이 떨리는 것을 느끼며 단번에 밀고 들어갔다. 마침내 그녀의 입을 열고 터져 나온 쾌락의 비명이 메아리처럼 울려, 잠들려 애쓰고 있던 말들을 들썩이게 했다. 비골프도 곧장 그녀를 뒤따랐다. 강렬한 쾌감이 한순간에 머리끝에서 발끝까지 내닫고, 그는 그녀의 몸 안에 모든 것을 쏟아내며 절정의 포효를 내질렀다. 더 이상 아무것도 할 수 없을 만큼 기진한 동시에 전에 결코 경험해 본 적 없는 포만감을 느끼며 그녀의 몸 위로 무너졌다.

한 번 제대로 밀쳐 버리는 것만으로 로나가 그에게서 벗어나자, 비골프는 그녀의 그곳을 떠나는 느낌에 불평하듯 신음을 흘렸다.

"너그럽게 말해 줘도 당신은 도저히 가벼울 수가 없거든, 노스랜더."

"누가 할 소리."

그렇게 말한 그는, 놀랄 것도 없이 갈빗대를 한 방 얻어맞았다. 그럴 만했지.

비골프는 로나를 끌어당겨 팔 안에 가두고 단단히 안은 채 가만히 바라보았다. 그녀도 그를 마주 바라보다가 한참 만에 입을 열었다.

"우리 계속 이럴 순 없어. 당신도 알지?"

바로 대답하는 대신, 비골프는 그녀의 말에 과도하게 반응하지 않기로 마음먹고 물었다.

"안 돼? 왜?"

"임무를 완수하고 유프라시아로 돌아가야 하잖아."

"그래, 그럴 거야. 그런데 당신은 꼭 우리가 모든 걸 버리기라도 한 것처럼 말하네."

"어쩌면 그랬는지도 모르지."

비골프는 그녀를 꽉 끌어안고 머리 꼭대기에 입을 맞추었다.

"걱정할 거 하나도 없어. 다들 터널이 완성되기를 기다리면서어서 빨리 강철 놈들을 끝장내고 싶어서 무지하게 지루해하며 뒹굴고 있을 테니까. 우린 제때에 돌아갈 거야."

"하지만……."

"전쟁은 오 년 동안이나 소강상태였어, 로나."

그는 상기시키듯 말했다.

"다들 우리가 없다는 걸 알아챘는지조차 의심스럽지 않아?"

'파괴자' 피어구스와 '막강한 자' 브리크가 안으로 들어섰을 때, 라그나는 보급 상태를 점검하고 있던 참이었다. 왕자들의 갑옷은 다크플레인을 떠났던 오 년 전 그날 이른 아침에 그랬듯이 반짝 거리거나 윤이 나지 않았다. 강철 판금 여기저기에 움푹 팬 자국이 보였고, 더 이상 씻어 내려 애쓰지 않게 된 까닭에 곳곳의 틈새에 마른 피가 끼여 있었다. 브리크는 목덜미에, 그를 거의 죽다 살아나게 만든 창상을 훈장처럼 새기고 있었다. 피어구스는 비늘과 살을 찢고 근육을 뚫고 들어가 뼛속 깊이 박힌 창끝을 제거하지 못한 탓에 겨울의 몇 달 동안 상태가 나빠져 다리를 절고 있었다.

"우리 여동생은 어디 있지?"

브리크가 대답을 요구했다. 라그나는 그의 오만함과 무례한 본성에 익숙해지긴 했지만, 그렇다고 그걸 좋아하지는 않았다.

"다크플레인으로 돌아갔습니다."

그는 순순히 털어놓았다.

"혼자?"

"렌과 같이 갔죠."

"왜?"

"안전을 위해서요."

그 말은 거짓이 아니었다. 그가 케이타의 여행에 동의한 이유는 그녀가 사우스랜드에 있으면 안전할 것이기 때문이었다. 하지만 그 나머지 얘기까지 해 줄 필요는 없었다.

언제나 그렇듯이 ―라그나로서는 고되게 배운 사실이지만― 케이타가 옳았다. 그들 진영은 두 화염 드래곤 왕자들이 지휘하는 전사들과 드래곤워리어들을 잃을 여유가 없었다. 게다가 왕자들이 자식들을 보호하기 위해 다크플레인으로 돌아간다고 하면 카드왈라드르 일족 대부분 역시 왕자들을 따라갈 것이 분명했다. 그들에게는 가족을, 특히 아이들을 보호하는 게 가장 중요한 문제이기 때문이다.

그래서 라그나는 가능한 한 대답을 짧고 모호하게 했다. 케이타의 오빠들을 상대할 때는 그것이 가장 안전한 길이었다.

"그 애가 당신이 가라니까 갔다고? 여러 말 없이?"

둘 중 더 똑똑한 ―아마 더 기만적이기도 할 것이다― 쪽인 피어구스가 라그나 주위를 돌기 시작했다.

"예. 하지만 그다음 며칠은 뭘 먹을 때마다 좀 더 주의를 기울였죠."

의도가 좋건 나쁘건 간에, 케이타는 천성이 복수심 강하기로 유명했고 그녀의 보복 수단은 대개 표적의 음식에 특정 약초를 흘려 넣는 식이었다. 그 표적이 일족이라 할지라도.

"그게 최선이었겠지."

피어구스가 웅얼거렸다.

"하지만 왜 지금인가? 그 애를 왜 지금 돌려보낸 거냐고."

브리크가 좀 더 밀어붙였다.

"터널 작업이 거의 끝나 가고 있으니까요. 일단 터널이 완성되면, 우린 더 기다리지 않고 움직일 겁니다. 당신들 둘은 어떤지 모르겠지만, 난 이 모든 걸 끝내고 강철 놈들을 우리 삶에서 영원히 제거해 버리고 싶습니다. 자, 이제 두 분 다 그만 자리를……."

"당신 동생은 어디 있지?"

피어구스가 물었다.

"어느 동생 말입니까?"

"늘 당신 곁에 붙어 다니는 친구 말이야. 당신 사촌 마인하르트는 봤는데, 비골프는 며칠 동안 못 봤군. 그는 어디 있나?"

"케이타와 렌의 호위로 보냈죠."

"렌은 번개 드래곤의 보호를 받을 필요가 없어. 아니, 렌에게는 어떤 보호도 필요 없지."

"내 생각이었습니다. 동생이 그들과 함께 가는 편이 내게 안심이 됐다는 얘기죠. 비골프는 이틀쯤 있으면 돌아올 테니, 나로선 별로……."

라그나는 피어구스의 시선이 천장 여기저기를 훑는 걸 보고 저도 모르게 말끝을 흐렸다. 브리크도 형을 돌아보았다.

"왜 그래?"

피어구스가 앞발을 들어 올리고 검은 발톱 하나를 세웠다.

"안 들리나?"

그 순간, 라그나도 어렴풋한 휘파람 소리 같은 걸 들었다. 무언가 크고 굉장히 무거운 것이 동굴 벽에 부딪치는 충격을 예상한 듯이, 그의 몸이 본능적으로 굳어졌다.

"공성 무기다."

피어구스가 말과 거의 동시에 몸을 돌려 동굴 밖으로 달려 나갔다. 라그나와 브리크도 그 뒤를 따랐다. 그들은 앞다투어 쏟아져 나오는 병사들과 전사들을 밀치며 나아갔다. 모두들 북쪽을 향해 달려가고 있었는데, 그곳은 둥글게 이어진 산들이 화염 드래곤과 번개 드래곤을 강철 놈들로부터 갈라 주는 자연 경계라 할 수 있는 지점이었다.

이윽고 그들은 넓게 열린 동굴 입구로 나왔다. 평소 이 중요한 지점을 지키고 있던 부대가, 산 정상을 넘어 기지 안으로 날아드는 거대한 바위들을 몸을 던져 막아 내고 있었다.

"퇴각하라!"

브리크가 명령을 내리고, 형의 갑옷 목덜미 부분을 잡아 뒤로 확 잡아당겼다. 바로 다음 순간, 피어구스가 서 있던 자리로 바위가 날아와 충돌했다.

"퇴각!"

라그나도 일족 둘의 앞발을 붙잡아 동굴 안쪽으로 들어가게 도와주며 소리쳤다.

"안으로! 모두 안으로 들어가! 당장!"

라그나는 주변의 공기가 달라지는 걸 느끼고, 재빨리 날개를 움직여 몸을 뒤로 물리면서 동굴 입구에서 멀어졌다. 그때, 또 다른 바위가 케이타의 오빠 쪽으로 날아들었다.

"브리크!"

라그나가 소리쳤지만, 브리크는 다른 이들을 돕느라 정신이 없어 듣지 못한 것 같았다. 바위는 그의 뒤쪽에서 날아오고 있었기 때문에 볼 수도 없었다.

다음 순간, 바위가 무지막지한 힘으로 실버 드래곤의 등을 치고 그의 몸을 동굴 벽으로 날려 버렸다.

22

다그마는 경비대장을 따라 병사兵舍로 향했다. 그들이 안으로 들어서자 경비대원들과 전사들이 그녀를 위해 길을 열어 주었다. 그들 중 누구도 말을 걸지 않았고, 자기들끼리도 이야기를 나누지 않았다.

"지난밤에 발견됐습니다. 그냥…… 저기 누워 있었죠."

다그마는 전사들의 시체를 꼼꼼히 살펴보았다. 창을 통해 들어온 아침 햇살이 그들의 목에 난 베인 자국을 똑똑히 보여 주었다. 다른 상처는 전혀 없었다. 그들이 반격했음을 알려 주는 흔적도 없었다. 그럴 여지도 없이 당한 듯했다.

"성벽 내부에서 웨스트랜더의 흔적은 찾지 못했나요? 그자들이 시체를 남겨 두고 간 것일 수도 있어요. 이건 그쪽 암살자들의 솜씨가 틀림없군요."

그녀는 경비대장을 돌아보았다.

"보시는 그대롭니다, 레이디 다그마. 하지만 말씀처럼 누군가 시체들을 남겨 두고 간 것 같지는 않습니다."

"원래 거긴 아무것도 없었습니다."

병사들 중 하나가 앞으로 나섰다.

"그런데 다음 순간…… 저들이 나타난 겁니다."

"그냥 나타났다고요?"

"예, 레이디 다그마."

다그마는 두 손을 들고 손바닥을 내밀어 조용히 하라는 신호를 보냈다. 누구도, 아무 말도 하지 않았음에도 불구하고.

"이 시체들이 어떻게 해서 여기 있게 됐는지 알 수 없다는 건, 지금 여기서 논의할 문제가 아니에요. 하지만 우리가 분명하게 아는 건 암살자들이 성벽 안에 있다는 거죠. 이런 일이 또 일어나서는 안 돼요."

"저희가 처리하겠습니다."

"시체부터 처리하세요. 조용하고 신속하게. 저들에게 합당한 장례는 나중에 치러 주도록 하죠."

"예, 레이디 다그마."

다그마가 출입구 쪽으로 향하자 그녀의 개가 곁에 따라붙었다. 그녀는 몸짓으로 경비대장을 따라오라고 불렀다. 그리고 병사를 나오자마자 말했다.

"이 일에 대해 발설해서는 안 됩니다. 저들에게도 맹세로 입단속을 시키세요."

"알겠습니다. 하지만…… 이유를 여쭤 봐도 되겠습니까?"

"아직은 확실치 않아요. 그냥…… 일단 그렇게 해 두죠."

"알겠습니다. 그리고 암살자 문제는?"

"방방마다 철저하게 수색해서 놈들을 찾아내세요. 뭐든 발견하면 나한테 즉각 알리고요."

"암살자를 잡으면 어떻게 할까요?"

"죽여요. 그리고 시체를 가져오세요. 역시 보는 눈이 없게, 신중히 처리해야 해요."

"예, 잘 알겠습니다."

다그마는 성을 향해 안쪽으로 걸어갔다. 웨스트랜더들은 오늘 하루 종일 조용했다. 그럼에도 불구하고 그녀는 어쩐지 마음이 편치 않았다.

"아스타 사령관."

다그마는 퀴비치 여단의 지휘관들을 이끌고 지나가는 마녀를 보고, 목소리를 높여 불렀다.

"레이디 다그마."

"다들 괜찮나요? 지난밤에 별일은 없었고?"

"아무 일 없었습니다."

"확실해요?"

"문제가 있다는 얘기를 들은 겁니까?"

다그마는 거짓말을 했다.

"아니, 그런 건 아니에요. 그냥 좀…… 내가 지나치게 염려하고 있나 보네요."

퀴비치 마녀가 미소 지었다.

"레이디 다그마, 당신이 지나친 염려 같은 걸 하는 사람이 아니라는 것 정도는 알고 있습니다."

"그런 사람 맞아요. 인생 자체가 걱정으로 가득한 사람이죠."

다그마는 성문 쪽을 가리키며 물었다.

"당신들이 숲 속까지 웨스트랜더를 추적해 가서 끝장내 버리지 않는 데는 이유가 있나요?"

"그건 우리 임무가 아닙니다."

"무슨 뜻이죠?"

"우리는 아이들을 보호하기 위해 여기 있는 겁니다. 오직 아이들을 보호하기 위해서만. 우리가 당신들의 싸움을 대신 해 주려고 아이들을 남겨 두고 나가는 일은 없을 겁니다."

"그러니까 만약 웨스트랜더가 성문을 통과해서 우리 모두를 죽여 버린다 해도……?"

"우리 문제는 아닙니다. 아이들만이 우리가 지켜야 할 대상이지요. 자, 그럼 이만."

다그마는 화가 난 채로, 아이들을 보호해 둔 곳으로 이어지는 계단을 내려갔다. 그리고 탈라이스가 앉아 있는 테이블로 다가가 그녀의 맞은편 자리에 앉았다.

"무슨 일이에요?"

기다렸다는 듯 그녀가 물었다.

"아무 일도요."

다그마는 또 거짓말을 하고는 되물었다.

"여긴 다들 괜찮아요?"

"괜찮아요."

"지난밤에도 별일 없었고?"

"아뇨, 없었어요. 왜요?"

탈라이스가 탁자 너머로 조금 몸을 기울이며 다시 물었다.

"혹시 지난밤에 무슨 일 있었던 거예요, 다그마?"

"아뇨, 전혀. 아무 일 없었어요."

탈라이스는 다시 몸을 뒤로 물렸다.

"바깥쪽 상황은 어때요?"

"그럭저럭요. 잘 대처하고는 있는데, 보아하니 앤벌이 이곳부터 저 데저트랜드 경계에 이르기까지 거의 대부분의 웨스트랜드 부족들과 착실히도 척을 지은 게 분명하네요."

"그러니까 저들은 포기하지 않을 거다?"

다그마는 탈라이스에게 확신을 주기 위해 말을 골랐다.

"그래요. 하지만 우린 괜찮을 거예요."

"내 손님들이 끊임없이 확인시켜 주고 있는 것처럼 말이죠."

탈라이스가 방 안쪽에서 경계를 서고 있는 퀴비치들을 건너다보며 말했다.

"저들이 여기까지는 내려오지 못하게 하고 싶어요?"

"그편이 낫죠. 어떻게 봐도 말상대할 만한 것들은 아니니까."

"당신의 사교 생활을 위해 하는 얘기가 아니에요. 탈라이스. 아이들의 안전에 대한 얘기라고요. 그러니까 부디 닥치고 이 불행한 상황을 조금만 더 참아 줘요."

"하, 좋아요. 우리 차나 한잔하죠. 당신 기분도 훨씬 좋아질 거예요."

탈라이스가 차인지 뭔지를 따르고 있는 사이, 다그마는 아이들의 침대맡에서 뭔가를 찾고 있는 에바를 보고 물었다.

"뭐 잃어버렸어요, 에바?"

"애들 칼을 못 찾겠네. 쌍둥이가 아침 수련에 가지 못하면 어떤 일이 벌어지는지 당신도 알잖아. 짜증 정도는 댈 것도 없지."

에바가 그녀를 향해 한쪽 눈을 찡긋하며 미소 짓고는 수색을 계속했다. 탈라이스는 퀴비치에 대해 불평을 늘어놓고 있었다. 특별히 뭔가를 지적하며 구체적인 불만을 얘기하는 게 아니라 그들 존재 자체에 대한 불평이었다. 다그마는 천천히 시선을 돌려 아이들에게 초점을 맞추었다.

세 아이는 바닥에 둥그렇게 원을 그리며 다리를 접은 채 앉아 있었다. 리안은 양피지에 기호 같은 걸 그리고 있었는데, 평소보다 훨씬 더 걱정스러워 보이는 얼굴이었다. 아이의 부드러운 눈썹이 한껏 당겨져 미간에 또렷한 주름을 새기고 있었다. 탈란은 개 한 마리와 놀고 있었고, 탈원은 책을 읽고 있었다. 모두가 놀란 일이지만 탈원은 제 어머니처럼 고급 독자였다. 아주 고급 독자. 그들이 아는 한 탈원은 적어도 세 가지 언어를 읽을 수 있었다. 이 지역 인간의 언어와 드래곤 언어, 그리고 에바가 얘기해 준 대로라면 이제 켄타우루스 언어까지 읽을 수 있다는 것이다.

다그마가 바라보는 눈길을 느꼈는지 일곱 살짜리 계집애가 머리를 들고 그녀를 마주 보았다. 더럽고 부스스한 머리칼 사이로

제 아버지를 꼭 닮은 검은 눈이 반짝 빛났다. 탈원은 어머니 앤닐 또한 굉장히 많이 닮았다. 특히 저렇게, 갑작스러운 미소를 지을 때면…….

그 순간, 다그마는 깨달았다. 경비대장이 그 암살자들을 산 채로 발견하는 일은 절대로 일어나지 않으리라는 것을.

피어구스는 라그나가 동생 위로 이리저리 움직이는 것을 지켜보고 있었다. 바위가 브리크를 날려 버린 이후로 동생은 꼼짝도 하지 못했다. 치료사들이 밤새도록 애쓰고 있었지만, 누구도 무슨 말도 해 주지 않았다. 피어구스는 점점 불안해지기 시작했다.

잠시 후, 라그나가 그의 곁으로 다가왔다.

"어떻지?"

"보기에는……."

"난 지금 당신네 그, 조심스럽게 말을 고른 대꾸 따위를 들을 여유가 없어, 노스랜더. 그냥 말해. 내 동생이 살겠나, 죽겠나?"

"나도 모릅니다. 간신히 숨은 붙어 있지만, 아무런 반응도 보이지 않아요. 게다가……."

"게다가?"

라그나가 머리를 저었다.

"척추가 갈라졌습니다. 나도 다른 치료사들도 그건 어떻게 고쳐야 할지 모릅니다. 어쩌면 당신 어머니나 모르퓌드가……."

"브리크에게 무슨 일이 일어났는지 그들이 알기나 할까?"

"아니요. 우리는 지금 연락이 두절된 상탭니다. 내 동생도 케이타도, 다른 누구와도 연결할 수가 없습니다."

"나도 그래."

피어구스는 잠시 목을 가다듬다가 물었다.

"저 애가 살아난다면…… 걸을 수 있나?"

"모르겠습니다. 하지만…… 날 수 있을 것 같지는 않군요."

"수고했어."

피어구스는 그렇게 말하고 방을 나왔다. 통로를 지나고 모퉁이를 돌아 걸어가면서도 그는 호흡을 다스리려고 필사적으로 애쓰고 있었다. 부하들—그리고 일족—에게 이런 모습을 보여 줄 수는 없었다.

"피어구스?"

갑자기 들려온 목소리에 고개를 든 그는 고모 글레안나를 바라보았다.

"좋지 않구나, 그렇지?"

그녀가 물었다.

"아직 확실치 않아요. 그러니까 당분간 비밀로 해 두죠. 그냥 브리크가 회복 중이라는 얘기 정도로."

"그 정도면 돼. 모두를 위해서도 그렇게 해 두는 게 좋겠지. 하지만 난 너희 고모로서 묻는 거다. 브리크는 어떠니?"

피어구스는 여전히 스스로를 다스리려 애쓰며 머리를 저었다.

"좋지 않아요. 라그나와 다른 치료사들이…… 자기들은 할 수 있는 일이 없대요."

"네 어머니는?"

"어머니가 보시는 게 최선이죠. 하지만 상황이…… 저 애를 여기서 데리고 나갈 수 없을 거예요."

"하지만 우리가 터널 작업만 끝내면 다음번 공격에서…… 마지막 공격 말이다."

고모가 그의 팔을 꽉 잡고 확인시켜 주듯 말했다.

"그리고 나면 네 동생을 데벤알트 산맥으로 데려가서 네 어머니한테 치료받게 하면 돼. 그 애를 포기하지 마라, 피어구스."

"그럼요, 포기 안 해요."

"내가 가서 터널 작업을 끝내 놓으마. 우리 모두 같이 이 일을 해내는 거야."

그녀가 그의 뺨을 잡고 말했다.

"이 녀석아, 우리 일족은 서로를 절대로 포기하지 않아. 그걸 잊지 마라."

"안 잊어요, 고모."

그녀는 고개를 한 번 끄덕여 준 다음, 병사들에게 터널로 가라고 명령을 내리며 쿵쿵거리는 걸음으로 멀어져 갔다. 그사이에도 그들을 둘러싼 동굴 벽 전체는 계속해서 진동하고 있었다. 강철 놈들의 멈출 줄 모르는 포위 공격이 무자비하게 두들겨 대고 있는 것이다. 빠져나갈 ―그래서 그가 동생을 어디든 안전한 곳으로 데려갈― 빈틈을 조금도 허용치 않겠다는 듯이.

하지만 피어구스는 고모의 말이 맞다는 것을 알고 있었다. 그들 일족은 결코 서로를 포기하지 않았다. 이제 와서 그의 손으로 그런 짓을 시작할 생각도 없었다.

23

짧지만 자극 넘치는 아침 섹스를 하고 나서, 로나와 비골프는 강에서 몸을 씻고 옷을 입고 서부 산맥으로 이어지는 통행로를 달리기 시작했다. 시간은 어느새 대부분의 사람들이 첫 끼를 먹기 위해 식탁 앞에 앉을 무렵이었다.

그들은 열심히 말을 달려 시간을 꽤나 벌었다. 사이사이 작은 마을을 만나면 비골프가 아주 잘하는 일—완전히 낯선 사람들에게서 정보 얻어 내기—을 하기 위해 잠시 멈추기도 했다. 로나는 감탄했음을 인정할 수밖에 없었다. 그녀는 모르는 사람들에게 다가가는 방법 자체를 알지 못했다. 그녀가 확실히 아는 것이라면, 자신이 정보를 얻으려 하다 보면 어느새 위협조로 변하고 만다는 사실이었다. 비골프는 절대로 그러지 않았다. 그녀로서는 어떻게 그럴 수 있는지 설명조차 할 수 없었다. 그저…… 소질이 있다고 해야 할까?

하지만 로나 역시 완전히 쓸모없지는 않았다. 그녀는 여왕의 자취를 추적할 수 있었고, 그렇게 해서 그들은 서부 산맥으로 둘러싸인 카르포스 숲에 들어서게 되었다. 하긴, 그 근방에서 앤닐의 자취를 다른 이들의 흔적과 구별해 내는 것은 별로 어려운 일도 아니었다. 앤닐이 인간 여자치고는 무지하게 발이 크다는 점을 감안하면…….

그들은 말을 달려 숲 속 깊이 들어갔고, 로나는 방향이 바뀌었음을 보여 주는 새로 생긴 흔적 따위를 주의 깊게 살피고 있었다. 그녀가 어떤 나무 근처에서 무언가를 더 자세히 보려고 말을 멈추게 한 순간, 비골프가 중얼거렸다.

"연기다."

"뭐?"

그가 어딘가를 가리켜 보았다.

"연기라고. 저기 저쪽."

로나는 공기의 냄새를 맡아 보았다. 그랬다. 확실히 연기 냄새가 났다. 그리고 불의 냄새도.

그녀는 말 머리를 돌리고 냄새가 풍겨 온 방향을 향해 달리기 시작했다. 비골프도 그녀와 나란히 달렸다. 얼마 안 가 그들은 멀리서 아직도 불타고 있는 조그만 마을의 잔해를 볼 수 있었다. 더 가까이 가기 전에 로나는 말에서 내리고 암말을 거기 남겨 두었다. 로나와 달리, 그리고 정도는 덜하지만 비골프와도 다르게, 말들은 불길에 면역이 되어 있지 않았다.

마을이 가까워질수록, 비통한 흐느낌과 절박한 고함 소리가 점점 또렷하게 들려왔다. 보금자리를 처참하게 파괴한 화재에서 살아남은 사람들의 소리였다. 로나는 열 받은 드래곤의 짓이 아닐까 걱정하면서, 처음으로 눈에 띈 남자를 향해 다가갔다. 그자도 슬픔으로 정신이 나간 듯한 모습이었다.

"여기서 무슨 일이 있었던 거죠?"

로나의 물음에, 연기와 눈물로 빨갛게 충혈된 눈을 한 남자가 그녀를 올려다보았다.

"병사들이, 퀸틸리안 병사들이 그랬어요."

"그자들이 당신 마을을 불태웠다고요? 왜요?"

그의 다음 대답은 로나의 심장을 멈추게 했다.

"여자 때문에……."

"여자? 무슨 여자요?"

남자가 눈을 깜빡이고는 깊은 숨을 내쉬었다. 몹시 지친 기색이었다.

"여행자였어요. 다른 여자 두 명과 함께 왔죠."

"그 여자가 병사들과 싸운 건가요?"

비골프가 물었다.

"아니, 그 여자는 제 발로 병사들을 따라갔어요. 혼자만. 다른 여자들이 어떻게 됐는지는 모르겠군요. 그 여자와 함께 있지 않았으니까."

남자가 침을 삼키고 이마의 땀을 닦았다.

"그녀는 싸우지 않았어요. 병사들이 마을에 불을 지르기 전까지는요. 그놈들을 막으려고 싸우기 시작한 거죠. 그런데 놈들이 한꺼번에 그녀를 공격했어요. 사납게 몰아붙여서 결국 쓰러트리고 말았죠."

남자의 목소리가 잠겨 들었다.

"그때부터 놈들이 마을 전체에 불을 지르고 다녔어요. 내 아내는……"

그는 머리를 내저었다.

"그래도 고맙게 생각해야겠죠."

"고맙게 생각해요?"

"소문이 돌았거든요. 지난 며칠 동안 병사들이 근처 마을들을 불태웠다는 얘기였죠. 또 놈들은 불을 지르기 전에…… 여자들을……"

남자는 다시 한 번 머리를 내젓더니 멍한 얼굴로 어디론가 걸어가기 시작했다.

"가야겠어."

로나의 말에, 비골프는 주변을 둘러보았다. 그곳 사람들이 이미 충격에 빠져 있지 않았더라면 그의 표정을 보고 겁에 질렸을 만한 얼굴을 하고서.

"로나, 이 사람들을……"

"알아. 하지만 지금 당장 저들을 위해 우리가 할 수 있는 일은 없어. 그리고 앤널이 혼자 그놈들과 함께 갔다잖아. 우리가 가 봐야지."

"그래, 당신 말이 맞아."

비골프가 걸음을 뗐다가 다시 멈추었다.

"놈들은 그녀를 찾고 있었어. 그녀가 오고 있다는 걸 알았다는 얘기잖아."

로나는 말을 남겨 둔 곳으로 향하며 말했다.

"우리가 가야 해."

병사들을 추적하기는 쉬웠다. 그자들은 한 번도 멈추지 않고 곧장 퀸틸리안으로 돌아가고 있었던 것이다. 하지만 늦은 저녁이 되자 그들도 밤을 보낼 만한 곳을 찾아 행군을 멈추었다.

비골프는 로나와 함께 야영지가 내려다보이는 언덕에 웅크리고 있었다. 그들은 병사들이 앤널을 우리에서 질질 끌어내는 모습을 지켜보았다. 하지만 놈들이 그녀를 발로 차고 주먹으로 패기 시작하자 로나가 튀어 나가려 했고, 비골프는 그녀를 붙잡아야 했다.

"아직은 안 돼."

"우린 변신할 수 있잖아."

"저놈들이 드래곤과 싸우는 방법을 모를 거라고 생각해? 그 트라시우스라는 작자가 자기네 인간 병사들에게 전투 중에 드래곤 한둘 정도는 해치울 만한 수도 가르쳐 주지 않았을 것 같아? 우린 기다려야 해."

퀸틸리안인 하나가 앤널의 목을 잡고 들어 올렸다. 그자가 갖춰 입은 갑주의 장식과 투구에 매달린 말 털로 짐작하건대, 부대의 지휘관인 듯했다. 남자가 적어도 스무 명은 되는 부하들에게 따라오라는 몸짓을 하고는, 거의 의식을 잃은 듯한 앤널을 질질 끌고 그곳에 유일하게 세워진 막사로 향했다. 부하들이 웃으며 그자의 뒤를 따랐다.

"이제 가도 되겠어?"

로나가 물었다.

"이제 가야지."

그들은 길게 자란 수풀을 엄폐물 삼아 낮은 포복으로 언덕을 내려갔다. 둘 다 여전히 인간의 모습을 하고 있었고, 정말 불가피한 상황이 닥치는 경우에만 변신할 생각이었다.

하지만 그렇게 한참 나아가고 있는 중에 뒤쪽에서 까마귀 울음소리가 들려왔고, 로나가 즉시 멈추었다.

"뭐야? 왜 그래?"

비골프는 속삭여 물었다.

숨을 들이쉰 로나가 그 까마귀 울음소리와 비슷한 소리를 내자, 곧 응답하는 소리가 돌아왔다. 로나는 고개를 한 번 끄덕여 보였고, 그들은 여전히 낮은 자세를 유지한 채 오른쪽으로 달려가 커다란 나무에 이를 때까지 조금 위쪽으로 올라갔다.

나무 뒤로 돌아간 로나가 거기 서 있던 젊은 여자를 덥석 끌어안았다.

"브란웬."

"로나 언니? 대체 여기서 뭐하고 있는 거야?"

브란웬이 속삭였다.

"너랑 너희 망나니 여왕을 잡으러 왔지. 너 괜찮니?"

"그럼, 괜찮지. 난 괜찮아. 우린 다 괜찮아."

"안녕하세요, 비골프?"

비골프는 자신에게 인사한 인간 소녀를 향해 미소 지었다. 그가 마지막으로 본 이래로 그녀는 꽤나 자라 있었다. 딱 맞춤하게 예쁜 아가씨로. 하지만 몸집으로 판단하건대, 이 예쁜 아가씨는 맨손으로 적의 머리통도 뽑아낼 수 있을 터였다.

"이지, 또 말썽이 생겼나 보네요."

"뭐, 약간요."

고개를 끄덕인 이지가 로나를 향해 미소 지었다.

"안녕하세요?"

"이사벨."

로나는 차갑게 대꾸하고 그녀에게서 등을 돌렸다.

"너희 둘은 여기 있어. 여기서부터는 우리가……."

"우린 명령받은 게 있어요. 당신들은 우리를 따라와도 되고, 여기 남아서 보고만 있어도 돼요. 하지만 우린 갈 거예요."

이지가 그렇게 말하고 브란웬에게 고개를 끄덕여 보였다.

"우리 지금 가야 해."

그녀들이 은밀하고도 재빨리 언덕을 내려가는 모습을 노려보며 로나가 중얼거렸다.

"망할 계집애들."

"망할 전사들이지."

비골프는 상기시켜 주듯 말했다.

"따라갈까?"

"선택의 여지가 있는 것도 아니잖아."

로나가 그렇게 대꾸하고는 창을 뽑아 원하는 정도가 될 때까지 크기를 키웠다.

"자, 살인마 개자식들을 죽이러 가 보자고."

로나는 우선 사촌 동생과 이사벨이 공격하는 모습을 지켜보았다. 브란웬은 전통적인 무기—칼과 방패—를 좋아하는 것 같았다. 하지만 이사벨은 배틀액스와 쇼트소드를 썼다. 그녀들은 한 조를 이루어, 불구덩이에 음식을 요리하고 있는 병사들 속으로 뛰어들었다. 그녀들을 마주한 첫 번째 병사는 동료를 부를 틈도 없이 목이 잘려 넘어졌다.

그다음 병사들은 각자의 무기를 뽑아 공격할 시간이 충분히 있었다. 하지만 그들 넷은 별 수고 없이도 그런 병사들쯤은 부대 단위로 쓸어버릴 수 있는 전력이었다. 로나와 비골프만이었거나 브란웬과 이사벨이 그 정도로 잘 훈련되어 있지 않았더라면 다소는 도전적인 임무가 되었을지도 모른다. 그러나 그들 모두는 군대에서 실전으로 살육과 도살 기술을 갈고닦은 전사들이었고, 앤널이 끌려 들어간 막사를 향해 신속하고도 정확하게 길을 열어 갈 수 있었다.

맨 먼저 적을 뚫은 로나는 곧장 막사를 향해 달려갔다. 어린 동생에게 그런…… 광경을 보여 주고 싶지 않았기 때문이다. 어쨌든, 지금쯤이면 막사 안의 누군가는 바깥의 소란을 들었을 테고 무슨 일인지 확인하기 위해서라도 나와 볼 수 있었다. 하지만 어쩌면 놈들은 앤닐에게 무슨 짓인가를 저지르는 데 지나치게 몰두해 있을지도 몰랐다. 로나가 이루 말할 수 없는 혐오감을 느끼며 막사로 돌진하려는 순간, 막사 한쪽이 거칠게 펄럭이며 열렸다. 그녀는 주춤거리며 물러나면서도 방패와 창을 들어 올리고 공격을 준비하는 것을 잊지 않았다.

그러나 막사 밖으로 나선 것은 앤닐이었다. 그녀는 온몸에 피칠갑을 한 채, 신음을 흘리는 지휘관의 갑주 뒷덜미를 잡아 질질 끌고 나왔다. 막사 앞에 멈춰 선 여왕이 천천히 눈을 깜빡였다.

"로나?"

"앤닐?"

로나는 여왕의 몸을 훑어보았다.

"괜찮아요?"

"코가 부러졌어."

중얼거리듯 대꾸한 여왕은 그대로 지휘관을 끌고 걸어갔다.

비골프가 로나 곁으로 다가왔다. 그들은 앤닐의 뒷모습을 바라보다가 서로 마주 보았다. 그리고 한마디 말도 나누지 않은 채 막사로 들어갔다. 하지만 입구에서 채 한 걸음도 더 들어갈 수 없었다.

"맙소사, 비골프."

"전부 다……."

그가 경외감 어린 목소리로 더듬거렸다.

"다 죽었어."

그냥 죽은 게 아니었다. 그것은…… 몰살이라고 해야 할 것이다. 앤널은 누군가의 칼이나 도끼를 빼앗아서 쓴 게 분명했다. 병사들…… 병사였던 인간들의 육편이 사방에 흩어져 있었다. 머리들, 팔들, 다리들…… 성기들도. 그 살덩어리들이 거기서 뿜어져 나온 피와 함께 바닥과 벽과 막사 전체를 가득 채우고 있었다.

그대로 물러서 막사를 나온 로나는 앤널이 퀸틸리안 지휘관을 저들이 그녀를 가둬 놓았던 우리 앞에 팽개쳐 버리는 것을 보았다. 이사벨이 지휘관의 팔을 가로대에 묶자, 브란웰이 앤널에게 여왕의 두 자루 장검 중 하나를 건넸다. 로나는 도대체 무슨 일이 벌어지고 있는지 궁금해하면서 세 여자 쪽으로 다가갔다.

앤널이 지휘관 앞에 웅크리고 앉았다. 그녀는 잠시 그자를 바라보다가, 여왕 특유의 그 빛나는 미소를 지었다.

"거참 재밌었지, 어?"

그녀가 주먹으로 지휘관의 가슴을 찔렀다. 세게 찌른 것처럼 보이진 않았지만, 돌아온 반응으로 짐작하건대 갈비뼈 몇 대는 부러진 것 같았다.

"자, 이제 내가 여기 있다는 걸 어떻게 알았는지 말해 봐."

앤널이 느릿한 어조로 물었다.

"……정찰병 눈에 띄었다."

퀸틸리안 지휘관이 피와 부러진 이 사이로 내뱉었다.

"이런, 이런. 거짓말은 하지 마. 난 거짓말쟁이를 잡아내는 데 능숙하거든. 그러니까 나한테는 거짓말을 하면 안 돼. 내가 여기 있는 걸 어떻게 알았지? 내가 이쪽으로 오고 있다는 건 어떻게 알았고?"

"정찰병 눈에 띄었다."

지휘관이 부어오르긴 했지만 그나마 완전히 닫히지는 않은 한쪽 눈으로 그녀를 노려보며 다시 대답했다. 앤널은 한숨을 내쉬고 일어서서 칼을 휘둘렀다. 그 움직임이 너무나 빨라서 로나는 거의 눈으로 보지도 못했다. 다만 지휘관의 비명이 터지고 피가 쏟아지는 걸 보고서야 앤널이 그자의 왼손 손가락들을 잘라 버렸다는 것을 알았다.

인간 여왕이 다시 그자 앞에 웅크리고 앉았다.

"다시 시작해 보지. 내가 이쪽으로 오고 있다는 걸, 여기 있다는 걸 어떻게 알았나?"

헐떡거리던 지휘관이 고통을 참기 위해 억세게 이를 갈다가 대답했다.

"바테리아 공주님의 마법사로부터 전갈을 받았다."

"그 여자, 자기 전속 마법사도 있어? 멋지군. 그자 이름은?"

지휘관이 바로 대답하지 않자, 앤널은 다시 천천히 몸을 일으켰다.

"주니우스."

남자가 재빨리 말했다.

"드래곤메이지 주니우스."

똑바로 일어난 앤널은 그대로 버티고 서서 질문을 이었다.

"그자는 어떻게 알았는데?"

지휘관이 어깨를 추썩였다.

"모른다."

"그래, 아마 넌 모르겠지."

앤닐은 자유로운 나머지 손을 뻗어 그자의 턱에 묻은 피를 훔쳐 냈다. 그자의 전신이 자신과 부하들의 피로 범벅이라는 점을 감안하면 터무니없는 짓처럼 보이기도 했다.

"하지만 장담하는데, 내가 찾고 있는 누군가를 어디로 가면 만날 수 있는지는 알고 있을 거야. 아주 중요한 자거든."

그녀는 잠깐 입술을 오므렸다가 지휘관의 가슴을 가볍게 두들기며 물었다.

"대답해 봐, 가이우스 루시우스 도미투스는 어디 있지?"

이번에는 지휘관도 굳이 거짓말을 하려고 애쓰지 않았다. 대놓고 머리를 내저었다.

"말하지 않겠다. 나는 퀸틸리안 독립국의 전사다. 난 절대로……."

앤닐은 무심한 동작으로 그자의 팔을 팔꿈치 아래까지 잘라 냈다. 얼굴을 가로질러 피가 튀는데도 전혀 개의치 않았다.

"브란웬."

그녀가 중얼거리듯 불렀다. 그리고 다음 순간, 로나는 사촌 동생이 퀸틸리안인의 팔에 작게 한 줄기 불을 뿜어 상처를 지져 지혈하는 것을 보고 기겁하고 말았다.

남자 앞에 또다시 웅크리고 앉은 앤닐이 조용히 물었다.

"가이우스 루시우스 도미투스는 어디 있나?"

이 인간 지휘관 한 명이 보여 주는 의지력만으로도 강철 드래곤들과 퀸틸리안인들을 쉽게 없앨 수 없는 이유를 알 만했다. 지휘관은 다시 머리를 저었다.

"난 아무것도 말하지 않는다. 창녀."

발끝을 지지대 삼아 잠시 앞뒤로 몸을 흔들던 앤널이 입을 열었다.

"난 네놈을 아프게 해 줄 수 있다. ……몇 시간이고. 오늘 밤 네놈이 내게 하려던 짓만으로도 말이야. 그러니까 이 상황에서 네놈에게 무슨 선택권 같은 게 있는 척하는 건 이제 그만두지. 가이우스 루시우스 도미투스는 어디 있나? 말해라, 지금 당장."

"싫다."

앤널은 목소리를 높이지도 않고 불렀다.

"이지."

그러자 탈라이스와 브리크의 딸 '위험한 자' 이지가 배틀액스를 휘둘러 지휘관의 다리를 무릎 아래까지 잘라 냈고, 브란웬이 재빨리 뒤를 이어 불줄기를 뿜었다. 퀸틸리안인의 비명이 밤의 어둠을 뚫고 메아리쳤다.

로나는 앤널에게 그런 짓 그만두라고 말하려 앞으로 나섰지만, 비골프가 그녀의 팔을 잡고 머리를 저었다. 그녀는 그가 자신을 잡은 것이 그 역시 이 모든 일을 괜찮다고 여기기 때문인지, 아니면 여왕이 자신을 방해하는 자에게 무슨 짓을 할지 두려워서인지 알 수 없었다.

"가이우스 루시우스 도미투스는 어디 있나?"

이번에는 미친 여왕이 거의 노래하듯이 질문을 던졌다.

지휘관은 머리를 흔들며 말했다.

"그는…… 퀸틸리안 외곽에 살고 있다. 셉티마 산맥에. 하지만 그는 널 반기지 않을 것이다, 창녀. 아니, 그가 널 죽일 것이다. 너와 네 친구들 모두."

"자상도 하시지. 내가 너에게 해 준 거라고는 차근차근 조각낸 것뿐인데, 넌 나에게 임박한 재앙을 경고해 주는구나. 참 자상하다고 말할 수밖에 없네."

앤닐이 조롱했다.

"글쎄다……. 너 설마 내가 그자를 만나지 않기를 바라는 건 아니겠지? 왜냐면 그자야말로 너희 대군주나 그 개 같은 딸년에게 진짜 위협일 테니까 말이야. 흠, 네가 그런 의도로 한 말은 절대로 아닐 거야. 하지만 어쨌든 거짓말은 하지 않아서 고맙구나. 그 점만큼은 감사하지."

그대로 일어선 그녀는 들고 있던 장검을 검집에 넣고, 브란웰에게서 나머지 검도 돌려받았다. 그리고 몸을 돌려 로나와 비골프 쪽으로 다가왔다. 그사이, 여왕의 뒤쪽에서 이지가 배틀액스를 휘둘러 지휘관의 목을 쳤다.

로나 앞에 선 앤닐은 자기 검들을 던졌다. 그럭저럭 받아 내기는 했지만 로나는 저도 모르게 조금 주춤하고 말았다.

"그래…… 당신들도 나와 함께 갈 건가?"

앤닐이 두 손으로 자기 코를 잡으며 물었다.

"우린 당신을 데려가려고 왔어요. 당신 군대가 동부 통행로를 지나 유프라시아 계곡으로 이동 중이죠. 일이 곧 시작될 거예요, 앤닐."

비골프가 먼저 대답했다.

"일은 이미 시작됐어. 강철 놈들이 지난밤에 공격했거든. 공성 무기로."

"뭐라고요? 당신이 그걸 어떻게 알죠?"

비골프가 급하게 물었다.

앤널은 간단한 동작으로 부러진 코를 원래 자리에 돌려놓고, 로나에게서 자기 무기들을 가져갔다.

"시간이 별로 없어. 그러니까 우리와 함께 가든지, 아니면 그냥 돌아가. 선택은 당신들 맘이야. 하지만 난 가이우스 도미투스를 만나기 전엔 멈추지 않을 거야."

"당신은 절대로 그자를 잡을 수 없을 거예요."

로나가 나섰다.

"저들은 당신이 여기 있다는 걸 알고 있어요. 바테리아가 당신을 찾으라고 수색대를 보냈죠. 그자들은 당신을 잡으려고 마을들을 돌아다니며 강간하고, 약탈하고, 불을 질러 이곳 사람들의 터전을 통째로 파괴하고 있어요."

"그걸 내 탓이라고 말하는 거야?"

별로 그렇지는 않았다. 하지만……

"앤널, 상황이 급격하게 달라지고 있어요. 유프라시아에서 공격이 시작됐다면 우린 돌아가야 해요."

"내가 지금 돌아가면 우린 모두 죽어. 아니면 그 폭군의 노예가 되겠지."

앤널이 검들을 등에 멘 다음, 로나의 어깨를 가볍게 다독였다.

로나는 여왕의 그 동작을 일종의 자부심의 표현으로 받아들였기 때문에 움찔거리거나 펄쩍 뛰어 물러나고 싶은 것을 간신히 참아 냈다. 그야말로 훈련의 성과라고 할 수 있었다. 수년에 걸친 훈련의 성과.

"당신들이 유프라시아 계곡의 동료들에게 돌아간다고 해도 내가 당신들을 낮춰 보거나 하는 일은 없을 거야. 하지만 난 이 일을 끝내야 해. 당신들이 함께 가든, 안 가든."

앤빌은 그들 사이를 지나 어디론가 걷기 시작했다.

그때, 비골프가 다시 입을 열었다.

"웨스트랜드 부족들이 가반아일을 공격하고 있어요, 앤빌. 당신 아이들이 있는 곳 말이에요."

여왕이 걸음을 멈추었다. 그녀의 전신이 긴장한 한 줄기 근육처럼 딱딱하게 굳어졌다. 하지만 그녀는 몇 차례 호흡을 반복한 뒤, 말했다.

"당신들이 함께 가든 가지 않든, 나는 가."

로나는 여왕이 그대로 머나먼 서쪽으로 이어지는 숲을 향해 걸어가 버리는 것을 보고 충격을 받았다. 앤빌이 자기 집 문간에 와 있는 적들과 운명의 변덕에 아이들을 맡겨 둘 수 있으리라고는 상상도 할 수 없었던 것이다.

하지만 그녀는 떠났고, 의심할 바 없이 이사벨과 브란웬도 그녀를 뒤따랐다. 로나는 브란웬이 결정을 내렸다는 것을 알았다. 이유가 무엇이건 간에 사촌 동생은 저 미친 여왕을 따라 그 정신 나간 과업을 함께할 것이고, 그에 대해 로나가 할 수 있는 일은 아무것도 없었다.

뭐…… 한 가지는 있지.

"당신, 저들과 함께 갈 거구나. 얼굴에 쓰여 있어."

비골프가 말했다.

"내가 달리 뭘 어쩌겠어?"

"우린 돌아갈 수 있어. 유프라시아로. 전장으로. 심지어 전장에서 죽는 것조차 이 미친 짓보단 나을 거야."

"난 돌아갈 수 없어. 브란웬은 내 사촌이잖아. 이지는 브리크의 딸이고."

로나는 비골프의 팔에 손을 올려놓았다.

"하지만 당신은 돌아갈 수 있지. 그러니까 당신이 가서, 여기서 무슨 일이 있었는지 전해 줘. 당신이……."

"난 당신만 두고 가지 않아."

"비골프……."

"당신만 두고는 안 가. 여왕도."

"그럼 당신은 바보야."

로나는 숲을 향해 나아가는 여왕 일행을 바라보았다.

"우린 이대로 돌아갈 수 없을 거야, 비골프."

"뭐, 당신이 계속 그렇게 부정적인 생각만 한다면 결국 그렇게 되겠지."

이 모든 상황에도 불구하고, 그녀는 조금 웃었다.

"무슨 소리야?"

"긍정적으로 생각하라고. 혹시 모르잖아, 우린 살아남을 수도 있어. 그러고 나면 당신, 나하고 뭘 할래? 나와 함께하는 거, 그게 당신이 할 일이잖아."

비골프는 그녀에게 눈을 찡끗해 보이고, 언덕에 남겨 둔 말들을 부르는 신호를 보내며 여왕 일행을 뒤따라갔다.

로나는 야영지를 한차례 둘러보고, 마지막으로 목이 달아난 퀸틸리안 지휘관의 시체에 시선을 맞추었다. 여전히 그 모든 것에 혐오감을 느끼면서도 ─그녀는 누군가를 고문해 본 적이 없었다─ 그녀는 '가반아일의 미친 여왕'을 뒤따랐다. 자신이 세상을 마감할 날이 와도 저 인간 지휘관 같은 꼴은 당하지 않기를 기도하면서. 로나는 다리와 손가락을 잃은 채로 카드왈라드르 조상들을 만나고 싶지 않았다. 그들은 틀림없이 그걸로 그녀를 놀려먹을 테니까. 그것도 영원토록 말이다.

24

리아논은 성벽에 서서 자신의 영토를 바라보았다. 그렇다. 인간들에게 이 땅이 저희 것이기도 하다고 믿도록 내버려 두고는 있지만, 사실은 이 모두가 그녀의 것이었다. 저 웨스트랜더들이 침공해 왔다는 사실은 그래서 리아논을 화나게 했다. 앤널이 수년간 그래 왔듯이 저 야만족들을 먼지 나게 두들겨 패 주고 ——리아논의 즐거움 가운데 하나이기도 했다—— 있지 않다는 사실은 더더욱 화나는 일이었다.

저 웨스트랜더들은 약삭빠른 놈들이었다. 다음 공격을 준비할 때까지 숲 속에 몸을 감추고 있다니, 놈들은 자연을 사랑하는 신들을 숭배하는 게 분명했다. 베르세락이 이끄는 드래곤워리어 분대조차 저 개자식들을 찾지 못했다. 심지어 수색 중에 몇 차례 화살 공격까지 받았는데도 말이다. 어쩔 수 없이 저들이 다시 성을 공격하러 나올 때까지 기다려야 할 모양이었다.

일단 숲 밖으로 나서기만 하면 리아논의 전사들이 제대로 본 때를 보여 줄 수 있으련만……. 뭐, 더 나쁠 수도 있었지.

리아논은 갑자기 치맛자락이 당겨지는 느낌에 아래를 내려다 보았다. 손녀딸 리안웬이 발치에 서 있었다. 믿을 수가 없군! 드래곤들은 물론이고 퀴비치 여단, 경비 대대, 켄타우루스까지 합세하고도 조그만 어린애 하나를 못 지킨단 말이야? 그들 중 누구 하나 이 꼬맹이에게서 눈을 떼지 않은 자가 없다고?

"사랑하는 내 손녀딸, 여기서 뭐하고 있니?"

리아논은 아이 앞에 쪼그리고 앉으며 물었다.

"일이 시작돼 버렸어요."

꼬마가 말했다.

"뭐라고?"

"포위 공격요. 아빠가 있는 곳이에요."

아이가 두 손을 내밀자 리아논은 손녀딸을 끌어당겼다.

"리안, 무슨 일이니?"

"아빠가 다쳤어요. 그들은 아빠를 도와줄 수 없어요."

손녀딸이 속삭였다.

"너……."

엄청난 충격에, 리아논은 공황 상태로 빠져들지 않기 위해 안간힘을 써야 했다. 눈물이 터질 것만 같았다. 아이가 나쁜 꿈을 꾼 것뿐이라고 믿고 싶었다. 그저 악몽일 거라고. 하지만 리아논은 자신의 손녀딸이 눈에 보이지 않는 많은 것들을 볼 수 있다는 사실을 알고 있었다.

"틀림없이 본 거니, 아가야?"

아이가 고개를 끄덕였다.

"네, 봤어요."

"많이 다쳤어?"

"네, 아주 많이요."

리안이 뭔가를 그린 양피지 조각을 들어 보였다.

"하지만 제가 아빠를 도우려고 이걸 그렸어요."

리아논은 간신히 미소를 지을 수 있었다.

"아주 예쁘구나. 아빠가 좋아할 거야."

"엄마한테는 아빠에 대해서 말하지 마세요. 엄마가 슬퍼할 거예요."

"그래, 안 하마."

손녀딸의 이마에 키스하면서도, 리아논은 아들에 대한 걱정으로 심장이 터질 것만 같았다.

"자, 이제 넌 아무 걱정 하지 않아도 된단다. 모든 일이 다 괜찮아질 테니까."

"그 괴물이 도와주기만 한다면요."

리아논은 다시 물었다.

"괴물이라고? 무슨 괴물 말이니?"

"화난 괴물이에요. 나쁜 놈들이 괴물을 아프게 했어요. 그래서 이제 괴물은 모두를 미워해요. 괴물은 눈이 하나밖에 없어요. 화난 눈이에요. 어쩌면 케이타 고모가 괴물한테 안대를 보내 줘서 힘내라고 할 수도 있겠네요."

오, 맙소사! 아이는 '반역왕'에 대해 이야기하고 있었다. 하지만 어떻게……?

"괴물이 도와줄까?"

리아논이 손녀딸에게 물었다. 아이는 할머니에게 안겨 있을 때면 언제나 그러듯 그녀의 하얀색 머리칼을 장난치듯 만지작거리고 있었다.

"아마 도와주지 않을 거예요."

리아논은 다시금 물었다.

"아마? 그러니까 도와줄 가능성도 있……?"

"앤닐 숙모가 괴물에게 가장 중요한 걸 주면요."

아이의 얼굴에 고통스러울 만큼 슬픈 표정이 떠올랐다.

"숙모는 그걸 나쁜 놈한테서 얻어 내야 해요. 하지만 나쁜 놈은 숙모한테 그걸 주지 않을 거예요."

"괴물에게 가장 중요한 게 뭐지?"

"탈윈 언니와 탈란 오빠에게 가장 중요한 것과 똑같아요. 앤닐 숙모가 그걸 기억한다면, 어떻게 해야 할지도 알 거예요."

리안은 한숨을 내쉬고 할머니의 눈을 들여다보았다.

"전 언제 예쁜 목걸이랑 팔찌를 가질 수 있어요?"

"네가 케이타 고모처럼 되지 않을 거라고 할머니가 확신할 수 있을 때."

아이가 마침내 미소를 지었다.

"케이타 고모는 재밌어요."

"뭐, 그렇게 말할 수도 있겠지."

리아논은 손녀딸을 꽉 끌어안아 주었다. 그러면서도 머릿속으로는 어떻게 하면 앤널에게 이 소식을 전할 수 있을지 궁리하고 있었다. 앤널과 서쪽에 있는 다른 이들 그리고 유프라시아 계곡의 아들들과 접촉해 보려한 모든 시도는 허사로 돌아갔다. 그녀는 누군가에 의해 차단당하고 있었다.

그년! 그 드래곤위치 년! 지랄 맞은 신들이 지랄 맞은 간섭을 해 대고 있는 거겠지.

리아논은 그것이 신들의 짓임을 알았다. 오직 신들만이 그녀를 막을 수 있기 때문이었다. 하지만 어쩌면 방법이 있을지도 몰랐다. 물론 그러려면……

"제 손을 잡으세요."

손녀딸이 불쑥 말했다.

"어…… 우리 노는 건 나중에 해도 될까, 아가야? 할머니는 해야 할 일이……."

"제 손을 잡으세요. 우리가 함께하면 앤널 숙모와 얘기할 수 있어요."

"아니, 할머니는…… 우리는 계속 연결이 안……."

리안이 손을 들어 올렸다.

"우리 둘이 하면 돼요. 하지만 빨리 해야 돼요. 난 아빠 그림을 끝내야 하거든요."

"정말 앤널과 얘기하게 도와줄 수 있겠니, 리안?"

"예."

"그걸 어떻게 알지?"

아이가 어깨를 으쓱했다.

"그냥 알아요."

대체 무슨 일이 벌어지고 있는지 확신할 수는 없었지만, 한 번에 한 가지 중대한 위기만으로도 벅찰 지경이었으니 리아논은 바로 아이의 손을 잡았다.

"그래, 어디 우리가 함께해 보자. 하지만 이야기는 할머니만 하마. 널 앤널 머릿속에 들어가게 하고 싶지는 않구나. 절대로."

애석하지만, 비골프와 로나는 말들을 놓아주기로 결정했다. 산맥 지대 자체가 바위투성이에다 길이 험해서 말들이 다니기 어려웠고 만약의 경우 신속하게 몸을 숨길 필요가 있었기 때문이다. 말들의 안전을 위해서나 그들 자신을 위해서나 놓아주는 편이 나았다.

하지만 비골프는 처음부터 생각을 잘못했던 거라고 속으로 투덜거렸다. 서로를 위해서라고 했지만 말들만 좋았지 자기들에게는 그렇지 않다고. 이렇게 많이 걸어야 할 줄 누가 알았나. 이미 몇 킬로미터나 걸었는데, 망할, 앞으로는 또 얼마나 걸어야 하는 거야?

앤널이 찾는다는 이 '반역왕'이란 자는 퀸틸리안 독립국의 정확히 반대쪽 끝에 살고 있었다. 그들은 아직 퀸틸리안에도 발을 들여놓지 못했는데 말이다. 앤널은 어떻게 그곳으로 가서 원하는 것을 얻고 적절한 시간에 맞춰 돌아갈 수 있으리라 생각하는 것일까?

　사실, 그들 중 누구도 그 답을 알지 못했다. 하지만 여왕은 자신의 목적에 사로잡혀 있는 것 같았다. 로나가 이렇게 무작정 가는 건 좋은 생각이 아니라고 차근차근 부드럽게 설명하며 열심히 설득해 봐도 여왕은 들으려고 하지 않았다. 여왕은 아무것도 들으려 하지 않았다. 그러고 보니, 보통은 수다스럽기 짝이 없는 이지와 브란웬이 줄곧 침묵을 지키고 있는 것도 이해가 되었다.

　그들은 다음 날 저녁이 되어서야 드디어 휴식을 취하기로 하고 시냇가에 자리를 잡았다. 배낭에서 꺼낸 음식을 돌리고 시내에서 길어 온 물로 수통을 채웠다. 그리고 저마다 작은 바위나 쓰러진 나무줄기 등에 앉아 식사를 시작했다.

　비골프는 로나의 귀에 대고 부드럽게 말했다.

　"이만하면 다행이야. 한여름이었다고 생각해 봐. 비참하게 뜨거운 여름이었다면……."

　이지가 가방을 뒤적이더니 열매 몇 개를 꺼내 모두에게 권했다. 앤뉠은 머리를 저어 사양했고 브란웬은 두 개를, 비골프는 한 개를 받았다.

　하지만 로나는 딱 잘라 거절했다.

　"됐어."

　이지는 어깨만 으쓱하고는 원래 자리로 돌아가 음식을 먹기 시작했다. 그러다가 로나에게 물었다.

　"제 아버지는 어떠세요?"

　로나가 아무 말도 않자, 비골프가 대신 대답해 주었다.

"무례하죠."

"그러니까 잘 계신다는 거네요."

그리고 둘이 함께 키득거리며 웃었다.

"북쪽의 전황은요, 잘돼 가고 있어요?"

이지가 다시 물었다.

"유감스럽게도 힘들어요. 그 강철 놈들이……."

비골프는 머리를 내저었다. 이지가 그의 말을 마무리하듯 말했다.

"끊임없이 밀려오죠."

"그거예요. 대체 어떻게 그럴 수 있는지 모르겠어요."

"우리도 똑같은 생각을 했어요. 그렇지, 브란웬? 진짜로 계속해서 밀려오잖아요."

이지가 열매를 좀 더 먹더니, 말을 이었다.

"하지만 그게…… 이 말은 꼭 해야겠는데요, 그자들이 군대를 운용하는 방식은……."

"내 말이!"

비골프는 대번에 동의했다.

"……조직 편제라든가 군율 같은 거요. 그리고 그자들은 진짜 끝내주게 무자비하죠."

"넌 그자들에게 감탄하는구나."

말없이 듣고만 있던 로나가 이지를 뜯어보며 말했다. 어쩌면 지나치게 뜯어보는 것도 같았다.

"그러지 않을 수가 없잖아요. 그자들의 계급 체계라든가 몇 가지는 우리 군대에서도 써먹어 볼 만하죠. 변화를 시도해 보는 것도 결국에는 우리에게 도움이 될 거예요."

"언젠가는 장군이 되겠다는 네 계획은 여전히 진행 중인가 보구나?"

비골프는 로나의 질문에 코웃음이 섞인 것을 분명히 들었다. 이지는 듣지 못했을지도 모르지만…….

이지가 어깨를 으쓱하더니 말했다.

"왜 아니겠어요? 저에게도 다른 이들이나 마찬가지로 기회가 있을 테니까요. 하지만 굉장히 힘든 일이란 건 알아요."

그녀는 빙그레 웃으며 중얼거렸다.

"군율과 편제……."

일행이 웃음을 터트렸다. 로나만 빼고. 그녀는 여전히 이지를 쏘아보며 음식을 먹고 있었다.

이지가 비골프에게 빵을 권하며 물었다.

"가반아일에 들렀다고요? 제 어머니는 어떠세요? 리안은요?"

"다들 잘 있죠. 리안은 사랑스럽고요."

"진짜 너무 보고 싶어요. 리안도 이제 많이 자랐겠죠?"

"키가 큰 편인 거 같아요. 뭐, 쌍둥이만큼 크지는 않지만. 그 애들은 덩굴식물처럼 자라고 있거든요."

바로 그때, 로나가 끼어들었다.

"에이브히어와 켈뤼에 대해서는 물어보지 않을 거니?"

비골프와 브란웰은 그 질문에 움찔했지만, 이지는 다시 한 번 어깨를 추썩였을 뿐이다.

"물어봐야 하나요?"

로나가 경멸감을 담은 코웃음―비골프에게는 몹시도 익숙한 소리였다―을 치고는 다시 육포를 씹기 시작했다.

이지가 음식을 내려놓고 손에 묻은 부스러기를 털어 냈다.

"저한테 하고 싶은 말이 있나 보네요."

"아니."

로나는 대번에 받아쳤다.

"내가 사촌들 사이를 오락가락하는 창녀 계집하고 무슨 말을 섞겠니?"

"언니! 머리가 어떻게 된 거 아냐?"

브란웬이 화난 목소리로 소리쳤다.

로나가 뭔가 대꾸를 하기도 전에 ―비골프는 이 여자가 대꾸하리라고 장담할 수 있었다― 앤닐이 갑자기 고함을 내질렀다.

"내 머릿속에서 대체 뭘 하고 있는 거야!"

모두들 하던 동작을 멈추고, 여왕을 돌아보았다.

"나가요! 내 머릿속에서 나가! 피어구스가 당신이 내 머릿속에 들어오는 일은 없을 거라고 했는데! 대체 왜 이러는 거야?"

로나가 비골프에게 몸을 기울이고 속삭였다.

"젠장맞을, 진짜로 완전히 돌아 버린 거 같은데."

"……확실해요?"

앤닐이 허공에 대고 물었다. 하지만 곧 아래로 손을 뻗어 배낭에서 두루마리 하나를 꺼냈다. 그녀가 두루마리를 펼치자, 비골프는 그것이 지도임을 알아보았다.

"······알겠어요. ······그래요. 하지만······ 정말 확실해요? ······ 뭐요? 대체 걔가 어떻게 알아요? 걘 그냥······ 하, 좋아요! 어쨌든, 다시는 이런 짓 하지 마요."

앤널이 지도를 말아 넣고 자리에서 일어났다.

"가지."

"가요? 어디로요?"

비골프가 그녀에게 물었다.

"장황한 얘기 나눌 시간이 없어. 그냥 움직여."

이지와 브란웬이 허둥지둥 일어나더니 짐을 챙겨 들고 먼저 출발했다. 비골프와 로나도 그들을 뒤따랐다. 하지만 두 어린 드래곤이 앞서가는 사이, 앤넠이 로나의 팔을 잡고 잠시 뒤로 끌었다. 비골프도 걸음을 멈추었다. 자신이 완전히 미쳤다고 확신하는 여자와 로나만 남겨 두고 자리를 뜨고 싶지 않았기 때문이다. 미친 여왕이 대체 로나에게 무슨 말을 할지 짐작도 할 수 없었다.

하지만 말을 꺼내는 여왕의 모습은 명민하면서도 분별 있어 보였다.

"다시 한 번 내 조카에게 창녀라고 부르면 목줄기를 따 버릴 거야, 카드왈라드르."

앤넠은 그 말만 남기고 몸을 돌렸다.

바테리아는 지하 감옥을 나와 자신의 방으로 들어갔다. 하인들이 따라붙어 그녀의 손과 목과 얼굴에서 부지런히 피를 닦아 주었다.

"무슨 일이야?"

그녀는 자신의 마법사에게 물었다.

"그들이 죽었습니다."

"누구?"

"어젯밤에 말씀드렸던, '피투성이' 앤닐을 잡아서 이곳으로 데려오고 있던 자들입니다."

"그걸 어떻게 알아?"

마법사가 미소 짓자, 그녀는 아무렇지도 않게 손을 털어 하인들의 따귀를 날렸다.

"그 질문은 잊어버려."

그러고는 강력한 드래곤메이지를 가만히 바라보다가 물었다.

"당신이 그냥…… 그 여자를 데려올 순 없나?"

"그녀는 마법으로 보호받고 있습니다."

"그 개 같은 드래곤 퀸이?"

"아닙니다, 다른 신들이지요."

"아, 그렇군."

"우리가 그녀를 죽이고 싶다면, 유감스럽지만 아주 가까이 있어야 합니다."

"그 여자가 이미 라우다리쿠스의 부하들을 죽였다면서. 그럼 이제 어떻게 그녀를 잡지?"

주니우스가 미소 지었다.

"그녀가 우리에게 올 때까지 기다려야지요."

"잠깐만."

바테리아는 머리를 흔들었다.

"그 미친 암캐가 이곳으로 오고 있단 말이야? 내 궁전으로?"

"저는 그렇다고 믿습니다만."

그녀는 손뼉을 치며 환호했다.

"내 장난감이 나한테 오고 있다니!"

그 모습은 주니우스를 웃게 했다.

그들은 앤널을 따라 산을 오르고 다시 반대편으로 건너갔다. 로나는 여전히 이유를 알지 못했다. 사실, 그녀는 병든 짐승에게 자비를 베풀듯 앤널을 안락사라도 시켜 줘야 하는 게 아닐까 싶었다. 하지만 로나는 자기 머리가 제자리에 있는 편이 좋았다. 그러니까 자기 어깨 위에, 단단히 붙어서.

갑자기 이사벨이 몸을 숙이고 그들에게 앉으라는 신호를 보냈다. 잠시 후, 일행 모두 그들을 보았다. 대형을 이루고 행군하는 퀸틸리안 경비병들이었다. 처음에는 로나도 그들이 자신들을 잡으러 나선 자들일 거라고 생각했다. 하지만 곧 근처 요새의 경비대임을 알게 되었다. 비골프가 요새의 성곽을 가리켜 보였던 것이다.

솔직히 로나는 앤널이 그자들 모두를 죽이려 들 줄 알았다. 미친 여왕에게는 그게 만사의 해답인 듯 보였기 때문이다. 하지만 앤널은 움직이지 않았고 어떤 명령도 내리지 않았다. 그저 가만히 기다렸다. 로나는 앤널에게 상황이 어떻든 기다리는 능력이 있으리라고는 생각도 못 했다.

경비병들이 다 지나가고 이제 누구의 눈에도 띄지 않고 움직일 수 있겠다는 확신이 들 때가 되어서야, 그들은 그대로 자세를 낮춘 채 산을 오르는 길을 다시 밟기 시작했다. 하지만 여왕이 어디로 가는지는 여전히 누구도 알지 못했다.

계속해서 묵묵히 나아가던 여왕이 갑자기 멈춰 서더니 발치를 내려다보았다.

"오, 빌어먹……."

발아래 땅이 열리고 그녀를 통째로 삼키기 전, 앤닐이 뱉어 낸 마지막 말이었다.

25

이지는 아슬아슬하게 여왕의 팔을 붙잡을 수 있었다. 배꼽까지 상반신을 구멍 아래 거꾸로 드리운 채 그녀는 온 힘을 다해서 앤닐을 붙잡고 버텼다. 하지만 불행하게도 그녀가 하반신을 걸친 땅바닥이 조금씩 무너져 가는 것이 느껴졌다.

"망할."

그녀는 낑낑거렸다. 근처에 있을지도 모르는 퀸틸리안 병사들에게 들키고 싶지 않았지만, 어쨌든 상황은 딱히 좋게 결말이 날 것 같지 않았다. 특히, 눈에 보이는 거라곤 앤닐과 그 아래 시커멓게 텅 빈 어둠뿐이었으니 말이다. 아주아주 깊어 보이는 어둠이었다.

"망할!"

"당황하지 마라."

그렇게 매달린 처지임에도 명령을 내리다니. 내 여왕님은 참…… 담대하기도 하시지.

"내가 잡았어."

이지의 다리를 붙잡고 있던 브란웬이 크게 속삭였다—속삭인다고 속삭였겠지만 이 안쪽에서 울리는 것까지 어찌할 수는 없으니.

"내가 확실히 잡고 있어!"

이지는 그녀의 말을 거의 믿을 뻔했다. 하반신에 느껴지던 무너짐이 점점 범위를 넓혀 그들 모두를 어둠 속으로 삼키기 전까지는. 그들은 비명을 지르며 떨어져 내렸다. 다행히 그들 모두는 아니었다. 캄캄한 어둠 속에서 단단한 두 팔이 이지와 앤녈을 한꺼번에 감싸 안았다.

"꽉 잡아요."

비골프였다. 그는 그렇게만 말하고 곧장 아래쪽을 향해 날았다. 처음엔 영문을 몰랐지만, 뒤이어 경고의 고함이 들리고 머리 위로 화살이 날아오자 그가 아래쪽으로 방향을 잡은 이유를 알게 되었다. 퀸틸리안 병사들. 꽤나 열 받은 듯한 소리들이 연이어 들려왔다.

하지만 너무 어두웠다. 노스랜더는 제대로 앞이 보이기나 하는 걸까? 이지는 부디 그렇기를 바랐다. 비골프가 아주 빠른 속도로 날고 있었기 때문에, 혹시 동굴 벽 같은 데 부딪치기라도 했다가는 이지도 앤녈도 그저 납작해진 여왕과 여왕의 충성스럽고도 납작해진 종자 꼴이 되고 말 터였다.

그들은 아래로, 아래로, 수 킬로미터는 내려가고 있었다. 비골프의 비행술은 빈틈이 없어서 이지도 그가 잘 볼 수 있는 것이라 믿게 되었다. 영원하고도 하루를 더 지난 것 같은 시간 후에야 비골프가 착륙했다. 누군가 불줄기를 내뿜자 일렬로 늘어선 횃불이 일제히 살아나 그들이 내린 곳을 비춰 주었다. 절벽에 선반처럼 튀어나온 부분으로, 아래쪽에는 또 다른 끔찍한 공동이 펼쳐져 있었다.

비골프가 팔을 풀어 그녀들을 놓아주며 물었다.

"다들 괜찮아요?"

이지는 조금 웃어 보였다.

"예, 괜찮아요. 고마워요."

그가 눈을 찡긋하며 고개를 끄덕였다.

잠시 후, 로나가 나타나더니 여전히 인간의 모습을 하고 있는 브란웬을 이지 옆에 떨어트렸다.

"이 천치야!"

로나는 대뜸 사촌 동생에게 소리부터 질렀다. 이지는 그 모습을 보고 로나의 콧등을 한 대 쳐 버릴까 싶었다. 빌어먹을! 오늘 저녁 내내 참 개같이도 구네.

"깜빡했단 말이야! 그렇게 고약하게 굴 건 없잖아."

아니나 다를까, 브란웬이 받아쳤다.

"자기 몸에 날개가 달렸다는 걸 어떻게 잊어? 그런 걸 누가 잊냐고!"

"상황이 너무 갑작스러웠으니까."

“내가 잡아 주지 않았으면 넌 꼼짝없이 죽었어, 알기나 해?”

“그야……”

“알았어야지!”

로나가 더 가까이 날아들었다. 그녀와 비골프는 바닥에 내려설 필요도 없었다. 그저 공중에 떠 있기만 하면 되었다.

“실전에서는 네가 좀 더 영리하게 굴기를 진짜 심각하게 바랄 뿐이다!”

“원래는 그래! 이번엔 그냥…… 일이 너무 급박하게 벌어져 버린 거라고!”

“일은 언제나 급박하게 벌어져! 그러니까 문제지!”

브란웬이 고개를 떨궜다.

“미안해, 언니.”

“미안하다는 소리 듣고 싶은 게 아냐.”

로나는 발톱 끝으로 브란웬의 턱을 들어 올리고 시선을 맞추었다.

“난 네가 조심하기를 바라. 목숨이 위험한 지경에 빠져도 우리 중 누군가가 반드시 널 구해 줄 거라고 생각하면 안 돼. 알겠니?”

그 순간, 이지도 로나를 이해하게 되었다. 로나가 사촌 동생을 걱정하고 있는 것일 뿐임을. 어머니도 마찬가지로 가끔씩 소리를 지르곤 했는데, 예를 들면 이지가 지상에서 수백 미터 상공을 나는 드래곤들의 등을 건너다니며 노는 것을 보았을 때였다.

“그러니까 네가 어떤 형태를 하고 있든, 너 자신이 누구인지를 잊어서는 안 돼. 알아들었니?”

“응, 알아들었어.”

“좋아.”

로나는 앤뉠 쪽으로 날아갔다. 하지만 이지를 지나치면서 부러 날개를 펄럭여 그녀의 얼굴을 후려치는 걸 참지는 못했다.

브란웬이 움찔하며 입 모양으로 말했다.

‘미안!’

“이 길이 당신이 가려는 길이 맞기를 진심으로 바라요, 앤뉠.”

로나는 여왕의 근처에 떠 있는 채로 말했다.

“맞는 거 같아. 이 길이 셉티마 산맥으로 곧장 이어지는 지하 통로야.”

“그걸 어떻게 알죠?”

“이 길 맞아. 믿어도 돼.”

제정신 아닌 게 확실한 여자의 믿어도 된다는 말을 어떻게 믿냐고?

“가지.”

앤뉠이 길을 밝혀 줄 횃불을 하나 뽑아 들며 명령했다. 이사벨과 브란웬도 횃불 하나씩을 뽑아 들고 곧바로 뒤를 따랐다. 이번에도 두말없이.

로나는 그 모습이 이제 정말로 거슬리기 시작했다. 젠장, 나도 저 꼴이었단 거야? 그동안 비골프가 내내 얘기했던 게 바로 저런 거라고? 물론 그녀는 완벽하게 정신 나간 지휘관을 모셔 본 적이 없었다. 하지만 심지어 드래곤 퀸 군대의 전사라 할지라도, 확실히 미친 여왕에게는 적어도 의문을 품어야 하는 게 아닐까?

"당신 괜찮아?"

비골프가 그녀의 눈 위로 흘러내린 갈기를 가다듬어 주며 물었다. 그들은 더 이상 땋은 머리를 하고 있지 않았기 때문에 갈기가 제멋대로 흐트러졌다.

"괜찮아. 기분이 좋다고는 할 수 없지만."

로나는 그를 뒤쪽으로 약간 밀고 가서 급하게 물었다.

"이제 어쩌지? 앤닐은……."

그녀는 발톱으로 머리 한쪽을 톡톡 건드려 보였다.

"하지만 앤닐이 맞을 수도 있잖아. 이 길이 가이우스 도미투스에게 가는 길일 수도 있어."

"그럼 여기 동굴들 중 어느 한 곳에서 죽는 대신에 '반역왕'한테 죽겠지. 어느 쪽도 행복한 결말은 아니야, 비골프."

그가 더 가까이 다가왔다.

"우리가 무슨 일을 할 수 있다고 생각해? 우리 둘 다 말 안 되는 얘기란 건 알지만, 심지어 당신이 아픈 여왕을 없애 버리는 부류라고 해도 이사벨과 브란웬은 그런 일이 일어나게 두지 않을 거야."

"하지만……."

"그 모든 전사 드래곤 중에서 특히 당신만은 이 상황을 이해해야 하는 거 아니야, 로나?"

"으으으! 당신이 그 얘기 꺼낼 줄 알았다니까!"

"브란웬은 앤닐에게 충성을 다해. 당신도 그녀가 목숨을 걸고 여왕을 지키리란 걸 알잖아. 그렇다면 당신 사촌도 죽일 거야?"

"당연히 아니지."

"그러니까 그냥 가는 거야. 부디 이 모든 일에 대한 앤널의 판단이 맞기를 바라자고. 기도라도 하지. 어쩌면 전쟁의 신들이 오늘 밤만은 우리를 모른 척해 줄지도 모르잖아."

"하, 이제 와서 그럴 리가."

레드 드래곤 아우스텔은 에이브히어가 터널 작업장에 없는 것을 보고도 별로 놀라지 않았다. 원래는 이 작업장이 그가 대부분의 시간을 보내는 곳이었다. 에이브히어는 체격이 건장하고 힘센 드래곤으로, 크고 움직이기 힘든 물건을 나르는 일을 정말 능숙하게 해냈다. 만약 그가 정신 똑바로 차리고, 켈륀과 과거사에 집착해서 그토록 시간 낭비만 하지 않았어도 지금보다는 훨씬 빨리 진급했을 것이다.

하지만 그와 켈륀에게는 그런 소리를 하나 마나였다. 둘 다 아우스텔이 아는 한 최고의 똥고집들이었다. 그럼에도 불구하고 그들은 충직하고 좋은 친구들이었다. ⋯⋯적어도 아우스텔에게는.

솔직히, 여자 하나 때문에 그 난리라니 믿기지 않았다. 그것도 인간 여자 때문이라니! 그동안 그들이 벌여 온 그 모든 야단법석 대신에 그냥 여자 하나를 살 수도 있었을 텐데 말이다. 그까짓⋯⋯ 뭐, 까놓고 말해서 길 잃은 강아지 같은 계집 맞잖아? 전반적인 사정을 감안해 보면, 그녀는 차가운 바깥세상을 떠돌다가 무리에 받아들여진 강아지나 마찬가지 아닌가 말이다.

아우스텔은 조그만 동굴 구석에서 마침내 친구를 찾아냈다. 에이브히어는 더 큰 동굴들에서 일어나고 있는 온갖 일들에서 멀리 떨어져 있고 싶다는 자세를 하고 있었다. 아우스텔은 친구에게 다가가 그 옆에 앉았다.

"너 괜찮아?"

"아니. 아무도 말은 않지만, 아우스텔…… 다들 브리크가 살아날 거라고 생각하지 않는 것 같아."

"그건 모르는 일이지."

"난 내 형들을 알아. 피어구스가 마지막으로 그런 표정을 한 건 앤늴이…… 그런데 지금 다시 그때 같은 표정을 하고 있단 말이야!"

"그래서 어쩔 건데, 에이브히어? 여기 앉아서 네 힘으로 어찌할 수도 없는 일을 걱정만 하고 있을 거야? 아니면 나가서 병사들이 저 망할 터널 작업을 끝내는 걸 도와줄 거야? 우리가 그 일을 빨리 끝낼수록 네 형을 너희 어머니한테 더 빨리 데려갈 수 있잖아. 내가 장담하는데, 그분은 네 형을 제대로 고쳐 주실 수 있을 거야."

"어머니는 앤늴을 살리지 못하셨어."

아우스텔은 인상을 찌푸렸다.

"하지만…… 누군가 앤늴을 구했잖아, 안 그래?"

"길고 복잡한 사정이 있어."

아우스텔의 얼굴이 더 구겨지자, 에이브히어가 설명이랍시고 대뜸 소리쳤다.

"앤널은 언데드가 아니야!"

"알았어, 알았다고. 나한테 소리 지를 것까지는 없잖아."

에이브히어가 한숨을 내쉬었다.

"미안해. 내가 무례했어."

아우스텔은 하마터면 대놓고 웃음을 터트릴 뻔했다. 에이브히어에게는 그 정도가 '무례'씩이나 되는 것이다. 세상의 다른 모든 드래곤들에게는? 말할 거리도 안 되었다. 맙소사! 이렇게 점잖고 순해 빠져서야 앞으로의 긴 세월, 세상을 어찌 살아가려는 것일까? 언제나 어디서나 매사에 지랄 맞게도 착하고 순순해서야 군대 생활은 또 어찌해 나갈 것이며?

물론, 켈뤼에 대해서만큼은 전혀 아니었다. 켈뤼이 이 왕족 사촌에게 받는 대접이라고는 대놓고 주먹질과 온갖 종류의 욕설—아우스텔로서는 에이브히어가 알고 있을 거라고 생각조차 못 한—뿐이었다.

아우스텔은 에이브히어와 켈뤼의 그 카드왈라드르 사촌 누나가 여전히 가까이 있었으면 좋았을 텐데, 하고 생각했다. 로나 하사. 그녀만이 그 둘을 고분고분하게 만들 수가 있었다. 하지만 그녀는 어디론가 가 버리고 없었고, 그들 사이는 일분일초가 다르게 점점 더 나빠지고 있었다. 그 귀여운 세쌍둥이가 사촌들을 말리려 하고는 있지만, 그녀들에게는 자기네 언니 같은 무시무시한 품격이 없었다.

그런 판국이니 그가 할 수 있는 일이 뭐가 있겠는가? 그저 하던 대로 하는 수밖에. 가능한 한 둘을 떼어 놓기. 그리고 불가피하게 둘이 함께할 일이 생긴다면, 오 분 간격으로 싸우지 못하게 막기.

솔직히, 아우스텔은 둘 다 정신을 좀 집중했으면 싶었다. 그는 이 터널이 싫었다. 이렇게 좁은 장소에 있는 것 자체가 싫었다. 사실, 대부분의 생명체를 기준으로 말하면 좁은 것도 아니었다. 그저 드래곤에게 좁을 뿐. 폴리카프 산맥까지 이어지는 이 터널은 한 번에 드래곤이 둘씩 지나갈 수 있는 규모였다. 바라건대, 일단 터널이 완성되면 그들은 강철 드래곤들을 찾아가 안쪽에서부터 공격을 가해 섬멸할 작정이었다. 적어도 계획은 그랬다. 하지만 아우스텔은 바깥에 있는 게 좋았다. 아니면 훨씬 더 큰 동굴이라도. 그가 판단하기에, 터널은 다리나 마찬가지로 언제든 붕괴될 수 있는 구조물이었다.

"자, 그만 가자. 하던 일로 돌아가야지."

"맞아, 그래야지."

그들은 함께 자리에서 일어났다. 굴을 나가기 전, 아우스텔은 친구의 어깨에 앞발을 올리고 말했다.

"걱정하지 마. 브리크 일은 다 잘 해결될 거야. 터널을 완성하고, 강철 놈들을 쳐부수고, 브리크를 집으로 데려간다! 간단하고 쉽지. 우리 간단하고 쉬운 거 좋아하잖아, 안 그래? 맞지?"

에이브히어가 한차례 눈알을 굴리고 그들의 신조를 외쳤다.

"여자들에 관해서라면 그렇지!"

아우스텔은 웃음을 터트리며 친구의 등을 쳤다.

"그렇고말고! 자, 가서 끝내 버리자고!"

26

터널 속을 걸은 지 수십 년은 지난 기분이었다. 어쨌든 앤늴은 자신이 어디로 가고 있는지 아는 것 같았고, 어차피 퀸틸리안으로 갈 거라면 지상으로 가는 것보다는 ―멀리 돌아가는 것보다는 더더욱― 안전할 터였다. 그러나 모두 함께 가는 동안에도 비골프는 여전히 평소보다 훨씬 더 경계를 높일 수밖에 없었다. 그와 로나가 앤늴이나 다른 인간들과 함께하듯이, 퀸틸리안에도 드래곤이 있고 그들이 인간 병사들을 여기로 데려오지 말란 법은 없었기 때문이다.

하지만 아무래도 이곳에는 자신들뿐인 것 같았다. 적어도 이곳으로 들어온 이래 처음 보는 조그만 동굴들에 이르기 전까지는 그렇게 생각했다. 사실, 어떻게 봐도 조그맣다고는 할 수 없는 크기였지만 비골프가 들어가니 그다지 여유 공간이 없었다. 그는 즉시 와이번을 떠올렸다. 그리고 극도로 긴장해서 뭐든 미끄러져 오는 소리라도 나면 대처할 준비가 되어 있었던 덕분에, 어둠 속에서 나무창이 날아왔을 때 그것이 로나의 머리를 꿰뚫기 전에 잡아낼 수 있었다.

로나가 크게 뜬 눈을 깜빡이더니, 고개를 끄덕여 보였다.

"고마워."

"이미 빚진 게 있는데, 뭘."

비골프는 앞발로 붙잡은 창의 방향을 뒤집어 전방으로 돌린 다음, 그녀에게 물었다.

"준비됐어?"

"준비됐어."

그 이상의 말은 들을 것도 없었기 때문에, 비골프는 발톱으로 창을 굳게 쥔 채 곧장 공동 속으로 쇄도했다. 로나가 그의 오른쪽에 따라붙었다. 앞발에 각각 창과 방패를 쥐고 있었다.

비골프는 창을 높이 들고 팔을 한껏 뒤로 당겼다. 그러나 막 창을 던지려는 순간, 앤닐이 소리쳤다.

"중지!"

그것은 비골프와 로나가 조건반사적으로 응하도록 훈련받은 명령이었다. 그래서 그들은 즉시 멈추었다. 날개를 써서 몸을 뒤로 물린 동작 역시 전투 중에 훈련된 대로였다.

앤닐이 양손에 검을 쥔 채 앞으로 나섰다. 이지가 횃불을 들고 있었지만, 여왕의 길을 밝히는 데는 별로 소용이 되지 않았다. 어쨌든 앤닐은 계속 나아갔다.

다음 순간, 비골프는 그 소리를 들었다. 전투 중에 너무나 많이 들은 소리였고, 가끔은 자면서도 들은 소리였다. 화염 드래곤이 공기를 한껏 들이마시는 소리. 그는 목청껏 고함을 질렀다.

"앤닐!"

하지만 여왕은 반대편 동굴의 어둠 속에서 날아온 화염 덩어리가 덮치기 직전, 이지를 한쪽으로 밀치며 자기 몸으로 덮었을 뿐이다.

분노로 포효하며 비골프가 앞으로 뛰어 나가려는 찰나, 로나가 그의 팔을 붙잡아 뒤로 당겼다.

"왜 그러는 거야!"

비골프는 따지듯 소리쳤다.

"봐."

"뭘 보라는······?"

"그냥 봐."

그리고 비골프도 보았다. 앤닐을. 바삭바삭하게 통구이된 앤닐이 아니라 완벽하게 멀쩡한 앤닐이었다. 심지어 옷자락조차 그슬리지 않았다. 비골프는 이해할 수 없었다. 그 화염 덩어리에는 인간 군대의 대대 단위 정도는 간단히 쓸어 버릴 위력이 있었다.

"드래곤 퀸······."

로나가 중얼거렸다.

"들은 적 있어. 드래곤 퀸이 앤닐에게 내려 준 축복에 대해서. 하지만 눈앞에서 보게 될 줄은 몰랐네. 드래곤의 화염은 절대로 앤닐을 상하게 할 수 없어."

앤닐이 머리를 흔들어 앞으로 흘러내린 머리칼을 넘기고는 말했다.

"얘기를 나눌 준비가 됐나, '반역왕'? 아니면 이 놀이를 계속할 수도 있고."

동굴의 어둠 속에서 '반역왕'이 앞으로 나섰다.

가이우스 루시우스 도미투스는 비골프가 생각했던 것보다 어려 보였다. 훨씬 어렸다. 채 이백 살도 안 된 것 같았다. 비골프의 짐작으로는 그랬다. 강철빛 비늘에, 여느 노스랜드 드래곤 정도의 체구, 하얀 뿔은 그 끝이 거의 입술에 닿을 만큼 길게 휘어져 있었다. 대부분의 강철 드래곤들과 달리 바닥까지 내려오도록 길게 기른 강철빛 갈기, 오른쪽 눈이 있어야 할 자리에는 안대가 덮여 있었다. 이마에서부터 콧등에 이르는 긴 상처가 잃어버린 눈에 대한 사연을 얼마쯤 알려 주는 듯했다.

왕은 혼자가 아니었다. 무장을 잘 갖춘 인간과 드래곤으로 이루어진 소대가 목숨을 걸고 자신들의 왕을 지킬 태세를 하고 서 있었다.

"'가반아일의 미친 암캐', 죽을 자리를 찾아왔나?"

'반역왕'이 으르렁거렸다.

"아니. 뭐, 당신이 죽을 자리를 내주고 싶다 해도 처음은 아니야. 심지어 죽을 자리를 내준다 해도 그 역시 처음은 아니지."

앤닐은 미소를 지었다. 어느새 그녀 곁에 선 이지가 여전히 들고 있는 횃불의 창백한 빛만으로도, 여왕 특유의 그 오만하고 살벌한 미소가 똑똑히 보였다.

"어쨌든 난 다시 돌아올 거야."

로나는 앤널의 뒤쪽에, 비골프는 브란웬과 이지의 뒤쪽에 내려섰다.

'반역왕'이 그들의 단출한 일행을 탐색하듯 훑더니 말했다.

"드래곤 셋에 인간 여자애 하나? 그게 나와 싸우겠다고 네가 데려온 전부냐?"

"당신과 싸우러 온 게 아니니까. 난 당신의 도움을 받으려고 왔어."

"나도 네 전쟁에 대해 알아, 사우스랜더. 네 짝이 유프라시아에서 트라시우스와 싸우고 있지. 넌 서부 산맥에서 라우다리쿠스와 싸우는 중이고."

"알고 있으면서도 우릴 돕기 위해 아무 일도 하지 않았군. 이 전쟁을 끝내고 트라시우스의 지배권을 뺏을 수 있는데도 말이야. 날 도우면 당신은 퀸틸리안의 황제가 될 수도 있어. 아니면 왕이든, 뭐든 당신 부르고 싶은 대로."

"그거 좋은 일 같군, 그렇지? 다만 비극적이게도 지금 상황에서는 내가 할 수 있는 일이 아니라서 말이야. 그래도 마침 내가 자비로운 기분이고 하니, 너와 네 친구들을 살려는 주지. 이제 가라."

로나는 아주 잠깐 들뜬 기분이 되었지만, 그 기분도 앤널이 검들을 갈무리하고 '반역왕'을 따라 어두운 동굴 속으로 들어가는 걸 보고는 대번에 뭉개지고 말았다. 여왕은 자기 일행은 본 척도 하지 않고 '반역왕'의 인간-드래곤 호위들을 밀치고 지나가 왕을 뒤쫓았다.

"제길."

비골프는 이사벨과 브란웬이 곧장 여왕을 따라가는 걸 보고 투덜거렸다. 확실히, 그들은 이대로 돌아갈 수도 있었다. 하지만 그들은 그러지 않았다. 그것은 그들의 천성이 아니었다. 그들의 어리석고도 어리석은 천성. 그래서 그들은 미친 여왕과 사악한 왕을 따라갔다.

"이렇게 그냥 가 버릴 순 없어."

앤닐이 '반역왕'의 뒤통수에 대고 말했다.

"가 버릴 수 있어. 가고 있잖아."

"왜? 트라시우스가 두려워서? 그래서 이러는 거야? 당신은 약한가?"

'반역왕'의 꼬리가 앤닐이 서 있는 자리를 내리쳤다. 다행히도 앤닐은 민첩했고 꼬리가 바닥을 치기 전에 몸을 뺄 수 있었다.

"날 짜증 나게 하고 있구나, 인간. 그러지 않는 게 좋을 거다."

"왜? 그러면 어쩔 건데? 약해 빠져서 제 삼촌하고도 싸우지 못하는 주제에."

"당신은 이지와 브란웬을 잡아. 난 미친 여왕을 잡을 테니까."

비골프가 속삭였다.

'반역왕'이 휙 돌아서고, 이지와 브란웬이 길고 뾰족한 꼬리를 피해 몸을 숙였다.

"정말로 네가 나와 이런 장난을 할 수 있다고 생각하는 거냐,

여왕?"

"이 시점에서 난 잃을 게 없거든."

"그럴까?"

바로 그 순간, 인간 전사들이 이사벨을 잡았고 인간의 모습을 한 드래곤들이 브란웬을 잡았다. 로나와 비골프 역시 잘 무장한 드래곤-인간 전사들에 둘러싸였다. 그들 뒤쪽에서 어느새 새로운 전사들이 나타났던 것이다.

"내가 저들 모두를 죽이지는 않을 거라고 생각한다면 너는 슬프게도 나를 오해……."

"그 계집이 그녀를 아프게 하고 있어. 당신도 알잖아."

여왕이 말했다.

비골프는 혼란스러움을 느끼며 로나를 건너다보았다. 하지만 그녀 역시 화난 기색으로 어깨만 추썩일 뿐이었다.

"매일……."

여왕이 느리게 말을 이었다.

"그 계집이 점점 더 그녀를 아프게 하고 있어. 이제 곧 그녀는 아주 망가져서…… 그들이 그녀를 잡고 있든 놔주든 더 이상 문제가 아니게 될 거야. 죽은 거나 마찬가지 상태일 테니까."

앤널이 천천히 걸음을 떼기 시작했다. 그리고 자기를 싫어하는 게 분명한 드래곤을 향해 다가가며 말했다.

"그렇게 되면 누구 잘못일까. '반역왕' 가이우스? 어? 누구 잘못이지?"

그녀가 다시 미소 지었다. 하지만 예의 기분 좋은 미소는 아니었다. 어딘가 조금 어긋나 보였다. 그것은 아주 비열한 왕족이나 지을 만한 비틀린 미소였다.

"그건 당신 잘못이 될 거야. 왜냐면 당신이 아무 일도 하지 않았으니까. 왜냐면 당신이 이 거지 같은 동굴에 엉덩이 붙이고 앉아서 아무 일도 하지 않으니까. 대답해 봐, 강철 드래곤. 그 모든 것을 알면서도 이렇게 아무것도 안 하고 있다가, 그자들이 결국 십자가에 매단 그녀 시체를 당신에게 돌려보내면 그땐 어떻게 살아갈 거야?"

그것은 마치 지진이 다가오는 소리나, 로나의 아버지가 살던 곳 근처의 화산들 중 하나가 폭발하기 직전의 울림 같은, 낮게 우르릉거리는 소리였다. 맙소사! 반역왕이 폭발했다는 얘기가 있던가?

가이우스가 분노와 고통으로 포효하며 앤벌을 붙잡아 내팽개쳤다. 비골프는 반사적으로 튀어 나가 여왕의 머리와 몸이 동굴 벽에 부딪쳐 육편으로 흩어지기 전에 붙잡을 수 있었다. 하지만 다음 순간 가이우스가 공기를 들이마셨고, 로나가 고함쳤다.

"이지! 비켜!"

인간 소녀는 화염 덩어리가 닥치기 직전에 브란웬 뒤로 뛰어들었다.

그러나 가이우스가 내뿜은 화염 덩어리는 너무나 강력해서 로나와 비골프를 뒤로 내동댕이쳤고, 그 바람에 비골프는 붙잡았던 앤벌을 놓치고 말았다. 브란웬 또한 이지를 깔고 뒤로 날아가며 둘이 동시에 새된 비명을 내질렀다. 앤벌은 거꾸로 뒤집힌 채 동굴 바닥을 가로질러 얼굴부터 처박혔다.

가이우스가 인간으로 변신—안대까지 인간 몸에 맞게 줄어들었다—하면서 앞으로 나아왔다. 그는 자신의 부하인 인간 전사의 손에서 창을 뺏어 들고 거만한 걸음으로 여왕에게 다가갔다. 비골프가 그를 막으려 했지만 드래곤들이 뒤에서 그를 붙잡았고, 로나 역시 같은 꼴을 당하고 말았다. 결국 그들 모두는 그저 지켜보는 수밖에 없었다.

가이우스가 창을 쳐든 순간, 앤널이 머리를 휙 젖혀 앞을 가린 머리칼을 뒤로 넘겼다. 여왕은 미소를 지으며 물었다.

"그래, 그럼 이걸로 끝인가? 그녀를 그냥 죽게 놔두겠다고?"

"입 닥쳐!"

"정말로 당신 누이를 바테리아 년의 발톱에 죽게 내버려 둘 작정이야?"

앤널은 몸을 일으켜 두 다리로 버티고 섰다.

"당신, 이보다는 똑똑한 자라고 들었는데. 진짜 기회가 왔을 때 제대로 알아볼 만큼은 똑똑하다고."

그녀가 반역왕에게 좀 더 다가섰다.

"내가 당신 누이를 구해 주지. 내가 그녀를 당신에게 데려다주겠어."

가이우스의 몸이 움칫 떨리고, 창을 든 팔이 천천히 내려왔다.

"……뭐?"

"내가 당신 누이를 구해 오겠다고. 당신은 그럴 수 없다는 거 알아. 당신들 중 누구도 못하지. 당신이 누군지 저들이 알고 있으니까. 당신 냄새를 알고 있으니까. 저들이 당신 누이를 잡고 있는 건 당신을 통제하기 위해서야. 하지만 일단 트라시우스가 귀환하면 그녀는 죽어. 하지만 저들은 나를 모르지. 난 그녀를 구해 줄 수 있어. 난 당신에게 당신 누이를 데려다줄 수 있다고.”

“네가? 네가 퀸틸리안 심장부로, 대군주의 왕궁으로 가서 저들의 지하 감옥에서 내 누이를 꺼내 오겠다고?”

가이우스는 되풀이했다.

“네가……?”

“안 될 거 있나?”

“거기 그냥 들어가서 그녀를 구해 올 수는 없어.”

“다른 대안이라도 있어? 이 세상 하직하고 다른 세상에서 다시 만나기를 기원하는 거?”

가이우스의 손이 창을 꽉 움켜쥐었다.

“네가 실패하면?”

“내가 성공하면? 지금 이대로라면, 지금 당장 그녀를 구해 오지 않을 거라면, 가서 그녀 장례식에 쓸 장작더미나 쌓고 있어야 할 거야. 어차피 당신이 그녀를 죽인 거니까.”

누군가 자신의 자매들에 관해 저런 식으로 말한다면 자신이 어떻게 반응할지 잘 아는 로나로서는 눈알을 굴릴 수밖에 없었다. 그리고 바로 다음 순간, 역시나 가이우스가 앤닐을 향해 창을 쑤셔 올렸다.

하지만 여왕은 진정한 전사답게도 창대를 왼손으로 붙잡고 그대로 인간 모습의 가이우스를 확 끌어당기면서 오른손으로 그의 얼굴에 연달아 두 방을 날렸다. 그리고 그가 얻어맞은 통증을 제대로 느끼기도 전에, 심지어 그의 전사들이 채 움직이기도 전에 검 한 자루를 뽑아 그의 목줄기에 들이댔다. 확실히 앤닐의 광증은 그녀의 정신에만 영향을 끼쳤을 뿐, 그녀의 전투술은 멀쩡한 모양이었다.

"난 당신 같은 드래곤들과 수년을 싸워 왔어. 이제 당신 부류의 뼈다귀 정도는 이쑤시개로나 쓸 전사가 됐지. 그러니까 당신이 원하는 게 뭔지 깊이 잘 생각해 봐, 가이우스. 당신 누이를 죽게 둘 건가? 아니면 내가 당신 누이를 구하게 하고 당신은 트라시우스의 왕좌를 차지할 기회를 잡을 건가?"

앤닐은 창을 놓고, 가이우스에게서 몇 걸음 물러났다.

"하지만 결정은 빨리 끝내. 내가 사랑하는 이들에게나 당신이 사랑하는 이에게나 시간이 별로 없으니까."

가이우스는 꽤나 한참 동안 앤닐을 노려보았다. 그리고 마침내 명백한 사실을 내뱉었다.

"당신은 온 세상이 말하는 그대로 진짜 미쳤군."

"난 '집요하다' 쪽이 더 좋은데. 어감이 더 멋지잖아, 안 그래?"

여왕이 예의 그 미소를 지었고, 동굴 안의 일동은 조심스럽게 한 걸음씩 물러섰다.

27

　가이우스 루시우스 도미투스의 삶에도 '사정이 달랐더라면 좋았을 텐데.' 하는 때가 있었다. '나 자신이 달랐더라면……' 하고 거듭 생각하게 되는 때 말이다. 그의 혈통에 포함되는 다른 모두와 마찬가지로, 가이우스도 삼촌의 철저하게 잔혹하고 사악한 지배를 그저 순순히 받아들일 수도 있었다. 아니면 그의 종족이 그들과 삶을 함께하는 인간들을 학대하는 방식을 모른 척 지나칠 수도 있었다. 또는 누군가를, 누구든 간에 노예로 만들기 위해 데리고 있다는 사실을 무시하고 넘어갈 수도 있었다. 만약 그가 달랐더라면, 적어도 그런 일들로 괴롭지는 않았을 것이다.

　그리고 이제, 철저하게 경계도 없고 지각도 없는 인간 여왕의 미친 녹색 눈을 응시하면서, 가이우스는 지금이야말로 그가 그토록 원하던 종류의 드래곤이 될 기회의 순간이라는 것을 깨닫고 있었다.

그도 '피투성이' 앤널에 대한 이야기는 들어 본 적이 있었다. 젠장, 그녀에 대해 들어 보지 않은 생명체가 있기나 할까? 그녀는 드래곤들하고 떡 치는 언데드 여왕으로, 어찌어찌해서 그들과의 사이에 자식도 낳았다고 했다. 누구나 아는 사실 수준에서 말하자면, 드래곤과 인간 사이에서는 한 번도 일어난 적 없는, 가능하지 않았던 일이 벌어진 것이다. 그녀가 미쳤다고 말하는 이들은 흔하고, 잔인하다, 폭력적이다, 냉정하다, 살인광이다, 끔찍하다, 창녀나 마찬가지라고 말하는 이들도 있었다. 그러니까 그 모든 평가를 종합해서 생각해 볼 때 '피투성이' 앤널은 세상에서 가장 비난받아 마땅한 존재였다.

하지만 또, 그녀는 그를 만나기 위해 믿을 수 없을 만큼 막대한 위험을 무릅쓰고 여기까지 찾아왔다. 인간 여왕은 사자를 보낼 수도 있었다. 자기 부하들 중 하나를 보낼 수도 있었다. 물론 누굴 보냈건 간에 가이우스는 산산조각으로 만들어서 돌려보냈겠지만 말이다. 그러나 그녀는 드래곤 셋과 여자애 하나만을 데리고 직접 찾아왔다. 그들은 산맥 지하의 터널을 지나 은밀하게 퀸틸리안으로 넘어왔는데, 그 터널들은 퀸틸리안 사람들이나 강철 드래곤들이라면 여행할 엄두도 내지 않을 길이었다. 가이우스와 그의 군대가 터널들을 이용하는 것도 바로 그 때문이었다.

"무슨 생각을 하는 거야, 친구?"

바로 마리우스 파테니우스는 트라시우스의 인간 자문 라우다리쿠스 파테니우스의 아들이었다. 아버지와 아들 사이가 원만했던 적이 없다는 것도 사실이었지만, 바로는 가이우스의 편에 서서 싸우기 위해 많은 것을 포기해야 했다. 바로와 가이우스는 단순히 친구라든가 전우 정도가 아니었다. 그들은 형제였다. 종족적 차이 따위는 전혀 문제가 되지 않았다.

"사우스랜더가 맞다는 생각. 아그리피나에 대해서 말이야."

"그 여자는 미쳤어, 가이우스. 그런 여자가 한 말을 어떻게 한 마디라도 믿을 수가 있나?"

"아그리피나는 내 누이니까. 우리는 같은 알에서 나왔어, 바로. 매일매일 난 누이가 죽어 가는 걸 느껴. 조금씩, 조금씩……. 언젠가는 누이가 삼촌의 지하 감옥에서 나온다 해도 걸어 다니는 시체나 마찬가지일 거야. 누이는 더 이상 내 아그리피나가 아닐 거라고."

"그럼 우리가 공격하자. 당장 오늘 밤에."

"그럼 우린 저들의 정문도 통과하지 못할 거고, 바테리아는 우리 눈앞에서 아그리피나를 십자가에 매달아 버릴 거야. 바테리아가 뭘 기다리고 있는지는 신들이나 알겠지. 하지만 그 여자는, 트라시우스가 자리를 비운 오 년 동안 내가 나서지 않은 유일한 이유는 자기가 아그리피나를 살려 두고 있기 때문이란 것도 잘 알아."

가이우스는 인간의 모습으로 변신해서 바지를 입고 부츠를 신었다. 그리고 친구의 곁에 앉았다.

"……다른 수도 있어."

바로가 낮게 말했다. 스스로 생각해도 수치스러운 이야기를 억지로 꺼내는 것이다 보니 그의 목소리는 거의 속삭이는 것처럼 들렸다.

"우린 지금 바테리아가 원하는 걸 갖고 있잖아. 심지어 그 여자에게 필요한 거라고 말할 수도 있지."

가이우스는 머리를 저었다.

"난 개자식이야, 바로. 하지만 그 정도로 더러운 개자식은 아니라고."

"그래, 하지만……."

"바테리아에게 앤널을 넘기는 건 그 뱀 같은 여자가 정확히 원하는 거야. 그런 일은 할 수 없어. 아니, 안 해."

"아그리피나를 위해서인데도?"

"아그리피나를 위해서지. 이 세상에 누이가 날 절대로 용서하지 않을 만한 일들이 몇 가지 있어. 바테리아에게 뭔가를, 그게 뭐든 간에 주는 건 틀림없이 그중 하나야."

"그럼 어떡하냐, 친구? 미친 여왕은 떠나지 않는데."

그들은 서로를 쳐다보았다. 그리고 동굴 벽 저편, 커다란 공동을 내다볼 수 있도록 몸을 기울였다. 여왕과 그녀의 호위들이 기다리고 있는 곳이었다.

여왕은 그저 조용히 앉아 있었다. 딱히 특정한 무언가를 보는 것 같지는 않았다. 여왕의 호위들은 그녀를 둘러싸듯 흩어져 앉아 이야기를 나누고 있었다. 걱정스럽거나 신경이 쓰이거나 불안해하는 것처럼 보였다. 하지만 여왕은 어떤 감정도 느끼지 않는 것 같았다. 그녀는 그저 거기 앉아 있을 뿐이었다.

그런데 갑자기, 여왕이 천천히 고개를 돌려 가이우스와 바로 쪽을 보았다. 가이우스가 볼 수 있는 것이라고는 제멋대로 헝클어진 밝은 갈색 머리칼 뒤에서 쏘듯이 노려보는 강렬한 녹색 눈뿐이었다.

"우리가 듣던 대로잖아, 가이우스. 저 여자는 미쳤어."

바로가 경고하듯 말했다.

"제길."

"뭐?"

"이쪽으로 온다."

여왕이 가이우스의 호위들을 지나 그의 사실로 들어섰다.

"그래서?"

그녀가 가슴 위로 팔짱을 끼며 대답을 요구했다.

"그래서 뭐?"

"충분히 간단한 거래잖아, 가이우스. 난 당신 누이를 구해 주고, 당신은 날 도와 트라시우스를 쳐부순다. 대체 어느 부분을 이해 못하겠다는 거지? 당신, 혹시…… 지능이 좀 모자란가? 아무도 당신이 바보라는 얘기는 안 해 줬는데."

가이우스는 옆에 있던 검을 잡았다. 하지만 바로가 그의 손을 붙잡고 놔주지 않았다.

여왕이 그들의 겹쳐진 손과 그들을 번갈아 보다가, 물었다.

"그러니까 당신들은 함께하는군."

"함께해? 뭘?"

그녀가 바로에게 초점을 맞추고 말했다.

"당신 짝에게 얘기 좀 해 줄 수 없어? 생각을 똑바로 하라고 말이야."

가이우스는 친구에게 잡힌 손을 확 빼내고 벌떡 일어났다. 포효하듯 그가 소리쳤다.

"나가!"

앤널은 입술을 오므리고 고개를 저었다.

"난 아무 데도 안 가."

"가이우스⋯⋯."

바로의 목소리에 담긴 경고를 무시하고 가이우스는 여왕의 코 앞까지 다가섰다.

"나가. 당장."

여왕이 그를 잠시 올려다보더니 물었다.

"그 눈, 어쩌다 잃은 거야?"

가이우스가 그 질문에 놀라 굳어진 사이, 앤널이 손을 뻗어 그의 안대를 들어 올렸다. 가이우스는 그녀의 손을 쳐 냈고, 그녀도 반사적으로 받아쳤다. 그들은 때리고, 차고, 서로를 밀쳐 댔다. 바로가 그들 사이로 끼어들 때까지.

"그만! 둘 다 그만해!"

가이우스는 넌더리를 내면서 몸을 돌렸다. 그리고 자신의 전사들과 여왕의 호위들을 밀치며 걸어 나갔다. 앤널이 그의 뒤로 따라붙었다.

"난 안 떠나!"

그녀가 가이우스의 등에 대고 소리쳤다.

"난 내가 원하는 걸 얻을 때까지 여기 그대로 있을 거라고!"

"그럼 넌 여기서 죽겠군, 인간. 나한테서는 아무것도 얻지 못할 테니까."

"참 잘도 처리하셨네요."

이지가 중얼거렸다.

앤녈은 몸을 돌리고 이지의 얼굴을 가리키며 말했다.

"까불지 마라, 꼬마 계집."

"까부는 거 아니에요. 그냥 지켜본 바를 얘기한 거죠, 여왕님."

"그 말투 하고는. 네 엄마랑 똑같잖아."

"자, 이제 어떡하실 거죠?"

비골프가 보기에 이 일행 중에서 가장 정신이 멀쩡한 존재라는 사실을 입증이라도 하듯, 로나가 물었다.

"난 떠나지 않을 거야."

앤녈은 그렇게 말하고, 가이우스가 사라져 간 쪽을 향해 고함을 내질렀다.

"절대로!"

"신들이여, 맙소사……."

로나가 여왕에게서 물러나며 중얼거렸다.

"그럼 우린 그냥 계속 여기 있는 건가요?"

이번에는 비골프가 물었다.

"가이우스가 열을 받을 대로 받아서 마음을 바꾸고 돌아올 때까지? 하지만 저 드래곤은 절대로 마음을 바꾸지 않을 텐데요."

"왜?"

비골프는 이마를 찌푸리며 대답했다.

"당신을 싫어하니까요."

"모두가 날 싫어해. 언제가 됐든, 한동안은 말이야. 하지만 결국 극복하지."

"난 아닌데요."

로나가 쏘아붙였다.

"앤널, 우린 유프라시아로 돌아가야 해요. 우리 군대, 우리 일족을 도우러 가야 한다고요."

비골프가 다시 나섰다.

"우리가 지금 떠나면…… 결국 지게 돼. 이해 못 하겠어?"

"못 하겠어요."

"내게 의문을 품지 마라, 외부자!"

앤널이 고함쳤다. 하지만 다음 순간, 갑자기 투지가 사라져 버린 듯 그녀는 주먹으로 눈을 비볐다.

"지금은…… 이런 얘기 할 수 없어."

그리고 몸을 돌려 걷기 시작했다.

이지가 브란웬에게 몸짓을 보냈다.

"여왕님을 지켜봐 줘."

브란웬이 두말없이 앤널을 뒤따라가는 걸 보고, 로나의 예쁘장한 인간 얼굴이 붉게 달아올랐다.

"내 사촌 동생이 왜 네 명령을 따르는 거지?"

"별로 명령이라고 할 것도 아니었는데요. 설사 명령이었다 해도 확실히 제 말을 따르는 게 맞죠. 전 여왕님의 종자니까요."

"대체 어느 세상에 종자가 사병보다 높다는 거야?"

"앤널의 세상이죠. 자, 부탁인데 이제 간섭은 그만하시죠."

이지도 몸을 돌렸다.

"내 앞에서 멋대로 굴지 마라, 꼬마 계집."

이지가 다시 휙 돌아서 로나를 마주하고는 손가락으로 그녀를 가리키며 말했다.

"전 꼬마 계집이 아니에요. 그리고 당신에게 보고할 입장도 아니죠, 고모님."

"난 네 고모가 아니야. 적어도 피로 연결된 고모는 아니지."

그 직격탄에 비골프는 움찔했다. 그리고 이지가 씁쓸하게 웃었을 때도 별로 놀라지 않았다.

"알려 주셔서 감사하네요."

이지는 다시 몸을 돌렸다.

"어디로 가는 거예요, 이지?"

비골프가 멀어져 가는 그녀에게 물었다.

"잠도 좀 자고 식사도 할 만한 곳을 찾아봐야죠. 운이 좋다면, 목욕할 만한 호수도요."

"우린 따로 움직이면 안 될 거 같은데요."

"하! 내가 거기 붙어 있을 거라고 생각하진 않겠죠."

이지는 그렇게 쏘아붙이고 동굴 저편으로 사라져 버렸다.

"대체 왜 이러는 거야?"

비골프는 따져 물었다.

"지금 이게 내 탓이라는 거야?"

"당신이 이지를 공격했잖아!"

"제가 카드왈라드르인 줄 알잖아. 그럼 카드왈라드르식으로 다뤄 줘야지. 그렇게 속 썩이고 제멋대로 굴면 제대로 한 방 맞는 게 당연해."

비골프는 로나를 끌어당겨 자기를 똑바로 보게 돌려세웠다.

"당신이 무슨 짓을 하건 무슨 말을 하건, 이지와 켈뮌 사이에 일어난 일은 바뀌지 않아. 사실, 당신이 진짜 걱정해야 할 건 앤뇔을 열 받게 한다는 거지. 확실히 여왕은 이지를 보호하려 드니까. 나 개인적으로도 가능한 한 앤뇔을 열 받게 하는 일은 절대로 피하고 싶다고."

"당신, 내가 부당하게 굴고 있다고 생각하는 거야?"

"아니, 난 당신이 보모답게 굴고 있다고 생각해. 하지만 그들 사이에서 일어난 일로 이지를 탓하는 건…… 그냥 공정하지가 않은 것 같단 말이지."

"그 애는 사촌들 사이에 끼어들지 말았어야 해."

"이지는 그러지 않았어. 그녀가 한 건 남자랑 잔 것뿐이야. 듣기로는 철저히 그뿐이라던데, 뭘."

로나가 숨을 헉 들이켜며 그의 가슴을 찔렀다.

"비골프!"

"뭐? 내가 틀렸다고 말할 수 있어?"

"요점은 그게 아니잖아."

"그럼 뭐가 요점인데? 그러니까 당신이, 열아홉 살짜리 인간 계집애가 거의 백 살이나 먹은 드래곤 남자하고 한 일을 가지고 마찬가지로 거의 백 살이나 먹은 드래곤 자식이, 그것도 애초에 제가 원하는 걸 뒤쫓을 배짱이 없어서 놓친 주제에 열 받았다는 걸로 어린 계집애 탓을 하고 있다는 거 말고 뭐가 요점이냐고?"

"당신은 처음부터 에이브히어를 안 좋아했어."

"그게 아니지. 난 그냥 본 대로 얘기한 거야. 이지는 두 마리 싸움 개 사이에 물린 먹음직스러운 뼈다귀일 뿐이라고. 그걸로 이지를 탓하면 안 되지."

"그럼 그 녀석들을 탓하라고?"

"난 당신이 누구도 탓하지 않으면 좋겠어. 사실…… 난 당신이 젠장맞을 자기 일에나 신경 써야 한다고 생각해."

"뭐야!"

비골프는 로나의 허리에 감은 팔을 단단히 죄어 그녀가 움직이지 못하게 붙들었다.

"그냥 좀 들어 봐. 이 세상에서 어른이 되려면 가끔은 뭔가 망할 짓을 해야만 해. 그리고 어떤 이들은 다른 이들보다 훨씬 더 망할 짓을 하지."

그가 손가락으로 자신을 가리켜 보이자, 로나도 키득 웃고 말았다.

"또 어떤 이들은 아예 망할 짓을 해 볼 기회조차 갖지 못하기도 해."

그는 로나를 가리켰다.

"그리고 어떤 이들은 망할 짓에 완전히 빠져들어서 결국 진짜 험한 꼴을 당하지."

"에이브히어와 켈륀이 그렇다는 얘기야?"

"이지도. 그 애들은 그렇게 어려운 길을 갈 수밖에 없어. 타고나기를 지랄 맞게 고집불통으로 타고났거든. 내 말을 믿어, 그에 대해 당신이 할 수 있는 일은 아무것도 없어. 하지만 당신이 할 수 있는 일도 있지. 이지를, 그 두 천치 자식을 망치려고 작정한 무슨 변덕스러운 창녀처럼 취급하지 않는 거. 앞으로 어떤 일이 닥칠지 모르는 판국이야. 그녀도 집중하고 준비가 되어 있어야지. 일족이 자기에게 등 돌려 버릴지도 모른다는 걱정 따위나 하게 둘 순 없어."

로나는 눈을 감고 긴 숨을 내쉬었다.

"당신이 옳아."

길게만 느껴지던 오 년 동안 에이브히어와 켈륀을 다루다 보니, 그 모든 일을 이지 탓으로 돌리는 게 그들 셋에게 각자의 잘못된 결정에 대한 책임을 지우는 것보다는 차라리 더 쉬웠던 것—이지는 없고, 그 녀석들을 상대해야 하는 건 자신뿐이었으므로—이다.

비골프가 손가락으로 그녀의 턱을 들어 올렸다.

"로나, 나를 봐."

로나는 눈을 뜨고 그를 올려다보았다.

"여기서 탓할 건 아무도 없어. 아무것도 없지. 그냥 우리 모두 무사히 이 일을 헤쳐 나갈 생각이나 하자고."

"당신 정말 우리가……."

"긍정적으로 생각해! 당신은 긍정적으로 생각할 필요가 있다니까. 나처럼 말이야."

비골프가 눈을 찡긋해 보이자, 로나는 뒤꿈치를 들고 그의 목에 팔을 감아 자기 쪽으로 당겼다. 그녀는 이 드래곤이 점점 좋아지고 있었다. 다만, 그런 감정을 어떻게 해야 하는지는 도무지 알 수가 없었다. 하지만 또, 내일이면 그들 모두 죽을지도 모르는 상황이고 보면 아무래도 상관없을 터였다.

그리고 그들의 입술이 닿은 순간…….

"이런! 미안!"

저도 모르게 비골프에게서 몸을 뗀 로나는 브란웬이 뒷걸음질로 동굴을 나가는 모습을 보았다.

잠시 후, 우렁찬 그녀의 목소리가 들려왔다.

"거봐, 이지! 너 나한테 술 한잔 빚졌어. 저 둘이 자는 사이라고 내가 그랬지!"

"봐, 긍정적이잖아."

비골프가 장난스럽게 말했다.

"그래, 긍정적이지. 나도 내 일족 하나하나가 제정신 아닐 만큼 긍정적이라는 걸 긍정해."

28

'막강한 자' 브리크는 이 따분한 곳에 수년을 처박혀 있은 듯한 기분이었다. 앉아 있는 것 말고는 할 게 아무것도 없었다. 맙소사! 읽을 것조차 없다니. 그는 너무나 지루했다.

멀리 시선을 던지면 땅을 볼 수는 있었다. 하지만 절대로 그곳에 닿을 수 없었다. 한 개의 태양 아래 드래곤들이 한가로이 즐기고 있는 모습이 보였다. 먹고, 마시고 그리고…… 자세로 짐작하건대, 섹스하는 이들도 있었다. 하지만 그는 여기에 혼자 앉아 있었다. 덫에 걸린 듯이.

"지루해! 지루해 죽겠다고!"

그는 큰 소리로 고함을 질렀다.

그때, 하늘에서 양피지 한 조각이 둥실 떠오더니 그 앞에 내려앉았다. 브리크는 양피지를 집어 들었다. 기대했던 것과 달리 편지 같은 건 아니었다. 이곳을 빠져나가는 방법을 알려 주는 지침이라든가, 적어도 온갖 드래곤들이 좋은 시간을 보내는 모습을 그저 구경만 해야 하는 이곳보다는 더 재밌는 볼거리가 있는 곳을 안내해 주는 설명서 정도는 되기를 바랐건만.

하지만 그가 알아볼 수 있는 무언가가 맨 위에 적혀 있긴 했다. 아주 꼼꼼한 글씨로.

아빠를 위해서

브리크는 저도 모르게 미소를 지었다. 우편물이 아직은 오가고 있던 때, 그는 종종 리안이 보내 준 조그맣고 예쁜 그림들을 받아 보곤 했다. 그림이 담긴 양피지 위쪽에는 항상 이 문구가 적혀 있었다.

그러나 이것은…… 이건 달랐다. 리안은 보통 말이나 새, 혹은 자기가 살고 있는 성을 그려 보냈다. 하지만 이건 그냥…… 기호들이었다. 왜 리안이 기호들을 그려서 보낸 것일까? 그런데 기호들이…… 낯설지가 않았다. 모호하지만 ─아주 모호하지만─ 기억에 있는 모양들이었다.

브리크는 양피지를 바닥에 내려놓고 반듯이 펼쳤다. 맞아! 적어도 기호들 중 하나는 알아볼 수 있었다. 드래곤메이지 수련 시절, 그가 책과 마법 속에 몸을 담그고 일생을 보내게 되리라 믿어 의심치 않았던 시절의 기억이었다. 물론 드래곤워리어의 소명이 그런 삶을 무색하게 만들었고, 그때부터 브리크가 방향을 잡고 걸어온 길이 되었다. 그래도 아직 몇 가지는 기억 속에 남아 있었다. 이 기호처럼. 그것은 믿을 수 없을 만큼 오래된 상징이었다. 그리고 그의 기억이 정확하다면, 믿을 수 없을 만큼 강력한 것이기도 했다.

"어디서 봤지? 내가 이 형태를 대체 어디서 본 거야?"

브리크는 발톱을 들고 양피지의 그림을 따라 그려 보았다. 그림이 양피지 위에서 고리를 이루고 소용돌이를 만들기 시작했다. 브리크가 계속해서 생겨나는 형태를 따라 발톱을 움직이자 소용돌이가 양피지 위로 떠올랐다. 살아 움직이며 점점 커져 가던 소용돌이는 이윽고 그를 둘러쌌다. 브리크가 그 변화를 홀린 듯 지켜보고 있는 사이, 소용돌이의 속도가 빨라지면서 눈부신 빛이 뿜어져 나왔다. 점점 더 밝아진 빛은 눈이 감당하지 못할 지경에 이르렀고, 그는 더 이상 아무것도 볼 수 없었다. 그리고도 더 밝아진 빛에 타는 듯한 고통을 느낀 브리크는 포효를 내지르며 몸을 일으켰다.

브리크는 숨을 헐떡이며 눈을 떴다. 눈앞에 자신을 바라보는 형의 얼굴이 있었다.

"피어구스?"

"브……리크?"

브리크는 주변을 둘러보았다. 그는 더 이상 혼자가 아니었다. 익숙한 동굴이었다. 계속해서 날아드는 공성 무기의 파공음이, 지루했던 그의 귓전에 환영 인사처럼 들려왔다.

"세상에, 맙소사! 빌어먹게도 거지 같은 꿈이었어."

그는 미소를 지었다.

그런데 형이 이상했다. 아무 말도 하지 않고, 그를 뚫어져라 바라보고만 있었다. 곧 라그나가 뛰어 들어오고, 치료사들 몇 명도 뒤따라 들어왔다. 그리고 그들 모두가 형이나 마찬가지로 그를 빤히 쳐다보았다.

"뭐야? 다들 왜 그렇게 보는 거야?"

아무도 대답하지 않자, 브리크는 침대에서 내려섰다. 그 순간, 형을 포함한 모두가 얼빠진 얼굴이 되더니 그를 더욱 주의 깊게 바라보았다.

"뭐냐고?"

역시 대답은 돌아오지 않았고, 브리크는 머리를 흔들었다.

"난 뭐 좀 먹어야겠어. 왜 이렇게 배가 고픈 거야?"

그러고는 그들을 지나쳐 걸어 나왔다. 다들 왜 저렇게 보는지 알 수 없었지만, 별로 알고 싶은 생각도 들지 않았다. 나중에, 저들이 말하는 능력을 되찾은 후에 알아보면 될 일이었다.

피어구스는 동생이 누워 있던 자리, 죽음……에 거의 가까웠던 침상, 그리고 조금 전 멀쩡히 일어나 걸어 나가 버린 빈자리를 손가락으로 가리키며 입을 열었다.

"어떻게……?"

라그나가 머리를 가로저었다.

"모르겠습니다. 당신도 그를 봤잖습니까, 피어구스. 척추가 갈라져서 그는…… 그러니까…….”

“새 됐지. 그런 경우 우리 일족이 쓰는 용어야. 브리크는 완전히 새 됐다.”

“그가 살아날 거라고는 생각하지 못했습니다. 저렇게…….”

“걸어 나가는 건 고사하고. 그렇다면 어떻게……?”

“정말이지 모르겠습니다.”

라그나가 무겁게 말을 이었다.

“어쩌면 알고 싶지 않다고 하는 게 맞겠군요. 대체 어떤 어둠의 힘이 조화를 부렸기에 당신 동생이 아무 일도 없었던 것처럼 일어나 걸을 수 있는지…….”

리안은 사촌 언니, 오빠의 손을 놓고 미소 지었다.

“우와, 재밌었지!”

“지루했어.”

탈윈이 투덜거렸다. 그리고 사촌 동생을 노려보았다.

“그리고 우린 아직도 무기가 없어.”

“미안하다고 했잖아!”

“그런다고 우리 칼이 돌아오진 않아!”

탈윈은 경고의 의미로 손가락을 들어 올리며 말을 더했다.

“설마 또 울려는 건 아니지, 아가야!”

“나 아가가 아냐!”

그때, 그들이 앉아 있는 방—원래 그들의 방이 아니라 성의 꼭대기 층에 있는 조그만 방이었다—의 문이 왈칵 열리고 에바가 안으로 들어섰다.

"너희가 어떻게…… 언제……."

그녀는 발을 구르며 그들을 노려보다가 한숨처럼 속삭였다.

"대체 어떻게 그렇게 자꾸만 빠져나갈 수 있는 거니?"

리안과 탈원은 그저 에바를 빤히 쳐다보았고, 탈란은…… 탈란은 조금 전부터 하품을 해 대더니 어느새 리안의 무릎을 베고 편안히 잠들어 있었다. 누군가의 무릎이나 털북숭이 개의 등이 그가 가장 좋아하는 낮잠 장소였다.

앤널은 그날 밤에도 잠을 자지 않았다. 사실, 그녀는 더 이상 잠을 잘 수 없었다. 몸이 아무리 고되고 지쳐도 눈을 감고 아무리 애써 봐도 잠드는 일은 일어나지 않았다. 그녀는 잠이 그리웠다. 단 몇 시간만이라도 마음속에서 모든 것을 닫아 버릴 수 있는 그 상태가 그리웠다. 하지만 어찌 된 일인지 —그녀 자신도 이게 어떻게 가능한지 이해하지 못했다— 그녀의 몸이 계속해서 움직였다. 선 채로 죽어 마땅한 상태인데도 그녀의 몸은 계속해서 움직이고 있었다.

하지만 또, 생각해 보면 그녀는 원래가 힘들었다. 언제나 바쁘고 힘들었다.

갑자기 사람들과 드래곤들이 돌아다니는 소리가 들려왔다. 앤널은 아침이 되었나 보다 짐작하면서 몸을 씻을 만한 곳을 찾아 나섰다.

어제저녁, 이지가 빵과 치즈를 건네며 지하 호수를 찾았다고 말했을 때는 그저 고개만 끄덕이고 말았다. 호수를 찾아갈 기분 이 아니었기 때문이다. 피부를 물에 담그고 싶지도 않았다. 대신 에 그녀는 커다란 공동 한가운데 서서 기다렸다. '반역왕'이 그녀 가 원하는 대답을 주기 위해 돌아오기를 기다렸다. 하지만 아침 이 왔는데도 그녀는 여전히 원하는 것을 얻지 못했다.

시간이 빠르게 다해 가고 있었기 때문에 앤널은 호수를 찾으 러 갔다. 그녀가 지나는 곳마다 사람들과 드래곤들이 길을 피하 고 있다는 것이 모호하게나마 느껴졌다. 누구도 '미친 여왕' 근처 에 있고 싶어 하지 않았다. 앤널이 그런 종류의 반응을 웃어넘기 던 시절도 있었다.

'일이 잘 돌아가게 하려면 그래 줄 필요가 있거든.'

피어구스에게 종종 했던 말처럼, 필요한 만큼만 미칠 수 있던 때였다.

하지만 근래에는…… 앤널은 모두가 자신에 대해 생각하는 그 대로 미친 것 같다는 느낌이 들기 시작했다. 아마도 잠을 못 자서 그런 걸 거야. 그녀는 어떤 존재든 제대로 기능하기 위해서는 반 드시 잠이, 충분한 잠이 필요하다는 걸 알고 있었다. 그러니 제 대로 잘 수 없는 그녀가 어떻게 제대로 기능할 수 있겠는가 말이 다. 하지만 그들은 그녀가 자게 두지 않았다. 왜 그들은 그녀에 게 잠을 허락지 않는 것일까?

호수를 찾은 앤널은 옷을 벗어 던지고 물속으로 뛰어들었다. 그리고 머리를 감다가, 퀸틸리안 병사들의 피와 살점이 묻어 나 오는 걸 보았다. 그녀를 감금했던 자들을 해치우면서 더러워졌던 것을 완전히 잊고 있었다. 사실, 그녀의 원래 계획은 퀸틸리안 부대 중 하나를 찾아 지휘관을 잡아다가 가이우스를 추적하는 데 필요한 정보를 캐내는 것이었다. 하지만 그러는 대신, 그들에게 끌려가 줘야만 했다. 그렇게 하라는 소리를 들었기 때문이다.

그녀는 더 이상 이래라저래라 하는 소리를 듣는 게 지겨웠다. 몸을 끌듯이 하며 물 밖으로 나온 앤널은 벌거벗은 채 호수 가장자리에 걸터앉았다. 흠뻑 젖은 몸으로 두 다리를 들어 두 팔로 감싸 안은 다음, 무릎 위에 이마를 얹었다. 그녀는 앞뒤로 가만히 몸을 흔들기 시작했다. 그러지 않으려고 했지만 ─그녀가 그럴 때면 다들 동요하는 것 같았다─ 그러고 있으면 어째서인지 마음이 부드럽게 가라앉았다.

그녀는 몸을 흔들며 생각을 좀 해 보려 했다. 하지만 그녀의 마음은…… 그녀는 너무나 피곤했다. 보통 이렇게 상태가 나쁘면 그가 나타나곤 했다. 그리고 언제나 그렇듯 이번에도 나타났다. 그가 그녀 곁으로 다가와 몸을 눕히고 그녀에게 머리를 기댔다.

"그는 도와주지 않을 거야."

앤널은 그에게 말했다.

"네가 그렇게 믿고 있는 '반역왕'은 날 도와주지 않을 거야."

그리고 몸을 더 세게 흔들기 시작했다.

"그 없이도 나 혼자 갈 수 있어."

그녀는 자신이 또다시 횡설수설하고 있다는 걸 알았다. 하지만 멈출 수가 없었다.

"나 혼자 거기로 가서 다 죽여 버릴 수 있어. 퀸틸리안에 있는 모든 이들을. 난 그들 모두를 죽일 수 있어. 병사들, 경비들, 여자들, 아이들…… 내가 원하는 걸 얻을 때까지 그들 모두를 죽여 버릴 수 있어. 네가 죽여 주기를 바라는 그자를 죽일 때까지. 넌 그자의 머리를 원하는 거잖아, 그렇지? 내가 그걸 너한테 가져다 줄 수 있어. 그 빌어먹을 머리를 얻을 때까지 죽이고, 죽이고, 또 죽이……."

그때, 그가 그녀를 핥았다. 축축하고 징그러운 거대한 혀가 그녀의 이마를 쓰윽 가로질렀다. 앤넬은 반사적으로 봄을 물렸지만, 눈을 몇 번 깜빡이자 초점이 제대로 맞은 것처럼 개운하게 머릿속이 맑아졌다. 더 이상 몸을 흔들 필요도 없었고, 머리가 터질 듯 복잡하지도 않았다.

앤넬은 여전히 자기 옆에 앉아 있는 그를 바라보았다.

"좀 더 일찍 오지 그랬어."

그리고 차분하게 말을 이었다.

"내가 우리에게 그나마 남은 희망을 부숴 버린 것 같아. 그자가 우리를 도와줄 거라는 희망 말이야."

그녀는 숨을 크게 들이마셨다. 내내 가엾은 머릿속에서 시끄럽게 떠들어 대던 소리가 사라지고 다시 혼자서 생각할 수 있게 되니 기분이 좋았다.

"이봐, 네가 원하는 게 내가 그자를 죽여 주길 바라는 것뿐이라면……."

그가 주둥이를 그녀의 뺨에 대고 눌렀다. 그 순간, 앤넬은 머릿속에서 울리는 그 목소리를 들었다. 그는 오직 그런 식으로만 그녀에게 말할 수 있었다. 아마도 그가 거대한 털북숭이 늑대 신이기 때문일 것이다. 일전에 그가 그녀 주위에서 '움' 하고 소리를 낸 적이 있었다. 앤닐은 그 뒤로 며칠 동안이나 귀에서 피가 나왔고, 영원히 귀가 먹은 거라고 확신했다. 그래서 그는 이런 식으로 말을 전하게 되었다.

그가 마음속으로 말을 걸면 그녀는 귀를 기울였다. 그녀에게는 선택의 여지가 없었다. 왜냐하면 트라시우스에게도 그를 편드는 신이 있었기 때문이다. 그를 도와서 싸우고 이기게 해 주는 신이었다. 그래서 앤닐도 뭔가를 해야 했다. 그녀가 믿는 모든 것을 위해, 영혼을 신에게 주고 그자에게 대항해서 싸워야 했다. 적어도 그녀는 개를 좋아했고, 그 점은 도움이 되었다.

그가 무엇을 해야 할지 다 알려 주고 나자 앤닐은 순순히 대답했다.

"알았어. 내가 얘기해 보지. 하지만 이 일이 끝나면……."

그녀는 다시금 자기 옆에 누워 있는 신을 돌아보았다.

"내 삶을 돌려줘."

그가 고개를 끄덕이고는 몸으로 그녀를 밀었다.

"정말 꼭 그래야겠어?"

그녀가 따지듯 물었다.

"난 누가 시키는 대로 순순히 따르는 무슨 창녀 같은 게 아니야. 난 빌어먹을 여왕이라고!"

하지만 그는 그녀의 항의를 무시하고 계속해서 밀어 댔다. 앤닐은 한숨을 내쉬며 무릎을 꿇었다.

"이런 일을 시키다니……."

그녀가 늑대 신을 노려보며 말했다.

"혹시라도 피어구스에게 얘기만 해 봐. 무슨 수를 써서라도 널 없애 버리고 말 테니까."

재빨리 주위를 둘러보고 근처에 아무도 없다는 걸 확인한 앤 닐은 늑대 신—난눌프가 그의 이름이었다—을 붙잡고 귀 뒤쪽 깊숙이 손가락을 밀어 넣은 다음, 긁어 주었다. 긁고, 긁고, 또 긁고……. 늑대 신이 옆으로 몸을 굴리고, 혀를 빼물고, 눈을 감았다. 그의 목구멍에서 울려 나온 나지막한 으르렁거림이 동굴 벽을 은은하게 흔들었다.

"뻔뻔스럽기는."

앤닐은 꾸짖듯 말하면서도 저도 모르게 미소가 지어지는 것을 참지 못했다.

"빌어먹게도 뻔뻔스럽다고!"

동굴 벽이 흔들리는 걸 느꼈을 때, 로나는 옷을 입고 있던 참 이었다. 그녀는 비골프를 건너다보았다.

"지진인가?"

그녀의 물음에, 비골프도 고개를 돌렸다.

"그런 거 같네. 하지만 약한 거야."

부츠를 다 신은 그가 자리에서 일어섰다.

"난……."

"그래, 알아. 배가 고프시겠지."

그녀는 웃음을 터트리며 머리를 내저었다.

"가. 가서 먹을 거나 찾아봐. 나도 금방 갈게."

비골프가 나가자, 로나는 눈을 감고 자매들에게 심언心言을 보냈다. 누구도 대답하지 않았다. 형제들에게도 보내 보았다. 역시 아무 응답도 돌아오지 않았고, 그녀는 두려움에 사로잡히지 않기 위해 애써야 했다. 맙소사! 어떻게 그러지 않을 수 있겠는가?

앤닐은 포위 공격이 시작되었다고 말했고 ─로나는 공격 전에 이미 서부 산맥을 떠난 여왕이 어떻게 그 사실을 알았는지에 대해서는 정말이지 깊이 생각하고 싶지 않았다─ 그녀는 지금 여기 있었다. 이곳 셉티마 산맥에, 쓸모없는 반역자들과 숨어 있는 것이다! 카드왈라드르가 숨어? 젠장, 내가 어떻게 되어 가고 있는 거야?

"앤닐 봤어요?"

로나는 눈을 뜨고 고개를 들었다. 그녀와 비골프가 함께 임시 숙소─가이우스의 부하들은 그들이 뭘 하든 신경도 쓰지 않았다. 자기네 왕이 앤닐을 무시하고 있으니 그들 또한 앤닐 일행을 모른 척하는 것 같았다─로 삼은 작은 굴 입구에, 금방 씻고 깨끗한 옷으로 갈아입은 이지가 서 있었다.

로나는 대답했다.

"아니, 난 못 봤어."

"알겠어요. 고마워요."

이지가 몸을 돌렸다.

"이지."

로나의 부름에, 이지가 몸을 돌리고 그녀를 바라보았다.

"지난밤에 내가 한 얘기…… 피로 연결된 어쩌고 한 거, 미안하다. 넌 우리 일족이야. 그러니까 다들 그러는 것처럼 진짜로 날 열 받게 한 거지. 하지만 어제 일은 내가 공정하지 못했어. 나라고 하더라도 말이야."

로나는 괜히 목을 가다듬었다.

"꼭 내 어머니처럼 말하고 있었네."

이지가 한숨을 쉬더니, 입구에서 좀 더 밀어졌다.

"당신은 당신 일족을 보호하려 한 것뿐이잖아요. 그건 이해해요. 하지만 여전히, 제 일은 당신이 상관할 바가 아니라고 생각해요."

그리고 말을 더해야 할 필요가 있다고 느꼈는지 뒤를 이었다.

"그래도 이해는 해요. 제가 딱딱거린 건 미안하고요."

로나는 자리에서 일어나, 아버지가 그녀를 위해 만들어 준 미늘 셔츠를 집어 들었다.

"그것 봐라, 이지. 그런 게 널 우리 일족에서 두드러져 보이게 하는 거야. 넌 진짜로 사과를 하지. 진심으로 후회를 하고. 넌 항상 그러는데, 그러고도 카드왈라드르 일족이랑 맞아떨어지니 그게 용할 뿐이다."

이지가 키득거리며 웃었다.

"내가 장담하는데, 그 두 멍청이들은 젠장맞을 어떤 일에도 사과하지 않을 거야. 그러기는커녕 끊임없이 싸우기나 할 테지."

로나의 말에, 이지가 머리를 흔들었다.

"전 그 둘에게…… 절대로 말할 생각이…… 전 그냥……."

"즐겼을 뿐이라고?"

이지가 움찔했다.

"……예, 그런 거 같아요."

로나는 셔츠를 걸쳐 입으며 말했다.

"이 말은 해야겠다. 카드왈라드르 남자가 그런 종류의 '업적'에 대해 입 다물고 있기를 기대하면 안 되는 거야. 그러니까 네가 한 유일한 실수는 바로 그거지."

"아무도 에이브히어한테 말하지 않았어요. 그러니까…… 그가 본 거죠."

"저런…… 그것참, 뭣한 순간이었겠다."

"그러고는 확 돌아 버린 거예요. 가엾은 켈뤼은 들입다 패기 시작해서……."

로나는 코웃음을 쳤다.

"가엾은 켈뤼은 무슨. 둘 다 가여울 건 전혀 없어. 너도 가여워 할 거 없고."

그녀는 이지 앞으로 걸어가 그녀를 마주 보고 섰다. 이 인간 여자애는 보통 드래곤의 인간 형태만큼이나 키가 크고 덩치도 좋았다. 강력하고 건강한 데다 예쁜 미소를 가진 여자애. 그 천치들이 홀딱 빠진 것도 무리는 아니었다.

"켈뤼을 사랑하니?"

"……좋아하죠."

"하지만 사랑에 빠진 건 아니구나. 그럼 에이브히어는?"

이번엔 이지가 코웃음을 쳤다.

"아예 사랑 자체를 안 하려고 온갖 애를 쓰는 중이죠."

"자, 이제부터 내가 내 자매들에게 꼭 해 주는 얘기를 너에게도 해 주지. 너 자신의 삶을 생각해, 이지. 네가 원하는 게 뭔지를 생각하고. 그 둘 때문에 네가 가려는 길을 저버려서는 안 돼. 그 녀석들도 철이 들어야겠지만, 너도 마찬가지야. 그것부터 해. 나머지는 그다음에 걱정해도 늦지 않아."

"이지! 앤널이 돌아왔어!"

밖에서 브란웬이 부르는 소리가 들려왔다.

"그만 가자. 가서 또 우리 미친 여왕을 상대해야지."

"고마워요, 로나."

"고맙기는. 이제 가. 나도 바로 따라갈 테니까."

이지가 밖으로 나가자, 로나는 무기들을 집어 군장을 갖추었다. 비골프가 굴 밖에 서서 타조 다리를 물어뜯다가 그녀를 보고 씨익 웃었다.

"뭘 엿들은 거야, 노스랜더?"

"그냥, 누군가 처치 곤란한 상황을 상당히 현명하게 다루는 걸 듣고 있었지."

그가 미소를 지으며 덧붙였다.

"보모."

"하, 닥치시지."

바로는 동굴의 통로 모퉁이를 돌아드는 순간 미친 여왕과 정면으로 마주쳤다.

"그는 어디 있지?"

"가이우스를 말하는 거라면⋯⋯."

여왕이 그의 어깨에 양손을 털썩 얹었다.

"이봐, 난 장난칠 시간이 없어. 그는 어디 있나?"

바로는 여왕의 손을 치워 버리고, 그녀를 돌아 계속해서 걸어가며 말했다.

"가이우스가 어제 자기 생각을 완전히 분명하게 밝혔잖습니까. 그 후로 달라진 건 아무것도 없다고 확실히 말씀드리죠."

"공개 격투 경기는 내일이야, 안 그래?"

바로는 걸음을 멈췄다. 그리고 천천히 여왕을 향해 돌아섰다.

"뭐라고요?"

"오늘은 모든 유명한 격투사들의 경기가 열리지. 하지만 내일은 공개 경기야. 동전과, 격투장에서 목숨을 걸 용의만 있다면 누구든 참가할 수 있는 공개 경기. 그렇지?"

"그렇죠. 하지만 어떻게⋯⋯?"

"내 짝의 아버지가 말해 줬어."

이 불안정한 여자—그래도 지금 이 순간은 전날 저녁보다 훨씬 멀쩡해 보였다—가 바로의 어깨에 팔을 걸치며 말을 이었다.

"난 썩 괜찮은 싸움꾼이거든. 그러니까 재미 좀 보자고, 어?"

앤널이 앞으로 와 웅크리고 앉았을 때, 로나는 한창 아침을 먹는 중이었다. 여왕은 좀⋯⋯ 달라 보였다. 눈이 맑았다. 이성적으로 보이기까지 했다. 그러니까 강철 드래곤들과 전쟁을 벌이기 전만큼은 이성적으로.

"당신, 뛰어난 대장장이라고 들었는데. 진짜야?"

앤뉠이 밑도 끝도 없이 물었다.

"내 아버지가 그렇게 말씀하시던가요?"

"아니, 그분은 당신이 진정한 소명을 놓치고 있다고만 하셨지. 다른 데서 들었어."

"누구요?"

"그 얘긴 나중에 하면 안 되나? 당신 대장장이야, 아니야?"

"그야……."

"대장장이 맞아요."

비골프가 대신 대답하고 나섰다.

"이 모든 일이 끝난 후에 저와 함께 노스랜드로 돌아가서 제 일족을 위해 무기를 만들어 줄 생각을 하고 있는 뛰어난 대장장 이죠."

두 여자가 그를 쳐다보자, 그는 씨익 미소를 지었다.

"그냥 도움이 될까 해서."

"당신 진짜 유능한가 본데. 노스랜더 남자가 당신을 찬양하는 노래를 부를 정도면 말이야."

앤뉠이 말했다.

"노스랜더는 노래를 안 부르는데요."

비골프가 꼭 말해 줄 필요를 느낀 듯 또 끼어들었다.

"그래요, 내가 도와줄 수 있어요."

로나는 앤벌과 비골프가 '노스랜더가 하는 것과 하지 않는 것'을 두고 열띤 논쟁을 벌이기 전에 얼른 물었다.

"필요한 게 뭐죠?"

"농담이겠지."

가이우스는 말도 안 된다는 듯 받아쳤다.

"그녀는 바테리아에게서 아그리피나를 구해 올 수 있는 유일한 존재야. 극악무도한 개자식에게 대항하는 미친 암캐. 이 계획은 성공할 수 있어."

"아니면 그냥 바테리아가 원하는 걸 갖다 바치는 일이 될 수도 있지. 그럼 그 여자는 앤벌 여왕과 내 누이를 다 갖게 되고."

"가이우스……."

"안 돼, 그렇게는 할 수 없어."

"왜 안 되지?"

그들은 깜짝 놀라 소리가 들려온 쪽으로 고개를 돌렸다. 앤벌이 동굴 입구에서 그들을 지켜보고 있었다.

"왜냐면 세상이 나에 대해 뭐라고 말하건 간에 난 그런 괴물이 아니니까."

가이우스는 설명하려는 듯 말을 이었다.

"내 사촌에게 여자를, 그게 어떤 여자든 갖다 바칠 만큼 사악한 괴물이 아니라고. 그녀는 특히나 여자들을…… 가지고 노는 걸 좋아하거든."

"당신은 그런 괴물이 아닐지도 모르지. 하지만……."

앤닐이 미소 지었다.

"난 그래."

그리고 동굴 안으로 들어섰다.

"우선, 어제 내가 한 말에 대해서는 미안해."

그녀가 어깨를 추썩였다.

"머리가 좀 아팠거든."

아마도 그 속에서 떠들어 대는 온갖 목소리들 때문이시겠지. 하지만 가이우스는 이렇게만 말했다.

"이해해."

"알지 모르겠는데…… 나에겐 쌍둥이가 있어. 탈란하고 탈윈. 걔들이 하는 일이라곤 싸움뿐이야. 끊임없이 싸우지."

여왕의 미소가 따뜻해졌다.

"하지만 그 애들 사이에 끼어들려고 해서는 안 돼. 더 나쁘게는, 그 애들 중 하나를 다치게 해 놓고 다른 하나가 무사히 넘겨줄 거라고 생각해서는 더더욱 안 되지. 하나가 성 안뜰 반대편의 공터라든가 다른 층에 있더라도 다른 하나에게 문제가 생기면 바로 알아채거든. 서로를 느끼는 것 같아. 말은 안 하지만 그 애들이 그렇다는 걸 난 알아."

앤닐이 그 앞에 서서 한 손을 내밀었다. 굳은살 박인 손가락이 그의 뺨을 감쌌다.

"난 당신이 얼마나 고통스러운지 이해해, 가이우스. 얼마나 두려운지도. 하지만 그 두려움 때문에 누이를 구할 수 있는 기회를 저버리면 안 돼. 우린 그녀를 구해 내야 해."

"왜? 당신은 왜 그토록 그녀를 구해 오고 싶어 하는 거지?"

"복잡한 얘기야. 하지만 내가 해야 할 일을 하려면, 내게 필요한 걸 얻으려면 먼저 당신을 도와야 해. 그러니까 돕게 해 줘."

"내가 당신을 거기로 보내면 그건 당신을 죽을 자리로 보내는 거야. 그것도 당신 운이 좋았을 경우지."

"죽음을 두려워하는 건 오래전에 그만뒀어, 난. 그러니까……진짜로 죽어 본 뒤에 말이야. 그런 일을 당하고 나면 세상을 보는 눈이 달라지는 법이거든."

여왕이 이마를 찌푸리더니 말했다.

"우리가 이렇게 말을 나누고 있는 동안에도 바테리아는 당신 누이를 파괴하고 있어. 그러니까 내가 당신을 도울게. 당신도 날 도와. 말하자면, 동맹이 되는 거지."

"당신은 사우스랜드 전체를 지배하는 여왕이야. 그런데도 이런 일에 기꺼이 당신 목숨을 걸겠다고?"

"내 쌍둥이를 지키기 위해서라면 못 할 게 없으니까. 그리고 우리 둘 다 아는 바지만, 만약 트라시우스가 이기면 그 애들은 오래 못 살아."

가이우스는 바로를 돌아보았다. 하지만 친구는 애초에 모든 결정을 그에게 맡기지 않았던가. 이제 동의를 하려면 ─사실, 그들 모두는 그가 동의하리란 것을 알고 있었다. 그에게도 선택의 여지는 없었기 때문에─ 한 가지 확인할 것이 있었다.

"당신, 오늘은 좀 달라 보이는군."

"그래. 늑대가 이마를 핥아 줬거든."

두 친구는 다시 서로를 마주 보았다. 하지만 이번에는 확실히 서로의 눈에서 공황을 읽었다.

"뭐라고?"

가이우스가 물었다.

"늑대가 이마를 핥아 주고 난 후에는 언제나 기분이 좋아져. 푹 자고 나면 더 이상은 그럴 필요가 없기를 바라긴 하지만."

"그러니까…… 늑대들이 언제나 당신 머리를 핥아 준다고?"

"아니, 늑대들이 아니라 늑대. 하나뿐이야. 아, 배고프다."

여왕이 한숨을 내쉬고 몸을 돌렸다. 동굴을 나가려던 그녀가 물었다.

"참! 당신네 대장간을 쓰고 있는데, 괜찮겠지?"

그러더니 대답도 듣지 않고 가 버렸다.

한참 만에야 바로가 입을 열었다.

"이 시점에서, 보통 때 같으면 '이만해서 다행이야.' 같은 말이라도 했을 거야. 하지만 솔직히, 다행이란 말은 도저히…… 이건 어떻게도……. 아! 정말이지, 할 수 있는 말이 없다."

가이우스도 마찬가지였다. 하지만 왕으로서, 그런 말을 입 밖에 낼 수는 없었다.

29

에다나는 그자들을 너무 늦게 발견했다. 강철 드래곤. 어떻게
했는지는 모르겠지만, 그자들은 아무에게도 들키지 않고 기지로
숨어들어 터널 안까지 들어와 있었다. 그녀는 그자들을 포착한
즉시 뒤를 쫓기 시작했다. 브리나와 네스타도 두말없이 그녀를
따라왔다.

에다나가 먼저 그들 중 하나를 꼬리로 쳐서 넘어트리고, 브로
드소드를 내리쳐 척추를 쪼개 놓았다. 그녀를 뒤따라온 쌍둥이들
은 다른 셋을 계속해서 쫓아갔다. 그들은 점점 출구에 가까워지
고 있었다. 숲까지 추격하다가 그들을 놓쳐 버리는 일이 생겨서
는 안 되었다.

에다나는 쌍둥이들에게 소리쳤다.

"막아! 밖으로 나가게 해선 절대 안 돼!"

네스타가 남은 셋 중 하나의 뒤에서 다리를 걸고, 그자가 넘어지자 단검으로 목을 갈랐다. 브리나는 또 다른 놈의 머리 위로 몸을 날려 그자의 정면으로 내려앉은 다음, 칼을 휘둘렀다. 그러나 마지막 한 놈은……

에다나는 이를 갈며 놈을 뒤쫓았다. 그자는 거의 출구에 다다라 있었고, 제때에 그자를 잡는 건 불가능할 것 같았다. 하지만 그때, 그녀는 출구 옆에 있는 사촌들을 보았다. 문제는 그들이 켈뤈과 에이브히어라는 점이었다. 그리고 젠장맞을 그들은 싸우고 있었다. 또다시!

"에이브히어! 켈뤈!"

에다나는 사촌들을 소리쳐 불렀다. 하지만 그들은 서로를 밀치느라 바빠서 듣지 못한 것 같았다. 불쌍한 아우스텔이 둘을 떼어 놓으려고 애쓰고 있었다. 또다시!

"에이브히어!"

에다나는 그자를 잡기 위해 계속 달리면서 거의 비명을 지르듯 사촌을 불렀다. 에이브히어가 고개를 돌리고 그녀를 보았다.

"그놈 막아!"

혼란스러운 듯 에이브히어가 눈을 깜빡였다. 하지만 곧 상황을 파악하고 강철 드래곤을 덮쳤다. 켈뤈도 거의 동시에 몸을 날렸다. 하지만 놈은 둘 사이를 미끄러지듯 빠져나가 출구 밖으로 달아났다.

"안 돼!"

"우리가 잡을게!"

네스타와 브리나가 소리치며 동굴 밖으로 추적을 이어 갔다.

에다나는 로나 언니가 여기 있었으면 하는 바람과 넌덜머리가 동시에 솟구치는 것을 느끼며, 바로 곁에서 위험천만한 상황이 벌어지는데도 싸움질—아, 또다시!—이나 하고 있었던 두 천치 사촌을 향해 몸을 돌렸다.

에이브히어가 재빨리 사과하고 나섰다.

"에다나, 정말 미……."

"듣기 싫어. 너희 둘 다!"

그녀는 켈륀이 사과를 꺼내기도 전에 소리쳤다.

"입 다물고 있어."

네스타와 브리나가 돌아왔다. 하지만 고개부터 가로저었다.

"저들이 그자가 나오기를 기다리고 있었나 봐."

네스타가 말했다.

"그자가 하늘로 날아오르자마자……."

"화살 비가 쏟아졌어. 그걸 뚫고 그자를 쫓아갈 수는 없었어."

브리나가 설명을 더하고 고개를 숙였다.

"미안해, 에다나."

"너희는 잘못한 거 없어. 문제는 이 녀석들이지!"

에다나는 사촌들을 쏘아보았다.

"에다……."

"듣기 싫다고 했지."

그녀는 사촌들 앞을 천천히 걷기 시작했다.

"너희가 그 젠장맞을 싸움질을 하고 있는 동안에 무슨 일이 벌어졌는지 봤어? 봤냐고?"

그녀가 걸음을 멈추고 그들 앞에 섰다.

"그 켄타우루스 똥 같은 짓은 여기서 끝이야. 알아들었어? 그 러지 않으면, 내가 세상의 온갖 신들을 걸고 맹세하는데, 로나 언니가 돌아오는 즉시……."

"로나가 어디서 돌아오는데?"

또 다른 목소리가 뒤에서 들려왔다. 익숙한 그 목소리에, 에다 나는 눈을 감았다. 젠장. 그래도 거짓말을 해 보기로 했다.

"아, 어머니. 그야, 언니는 그저……."

브라다나가 그녀의 멱살을 잡아채 자기 쪽으로 바짝 당겼다.

"로나는 어디 있지? 감히 거짓말할 생각은 하지도 마라."

하루 종일을 대장간에서 보낸 후인지라, 마침내 휴식을 취하 게 된 로나는 기분이 좋았다. 그녀는 앤닐이 알려 준 호수에서 몸 을 씻고, 비골프와 함께 쓰는 굴로 돌아왔다. 그녀를 보자마자 비골프가 미소를 지었고, 로나는 그의 다정함에 기분 좋은 놀라 움을 느꼈다.

"여기. 별로 손본 것도 없어. 하지만 와이번을 만난 후로 손질 을 못 했으니까 점검해 두는 편이 좋겠다 싶었지."

그녀는 그의 배틀액스와 워해머를 돌려주었다.

"고마워."

그가 무기들을 이리저리 살펴보더니 고개를 끄덕였다.

"훌륭하네. 앤닐한테는 뭘 해 준 거야?"

로나는 비골프의 옆에 깔린 침낭에 앉았다.

"내가 할 수 있는 한 최선을 다했지. 우리가 가반아일에 들렀을 때 아버지가 가르쳐 주신 새로운 기술을 죄다 동원해서 말이야. 앤널도 내가 만들어 준 걸 보고 좋아하는 것 같았어."

"하지만?"

"하지만 제대로 작동하지 않으면 어떡하지? 그 젠장맞을 것이 여왕에게 가장 필요한 순간에 딱 맞춰서 작동하지 않으면?"

로나는 머리를 흔들었다.

"아버지가 여기 계셨으면 좋았을 텐데. 아버지라면 훨씬 더 잘해 주셨을 거야."

"켄타우루스 똥 같은 소리! 당신은 틀림없이 굉장한 걸 만들었을 거야, 내가 알아."

"믿어 주셔서 감사하네요."

"난 내가 본 걸 알아. 그에 대해서는 확실히 믿지."

비골프가 자기 무기들을 한쪽에 내려놓았다.

"왜 그래, 로나? 뭐가 걱정인 거야?"

"우리가 여기 앉아 있는 거, 점점 더 자살 임무처럼만 생각되는 계획이나 하면서 말이야. 그러는 동안에도 우리 일족은……."

로나는 눈을 감았다.

"세쌍둥이와 소통이 끊긴 지 꽤나 지났어. 내 형제자매 누구와도 연결이 안 돼."

그녀는 갑자기 피식 웃었다.

"어머니와는 연결할 생각도 안 했지만."

"나도 형제들하고 얘기 못 한 지 꽤 됐어. 마인하르트나 내 어머니하고도. 하지만 그게 최악의 상황이라는 뜻은 아니잖아."

"알아. 하지만 세쌍둥이는 자기들뿐이잖아, 안 그래? 자기들끼리 모든 걸 알아서 해야 한다고. 누가 그 애들을 지켜봐 주겠어?"

비골프가 몸을 기울이고 그녀의 시선을 붙잡으며 말했다.

"그 애들에게는 지켜줄 누군가가 필요 없어. 그 애들을 몰라서 그래, 로나? 얼마나 능수하고 솜씨 좋게 적을 잡는지 당신이 가장 잘 알잖아. 당신은 그 애들을 잘 훈련시켰어. 누구보다도 잘 가르쳤지."

"우린 거기 있어야 했어, 그 애들과 함께."

"하지만 우린 여기 있잖아."

"그리고 내일 태양들이 질 무렵이면 죽겠지."

비골프가 그녀를 들어 올려 자기 무릎에 앉히고 두 팔로 그녀의 허리를 감았다.

"그거 긍정적인 태도가 아닌데."

"지금 상황에서 긍정적인 태도 얘기가 나와?"

로나는 목소리를 낮추어 말을 이었다.

"소문에 따르면, 앤닐이 늑대가 자기 이마를 핥았다고 얘기하고 다닌대."

"뭐?"

비골프가 웃음을 터트렸다.

"그게 앤닐이 한 말이야. '늑대가 이마를 핥아 주고 난 후에는 언제나 기분이 좋아져.' 우린 내일 그런 사람을 따라 퀸틸리안으로 가야 하는 거라고."

"그냥 큰 늑대였대, 아니면 굉장히 큰 늑대였대?"

비골프의 대꾸에 로나는 그의 무릎에서 벗어나려고 몸을 비틀었지만, 그가 그녀를 붙들고 꼼짝 못하게 하며 말했다.

"그냥 물어본 건데, 왜?"

짐짓 우겨 대면서도 그는 미소를 띠고 있었다.

"아니, 당신은 농담을 하고 있잖아. 하지만 난 가끔 앤널을 보면 진짜 겁난다니까!"

"앤널은 누구나 겁나게 한다고."

비골프가 잠시 뭔가를 생각하더니 말을 더했다.

"이지만 빼고. 그 애는 여왕을 겁내지 않아."

"브리크의 딸이 되기 전에 이지가 어떻게 살아왔는지를 안다면 당신도 이해할 거야. 하지만 그런다고 해도 기분이 더 좋아지진 않을 테고."

"어쨌든. 그래서 당신은 포기하겠다고?"

"난 포기할 수 없어. 난 카드왈라드르잖아. 우린 마지막 숨을 내쉬는 순간까지 미련하게도 밀어붙이지. 그건 우리 핏속에 있어. ……마치 질병처럼. 알지? 백치 같은 거 말이야."

그가 이마를 찌푸렸다.

"백치는 병이 아닌데."

"나한테는 병이야."

브라다나는 쌍둥이……가 아니라 세쌍둥이 앞을 천천히 오락가락하고 있었다. 망할 것들. 일의 결과는 생각도 않고 저희 언니를 보호할 생각만 해?

브라다나는 바보가 아니었다. 그녀는 로나에 대한 자식들 모두의 충성심을 잘 알고 있었다. 사실, 로나는 그것을 받을 만했다. 하지만 자식들이 모르는 한 가지가 있다면, 브라다나가 그들 하나하나를 보호하기 위해서라면 못 할 일이 없다는 사실이었다. 심지어 고집불통 큰딸을 위해서라도!

"죄송해요, 어머니."

"예, 정말 죄송해요."

"하지만 언니가 오래 걸리지 않을 거라고 했어요. 케이타와 렌을 가반아일에 떨궈 놓고 바로 돌아올 거라고 했죠."

"그게 마지막으로 들은 얘기라고?"

브라다나가 물었다.

세쌍둥이가 일제히 머리를 끄덕였다. 그리고 그들 중 하나가 입을 열었다.

"하지만…… 이곳에 있는 누구도 유프라시아 경계 너머에 있는 일족들과 연결이 안 된다고 해요. 저희도 아버지와 얘기를 나눈 지 몇 주는 지났고요."

"왕족들 역시 아무 소리를 못 듣는다고 하더구나."

브라다나는 말을 더했다.

"그들은 보통 여왕에게서 정기적으로 소식을 듣는데, 지금은 전혀……."

"그럼 언니도 괜찮겠네요, 그렇죠?"

셋 중 하나가 간절한 얼굴로 물었다. 저희 언니가 무사히 잘 있다는 소리를 누구에게라도 듣고 싶은 것일 터였다.

"무슨 이유가 있어서, 그냥 우리 모두가 연락이 안 되는 것뿐이니까요."

세쌍둥이는 한창 귀여운 나이였다. 희망으로 가득 차서 긍정적인 눈으로만 세상을 보는 나이. 하지만 브라다나는 그것도 오래가지 못하리라는 것을 알고 있었다.

"어머니가 찾으러 가실 거죠?"

그들 중 하나가 물었다.

"아니. 너희 언니는 결정을 내렸다. 그 길을 선택한 거지. 그 애가 혼자 가기로 결정했다면 혼자 가야지."

"어머……."

"듣기 싫다, 어, 음……."

말을 꺼내려 했던 딸아이가 어깨를 늘어뜨리며 말했다.

"네스타, 제 이름은 네스타예요."

"그래, 네스타. 알아."

브라다나는 재빨리 덧붙였다. 그리고 나가 보라는 듯 손을 내저었다.

"가라. 다들 나가. 이 문제는 나중에 얘기하자."

훨씬 나중에.

"하지만 어머니……."

이 딸은 먼저 손가락으로 자기를 가리켜 보이며 말을 이었다.

"에다나예요."

"안다니까! 왜 그러는데, 에다나?"

"여기 있었던 강철 드래곤들……."

브라다나가 확실히 아는 게 한 가지 있다면, 그것은 로나가 여기 있었더라면 그 개자식들 중 하나가 살아서 이곳을 빠져나가는 일은 벌어지지 않았을 거라는 사실이었다.

"그놈들이 뭐?"

"그게…… 저희 생각에는, 바깥에서 들어온 것 같지 않아요."

"뭐?"

"그놈들은 터널 근처에 있는 작은 굴 중 한 곳에서 갑자기 튀어나왔어요. 하지만 놈들이 우리 모두를 어떻게 피해 낸 거죠?"

"우리는 이곳에 있는 모든 출입구를 지키고 있잖아요."

네스타가 말을 더했다.

그리고 브리나―일 게 틀림없다고 짐작되는 남은 쌍둥이―가 입을 열었다.

"놈들이 아무도 모르게 터널까지 들어올 수는 절대로 없어요."

확실히, 딸들의 말이 맞았다.

"너희 셋이 수색조를 꾸려라. 이곳 전체를 샅샅이 뒤져. 뭐든 찾을 수 있나 보자. 하지만 터널 작업 하는 애들은 그냥 두고. 우린 그 지랄 맞을 일을 하루라도 빨리 끝내야 하니까."

"알겠어요."

세쌍둥이가 명령을 수행하러 가기 위해 몸을 돌리자, 브라다나는 딸들의 등에 대고 한마디 툭 던졌다.

"잘했다."

아이들이 완전히 멀어지고 난 후에, 브라다나는 로나를 불러 보았다. 그러면서도 연결이 되지 않을 줄은 알고 있었다. 하지만 이제는, 큰딸이 자신의 부름을 못 들은 척—로나는 그러기를 좋아했다—하는 거라고 생각하는 대신 무언가 심각한……

아니야. 브라다나는 그런 생각을 계속할 수 없었다. 자신의 딸에 대해서는. 자신의 큰딸에 대해서는. 로나는 그냥 전사가 아니었다. 살아남는 전사였다. 끈질기게 살아남는 전사였다. 그 앤 괜찮을 거야.

로나가 이 모든 일을 무사히 치러 내기를 바란다면 브라다나로서는 그렇게 되리라고 믿어야만 했다.

"난 그저 바랄 뿐이야. 당신 말대로 하자면 이 세상에서 보내는 우리의 마지막 날에, 엉덩이 붙이고 앉아서 투덜거리기나 하고 싶지는 않다고."

비골프가 말했다.

"그래? 어쩌나, 그게 내 계획의 일부분인데. 나머지 부분도 알려 줄까? 원통해하고 분노하는 거야."

그는 터져 나오려는 웃음을 막기 위해 로나의 뺨에 이마를 대고 눌렀다.

"나한테 그거보다 더 즐거운 계획이 있다면 어떡할래?"

"투덜거리는 거보다 더 즐겁다고? 내가 알기로 그런 건 없는데, 노스랜더?"

"그러니까 내 말이! 당신은 좀 놀러 다닐 필요가 있다고."

비골프는 그녀의 등을 두드리며 놀리듯 말하고 그녀의 목덜미에 키스했다.

"미안해."

그의 키스가 깊어져 가는데, 갑자기 로나가 말했다.

"미안해? 뭐가?"

"당신을 이 일에 끌어들여서."

"정확히 말해서 당신이 끌어들인 게 아니지. 내가 자진해서 따라온 거잖아."

"알아. 하지만……."

그는 그녀의 말을 잘랐다.

"이 말은 꼭 해 두고 싶어, 로나. 내일 무슨 일이 생기건 간에, 지금껏 당신과 함께 싸웠던 건 영예로운 일이었어."

로나가 조금 몸을 뒤로 빼더니, 밤색 눈동자로 그의 눈을 똑바로 들여다보았다.

"진심으로 하는 말이야?"

비골프는 그녀의 손을 잡아 자기 입술 앞으로 가져왔다. 그리고 손등에 키스한 후에, 그대로 뒤집어 손바닥에도 키스했다.

"전쟁과 죽음과 전투에 대해서라면, 난 언제나 진심이야."

그는 많은 말들을 할 수 있었다. 자기가 그녀를 얼마나 예쁘다고 생각하는지, 그녀의 눈을 얼마나 좋아하는지, 목욕을 하고 난 그녀에게서 얼마나 좋은 냄새가 나는지 얘기할 수 있었다. 아니면 그 많은 흉터들조차 그녀의 아름다움을 조금도 훼손하지 못한다고 얘기할 수도 있었다. 그는 무슨 이야기든 할 수 있었다. 하지만 로나에게는 그 어떤 얘기도 금방 그가 한 말보다 더 의미 깊을 수 없었다. 왜냐하면 그것은 비골프의 진심에서 나온 말이었기 때문이다. 그녀는 그의 존중을 얻어 냈고, 그는 그녀의 믿음을 얻어 냈다. 그리고 그 존중과 믿음에는 충직함이 뒤따랐다.

로나는 그의 무릎을 타고 미끄러져 내려와, 꿇어앉은 채 그를 올려다보았다. 그는 또 '당신을 먹고 싶어.' 하는 표정으로 그녀를 바라보고 있었다. 그녀가 미늘 셔츠를 벗어 구석으로 던지자 그 표정의 배고픔도 진해졌다. 비골프 역시 그대로 무릎 꿇고 앉아 거칠게 셔츠를 벗어 던지고, 한 팔로 그녀의 허리를 감아 자기쪽으로 안아 들이며 키스했다. 그의 혀가 그녀의 혀를 휘감고, 그의 다른 손이 그녀의 가슴을 비틀고 젖꼭지를 당겼다.

로나가 그의 목에 두 팔을 감으려는 순간, 비골프가 그녀를 들어 올려 바닥에 길게 눕히고 나머지 옷을 벗겨 냈다. 그의 손이 그녀의 맨살을 구석구석 탐색하고, 탐욕스러운 그의 시선이 손의 움직임을 뒤따랐다. 로나가 손을 내밀었지만 비골프는 뒤로 몸을 물리고 천천히 아래로 내려가 그곳에 얼굴을 묻었다.

그의 혀가 미끄러져 들어오자 로나는 신음을 흘리기 시작했다. 들어왔다가 안을 깊게 핥으며 빠져나가고, 다시 들어왔다가 천천히 빠져나가고, 오직 혀끝이 클리스토리스를 건드릴 때만 잠시 머물며 지분거리다가, 다시 들어오고 다시 나가고……. 비골프는 집요하게 혀를 움직여 쾌락에 취한 그녀가 두 손으로 그의 머리칼을 그러쥔 채 몸을 비틀고, 꿈틀대게 만들었다. 그러다가 다시 그녀의 다리를 붙잡고 뒤로 밀어 넓게 벌린 다음, 그대로 고정한 채 여유롭게 만찬을 즐겼다.

로나는 눈을 감고 아랫입술을 깨물었다. 그녀의 몸이 떨리기 시작하자, 그가 입술로 그녀의 클리토리스를 물고 빨았다. 그녀는 터져 나오려는 쾌락의 비명을 막기 위해 주먹을 입속에 넣고 관절을 깨물어야 했다. 첫 번째 오르가슴이 그녀를 휩쓸고 지나갔지만 비골프는 계속해서 그녀의 클리토리스를 빨면서 손가락 하나를, 이윽고 두 개를 밀어 넣었다. 손가락들이 안팎으로 드나들고 클리토리스를 빠는 힘이 강해지자, 두 번째 오르가슴이 밀려와 그녀의 몸이 거의 그의 팔에서 빠져나갈 만큼 비틀렸다.

눈물과 신음을 한꺼번에 흘리면서 로나는 비골프가 떨어져 나간 것을 알았다. 하지만 그는 금방 다시 돌아왔고, 이제 완전히 벌거벗은 채였다. 여전히 몽롱한 절정의 여운에 잠긴 채, 그녀는 노스랜더가 자신을 들어 올려 뒤집어 놓는 것을 느꼈다. 그가 그녀를 자기 무릎 쪽으로 당긴 다음, 한 손으로 그녀의 등을 눌러 상체를 펴고 침낭에 얼굴을 붙이게 했다. 그리고 살짝 물러났다가 밀듯이 뚫고 들어왔다.

로나는 침낭을 움켜쥐고 그가 다시 밀고 들어오기 직전에 그 한쪽을 깨물었다. 흐느낌이 목구멍을 채우고 그의 물건이 그곳을 채워 그녀의 숨을 빼앗아 갔다. 두 손으로 그녀를 단단히 붙든 채 앞뒤로 움직이던 그가 방향을 비스듬히 위로 바꾸었다. 그의 혀가 그녀의 척추를 타고 천천히 미끄러져 올라와 목덜미를 간질였다. 그러는 동안에도 그는 여전히 그녀 안에 있었다. 그의 키스가 뺨에서 목으로 이어졌고, 이윽고 그의 입술이 그녀의 귀를 눌렀다.

그때, 그녀는 헐떡임 속에서 그가 무언가를 말하고 있다는 것을 알았다. 척추를 타고 오르는 새로운 오르가슴에서 애써 주의를 돌린 그녀는 귀를 기울였다. 그가 말하려 하는 것이 무엇인지 듣기 위해서.

"……전부야, 로나. 당신은 나의 모든 것이야."

그 순간, 오르가슴이 치솟아 안쪽에서부터 그녀를 찢고 관통했다. 로나는 땀으로 뒤범벅이 되고 기진해서 손가락 하나 까딱할 힘도 없었다. 비골프가 그녀의 손을 움켜쥔 채, 거세게 몰아치는 절정을 느끼며 온몸으로 그녀를 조였다. 마침내 그녀의 등에 무너져 내릴 때까지.

비골프는 그녀를 깔아뭉개기 전에 억지로 몸을 굴려 내려왔다. 그녀의 팔이 뻗어 와 그의 가슴에 닿았다. 그는 그녀를 가까이 끌어당겨 자기 몸 위로 올리고, 그녀의 머리를 자기 가슴에 기대 놓았다. 그들은 오랫동안 그렇게 누워 있었다.

비골프의 손이 땀에 젖은 그녀의 등을 위에서 아래로, 아래에서 위로 부드럽게 쓸기 시작했다. 그의 시선은 동굴 천장에 고정되어 있었다.

사방이 고요한 가운데 그가 입을 열었다.

"있잖아, 진짜 언젠가는 우리도 드래곤의 몸으로 이걸 해야 하는데 말이야."

그는 미소를 지으며 말을 이었다.

"당신 그 맛있는 꼬리로 뭘 할 수 있는지 꼭 보고 싶다."

로나의 대답이 돌아오지 않자, 비골프는 그녀가 잠든 줄 알았다. 하지만 그녀가 좀 더 위로 올라와 팔을 그의 어깨에 두르고, 그의 목덜미에 얼굴을 묻었다. 그녀의 머리가 살짝 움직이더니, 그녀의 목소리가 들려왔다.

"믿을 수 없을 만큼 당신이 좋아지고 있어. 그것 때문에 당신을 용서할 수 있을지 모르겠다."

다음으로, 그녀의 손이 그의 뺨을 눌렀다.

"당신도 내 모든 것, 내 전부야."

비골프는 두 눈을 감으며, 그녀를 꽉 끌어안았다. 마침내 그는 자기가 원하는 것을 가졌다. 하지만 이제 그것을 계속 간직할 방법을 찾아야 했다. 둘 다 무사히 살아남아서, 심지어 즐길 수도 있도록.

30

로나가 그의 얼굴에 흘러내린 머리칼을 빗어 넘기자 비골프는 눈을 떴다. 깊디깊은 지하에 있음에도 불구하고 그는 아침이 되었다는 것을 알았다. 로나는 이미 옷도 다 입었고 그들이 해야 할 일을 위한 준비도 끝낸 상태였다. 그녀가 말했다.

"시간이 됐어."

비골프도 고개를 끄덕이고 일어나 앉았다.

"계획이 있어?"

로나가 한숨을 내쉬며 동굴 밖으로 향했다.

"뭔가 있기는 있지."

비골프는 그 어조가 맘에 들지 않았다.

그들은 퀸틸리안인들 사이에서 튀지 않고 섞여 드는 데 도움이 될 거라며 '반역왕'의 부하들이 가져다준 망토를 걸쳤다. 브란웬이 왕의 누이를 빼내는 임무를 맡았기 때문에, 가이우스는 그녀에게 목걸이 하나와 어떤 액체가 든 조그만 병을 건네주었다.

"그 목걸이를 내 누이에게 보여 줘. 누이가 그걸 보면, 내가 당신을 보냈다는 걸 알아챌 거야. 그리고 누이에게 이 약병에 든 걸 마시게 해."

"그게 뭔데요?"

로나가 물었다.

"누이를 거기서 빼내려면, 그녀가 도움을 받아들일 수 있을 만큼은 정신을 차려 줘야지. 약효는 오래가지 않으니까 가능한 한 빨리 움직이도록 해. 어쨌든 누이가 그걸 마시면 어느 정도 힘을 회복해서 탈출하는 데 보탬이 될 거야."

"내 부하들과 내가 도시 관문으로 가는 길을 알려 주지. 거기서부터는 당신들끼리 걸어가야 해. 도시 경비대를 피하도록 해. 그놈들은 수상해 보이는 외부인이 눈에 띄면 멈춰 세우고 질문을 해 대곤 하니까."

바로 장군이 말했다.

"당신들 다섯은 아주 수상해 보이는 일행이니까."

가이우스가 중얼거렸다.

"경비대가 당신들을 멈추게 하면, 노스랜더가 그자들을 상대하는 게 좋아. 놈들은 번개 드래곤 쪽에 더 익숙하니까 그냥 보내줄 가능성이 높지. 하지만 종족이 뭐든 간에 사우스랜더라면 곧장 문제가 생기는 거야."

바로가 말을 더하고 가이우스를 돌아보며 물었다.

"더할 얘기는?"

"없는 것 같군."

앤널이 왕 앞으로 다가가 군주 대 군주로 마주 섰다.

"당신은 옳은 일을 하는 거야."

"당신이 옳았기를 바라."

약속한 대로, 바로 장군과 그의 부하들 몇몇이 그들을 도시 관문에서 십 킬로미터쯤 떨어진 곳까지 데려다주었다. 도시로 들어가는 여행자들의 물결 사이에 끼어드는 일은 놀랄 만큼 쉬웠다. 가이우스가 장담한 것처럼 원래 도시를 드나드는 인구가 많은 시간대였고, 특히 한 달간 계속되고 있는 격투 대회 덕분이었다. 검문을 당할 경우를 대비해서 그럴듯한 얘기까지 준비해 뒀는데, 그들은 검문은커녕 믿기지 않을 만큼 쉽게 경비대와 병사들을 통과했다.

일단 도시로 들어가자, 그들은 군중을 따라 대회장으로 향했다. 대회장은 커다랗고 둥근 형태의 건물로, 격투가 벌어지는 경기장이 내려다보이는 좌석들이 가득 차 있고 한쪽이 왕궁과 연결되어 있었다. 그들 다섯은 돈을 내야 입장할 수 있는 관람객용 정문이 아니라 지하 감옥으로 이어지는 측면 출입구 쪽으로 가서 길게 늘어선 줄 끝에 섰다.

차례를 기다리는 와중에, 로나는 일족을 돌아보았다.

"너 준비됐니?"

하지만 이지가 아무 대답도 하지 않자, 로나는 이지의 얼굴 앞에다 손가락을 튀겼다.

"어?"

젠장맞을!

"너 준비됐냐고 물었어."

이지가 인상을 찌푸렸다.

"뭐가 준비돼요?"

로나는 저도 모르게 주먹을 말아 쥐었다.

"아, 그거……. 예, 그럼요. 준비됐어요."

어린것들을 가르쳐야 한다는 거의 천성 같은 욕구가 끓어오르는 것을 참지 못하고, 로나가 힘주어 말했다.

"정신을 집중해, 이지. 지금은 몽상에 빠지거나 다음 끼니로 뭘 먹을까를 생각할 때가 아니야. 정신 똑바로 차리고 지금, 여기에만 집중해. 알아들었어?"

이지가 고개를 끄덕였다.

"예, 알아들었어요. 지금, 여기에. 준비됐어요."

"좋아."

로나는 다음으로 브란웬을 돌아보았다.

"너는?"

"준비됐어."

이윽고 그들 일행 차례가 되었다. 출입구 한쪽에 탁자가 놓여 있고, 주최 측과 후원자들이 격투사들을 맞이하고 있었다. 돈을 위해 기꺼이 목숨을 걸고 싸우려는 자들은 그곳에서 등록을 해야 했다. 격투사가 이기면 부와 영예가 그의 것이 될 수 있었다. 지면 그의 시체는 쓰레기 더미에 던져지고 매달 말경에 다른 패자들의 시체들과 함께 한꺼번에 불태워졌다.

로나는 그런 일을 가치 있게 여기고 몰려든 자들이 그렇게나 많다는 사실에 놀라고 있었다. 제국 최고의 격투사들을 상대로 싸우는 일이라고 해도 말이다. 그녀는 탁자 앞으로 다가간 비골프를 지켜보며 뒤에 서서 기다렸다.

하지만 인간의 형태를 한 강철 드래곤이 그를 흘끗 보더니 고개를 저었다.

"오늘은 드래곤 경기가 없어. 인간만이야."

"인간들을 데려왔지. 내 소유 가축들이야."

비골프는 앤녈과 이지를 끌어다가 탁자 앞에 세우고, 그녀들의 머리에서 망토의 후드를 거칠게 벗겨 냈다.

"예쁘지, 어? 이쪽 건 가슴도 커."

앤녈 얘기였다. 브란웬이 갑자기 고개를 푹 숙이고 발치를 내려다보았다. 그녀의 어깨가 잘게 떨리고 있었다. 로나는 뭐가 그리도 젠장 맞게 재미있는 건지 알 수가 없었다.

강철 드래곤이 고개를 들고 평가하듯 눈을 가늘게 떴다. 하지만 이내 코웃음을 치며 말했다.

"여자? 금방 죽어 버리면 별로 돈이 안 돼. 진짜 기술을 쓸 만한 놈을 데려와야지. 진짜……."

비골프가 짧게 혀를 찬 순간, 앤녈이 가장 가까이 있던 경비병을 붙잡아 바닥에 패대기치면서 맨손으로 한 번에 목을 비틀어 꺾었다. 첫 번째 경비병이 바닥에 쓰러지자 그의 동료가 앞으로 달려 나왔다. 이지는 방패를 휘둘러 그자의 다리를 부러트렸고, 그자가 바닥을 구르는 사이 앤닐이 부츠에서 뽑아낸 단검으로 목 줄기를 끊었다.

강철 드래곤의 얼굴이 대번에 밝아졌다. 인간 경비병을 잃은 데 대한 유감 따위는 전혀 보이지 않았다.

"그래, 좋아. 받아 주지."

그리고 그렇게, 승부가 시작되었다.

31

지하 통로는 격투사들과 그들의 주인들, 경기 진행을 관리하는 자들로 가득 차 있었다. 앤널과 이지는 '여자들의 격투'라는 사실 자체가 즉각적으로 모든 이의 주목을 끈다는 것을 금방 알아챘다.

그녀들은 모든 격투사들이 경기에서 사용하게 되어 있는 표준형 쇼트소드와 공통된 복장으로 지급된 검붉은 색 튜닉을 받았다. 튜닉 위에 걸치는, 황동과 강철 합금 조각으로 만든 가슴 덮개─로나의 평가에 따르면, 보기에는 좋을지 몰라도 형편없이 약한─와 검을 매달 수 있는 허리띠, 군용 샌들도 함께 받았다. 격투사들은 또한 보조용으로 지닐 작은 무기류를 원하는 대로 고를 수 있었다. 이지는 평소에 쓰던 단검으로 정했고, 앤널은 쓸모없어 보이는 조그만 강철봉을 손에 쥐었다. 경비병들이 앤널이 무기랍시고 선택한 물건을 보고 웃음을 터트렸지만, 그녀의 시선을 받은 순간 딱 멈추었다. 로나는 그들을 탓하고 싶은 생각이 들지 않았다.

복장을 갖추고 무기를 들긴 했지만, 경기를 진행하는 자들은 그녀들에게 투구도 주지 않고 머리를 풀어 내리게 했다. 다시 말해서, 관람객들이 이지와 앤널이 여자라는 사실을 알아보게 하고 싶었던 것이다.

늦은 오후가 되자, 그녀들의 차례가 되었다. 이번 경기를 진행하는 경비들이 앤널과 이지를 비골프에게서 떼어 놓았다. 그는 따라가려고 했지만 인간의 형태를 한 강철 드래곤들이 그를 밀어붙이고 내리깔듯 노려보았다.

비골프는 항복한다는 듯 두 손을 들어 보였다.

"알았어, 알았다고. 하지만 저것들이 죽을지도 모르는 판국인데, 나도 뭔가 얻는 게 좀 있어야지. 저런 물건들은 찾기가 쉽지 않다고."

강철 드래곤이 오직 저들만이 지을 수 있을 법한 거만한 비웃음을 던지고는 가 버렸다.

여자들의 격투가 시작된다는 안내가 흘러나오자, 관람객들의 환호가 몇 배로 커졌다. 비골프는 두 손으로 뒷짐을 지고 로나와 브란웬에게 신호를 보냈다.

'지금 가.'

들끓는 관중 속에서 여자 둘이 몰래 빠져나가는 것은 어려운 일이 아니었다. 가이우스가 말했던 대로, 대회장에 모인 모든 이들의 주의가 이제 경기장에 나올 여자들에게 집중된 상태였기 때문이다.

로나는 마지막으로 비골프를 한 번 더 돌아보았다. 그의 눈이, 강철 가로대 너머를 보려고 북적거리는 인간과 드래곤 군중을 뚫고 움직여 가는 그녀를 따라오고 있었다. 로나는 사촌을 데리고, 오랜만에 그녀가 해 본 일 중에서 가장 멍청한 종류의 일을 하러 갔다.

이지와 앤닐이 막 경기장으로 나서려는 순간이었다. 누군가 그녀들의 팔을 잡더니, 이지의 오른 손목과 앤닐의 왼 손목에 수갑을 채웠다. 수갑은 일 미터쯤 되는 두꺼운 강철 사슬로 그녀들을 연결해 놓았다. 앤닐이 으르렁거렸다.

"이 개자……."

"즐기라고, 아가씨들!"

경비병이 웃음을 터트리며 그녀들을 경기장 안으로 떠민 다음, 문을 쾅 내리고 걸어 잠갔다.

밝은 태양 빛에 눈이 적응하는 사이, 그녀들은 잠시 비틀거려야 했다. 지하 터널에 들어간 이래로 태양 빛에 적나라하게 노출된 것은 그때가 처음이었던 것이다. 그녀들의 귀 역시 사방에서 쏟아지는 관객들의 환호와 응원으로 먹먹해졌다.

"이지, 괜찮니?"

앤닐이 물었다.

"그럼요, 제 걱정은 마세요."

그녀들은 경기장 한복판으로 걸어 나갔고, 앤닐은 관객들을 올려다보았다.

"저기…… 저기 있어요."

이지가 중얼거렸다. 그리고 왕족들의 자리가 분명해 보이는 한 곳을 몸짓으로 가리켰다.

그자들은 경기장보다 한참 위에 있었다. 아래쪽에서 벌어지는 학살극의 전망을 해치고 싶지 않았는지 따로 그곳을 가로막은 장애물 같은 건 보이지 않았다. 좌석에는 벨벳이나 비단이 씌워져 있고, 하인들이 그들 사이를 돌아다니며 신선한 과일과 와인을 접대하고 있었다.

"저 여자가 분명해."

앤닐이 말했다.

"저게 바테리아야."

그럴 수도 있었다. 하지만 이지는 알아보지 못했다. 그래도 앤닐이 말하는 여자가 인간의 모습을 한 드래곤이라는 것만은 분명했다. 여자는 최상급 비단으로 만든 튜닉을 퀸틸리안에서 유행하는 식으로 길게 늘어트려 입었고, 완벽하게 다듬어진 은빛 머리칼 사이사이에는 금과 은으로 만든 조그만 꽃들이 이리저리 얽혀 장식되어 있었다.

하지만 그녀가 꼭 바테리아란 법은 없었다. 그저 왕족 여자들 중 하나일 수도 있는 것이다.

"서둘러 단정하지는 마세요. 혹시 모르잖아요."

그녀의 말에 여왕이 웃음을 터트렸다. 물론 이지의 기분은 나아지지 않았다. 하지만 갑자기 여왕이 웃음을 멈추었고, 둘 다 동시에 알아차렸다. 관객들의 함성이 더 커졌을 뿐 아니라, 자신들 뒤에 무언가가 서 있다는 사실을. 헐떡이는 무언가…….

그녀들은 어깨 너머를 돌아보고, 그대로 시선을 들어 올렸다.

이지는 태양들 탓에 눈을 찡그려야 했다. 그리고 한숨을 내쉬며 말했다.

"아. 오거네요."

앤널이 재빨리 수를 셌다.

"오거'들'이야. 여덟 마리네."

"뭐, 여왕님은 미노타우루스랑도 싸워 보셨잖아요. 이기기까지 하셨죠."

"맞아. 하지만 그때는 내가 좀…… 화나 있었거든."

"그럼 지금도 좀 화가 나셔야겠는데요."

"너하고 사슬로 묶여 있지도 않고."

"그거 무슨 뜻으로 하신 말씀이세요? 저랑 사슬로 묶여 있는 게 어때서요?"

"아니, 어떻다기보다는…….."

말을 끝맺기도 전에 앤널이 이지를 떠밀었고, 오거가 휘두른 철퇴가 금방 이지가 서 있던 자리를 내리쳤다. 덕분에 그녀들을 묶고 있던 사슬이 부서졌다.

"훌륭하시네요."

이지가 장난스럽게 말했다.

앤널은 씨익 웃으며 눈을 찡끗해 보였다. 그리고 칼을 뽑으며 말했다.

"자, 죽어라고 도망쳐 볼까."

그녀가 초대한 손님들이 여자 격투사들을 보면서 즐거움에 손뼉을 치며 환호하는 사이, 바테리아는 그중 한 여자를 꼼꼼하게 뜯어보았다.

잠시 후, 그녀는 주니우스를 돌아보았다. 관례대로 그녀의 마법사는 몇 자리 건너 뒤쪽 줄에 앉아 있었다.

"주니우스, 저 여자가……?"

"맞는 것 같습니다, 공주님."

바테리아는 숨을 들이켜고, 손뼉을 치며 다시 경기장을 주의 깊게 바라보았다.

"아! 저 여자는 내 지하 감옥의 꽤나 즐거운 유흥거리가 되겠는걸."

"안전을 위해 그곳에 경비를 좀 보내 두시는 것이 어떨는지요, 공주님. 저 여자가 뭔가 다른 일을 꾸미고 있을 경우를 대비해서 말입니다."

"아주 좋은 생각이야."

그렇게 말한 바테리아는 호위들 중 하나를 손짓으로 불렀다.

"그리고 혹시, 오거들을 치워 버리기를 원하시는지요?"

주니우스가 물었다.

"아니! 아니야, 아직은. 쟤들도 재미를 좀 봐야지. 그러고 나서는……."

그녀는 활짝 웃으며 말을 이었다.

"나도 재미를 보고."

로나는 계단을 미끄러지듯 내려가 또 다른 모퉁이를 돌았다. 바로 장군이 알려 준 방향대로였다. 가이우스처럼 그도 이 왕궁에서 자랐다. 그들이 트라시우스의 제국을 전복시키기 위해 군대를 키우기 전 시절의 이야기였다. 그녀는 '반역왕'의 누이를 구출하는 일이 실제로 어떤 변화라도 가져올 수 있을지 확신하지 못했다. 하지만 여기까지 온 이상…….

그녀들은 바로가 가르쳐 준 복도 끝에 이르렀다. 그의 말이 맞다면, 여기서 왼쪽으로 돌아 똑바로 가다 보면 몇 개의 감방들이 있는 마지막 지하 감옥이 나올 것이다. 벽에 등을 붙이고 선 로나는 사촌 동생에게 신호를 보냈다. 브란웬이 웅크리듯 자세를 낮추고 몸을 기울여 모퉁이 너머를 엿보았다.

잠시 후, 다시 몸을 세운 그녀는 양쪽 손가락을 활짝 펴 보였다. 열? 왕족 한 명을 열 명의 경비가 지키고 있다고? 하지만 브란웬이 주먹을 쥐더니 다시 한 번 열 손가락을 펼쳤다.

'스무 명?'

로나는 입 모양만으로 사촌 동생에게 물었다.

브란웬이 고개를 끄덕였다.

멋지군. 뭐, 이제 와서 달리 어쩔 수도 없지. 로나는 어깨를 추썩였다.

'준비됐니?'

그녀가 소리 없이 물었다.

브란웬이 다시 고개를 끄덕……이려다 멈추고, 로나 뒤쪽 어느 지점으로 천천히 시선을 옮겨 갔다.

"우리 뒤쪽에도 더 있는 거구나, 그렇지?"

로나가 물었다. 이번에는 그냥 소리 내서.

사촌 동생이 인상을 찌푸렸다.

"응."

로나는 한숨을 내쉬고, 고개를 떨궜다.

참…… 죽어라, 죽어라, 하는 날이로군.

비골프는 몇 명의 인간 남자들을 끌어내고 앞으로 나아갔다. 철창 사이로라도 앤뉠과 이지를 지켜보기 위해서였다.

"오거?"

그는 옆에 서 있던 남자를 돌아보며 물었다.

"오거도 싸움판에 나오는 겁니까?"

"그렇지, 뭐…… 오거는 여자애들을 진짜 좋아하니까 말이오. 그게, 저놈들은 보통 상대를 금방 죽이지 않잖소."

남자는 적어도 얼굴을 찡그릴 정도의 염치는 있는 자였다.

숨을 크게 들이마시고 경기장으로 시선을 돌린 비골프는, 삼 미터에 육박하는 거구의 괴물들이 앤뉠과 이지를 둘러싸고 있는 것을 보았다.

"멋지군."

그는 뒤로 물러 나와 자신이 서 있는 복도를 재듯이 둘러보았다. 본체로 돌아가면 이곳 전체를 부숴 버릴 수 있을지 가늠해 보는 것이었다. 하지만 대충 보기에도 불가능했다. 이 건물은 드래곤이 직접 지었거나 드래곤의 지시에 따라 지어진 게 분명했다. 애초에 이방의 드래곤이 멋대로 파괴할 수 없도록 계획적으로 설계된 건물이었다.

갑자기 관객들의 함성이 확 높아지자, 비골프는 다시 철창 가까이로 달려갔다. 앤널이 바닥에 누워 있었다. 오거 한 마리가 그녀의 손에서 칼을 걷어차 내고 그녀 위에 똑바로 서서 철퇴를 들어 올렸다. 이지는 오거 세 마리를 피해 달리고 있었다. 나머지 오거들은, 두 마리는 침을 흘리며 이리저리 돌아다니고, 다른 두 마리는 벽을 뚫고 도망가려 애쓰고 있었다.

비골프가 상황이 이보다 더 나쁠 수 있을까 생각하는 찰나에, 지하 통로 끝에서 경비병들이 나타났다. 그들은 로나와 브란웰이 들어간 쪽과 그 반대쪽, 그러니까 가로막는 쪽으로 나눠져서 달려갔다. 물론 비골프의 본능은 로나를 찾아 보호하라고 소리쳤다. 제기랄! 모두 다 보호해야지! 특별히 로나를…….

하지만 그럴 수는 없었다. 어떻게 그러겠는가? 그에게는 너무나 힘든 일이었지만, 그들 모두는 임무를 수행 중인 전사들이었다. 갑자기 로나를…… 아니, 다른 누구라도 제 한 몸 돌보지 못하는 연약한 여자로 취급할 수는 없었다.

그래서 비골프는 다시 경기장으로 초점을 돌렸다. 오거가 철퇴를 계속해서 내리치고 있었다. 자세히 보니, 앤널이 이리저리 몸을 굴려 피하는 바람에 번번이 헛손질을 하는 것이었다.

"당신 여자, 별로 잘하는 것 같진 않구려."

좀 전의 그 남자가 말했다.

"일단은 그저…… 상황을 파악하는 거죠, 뭐."

비골프는 진심으로 그런 것이길 바랐다.

로나는 또 한 놈의 목구멍을 꿰뚫는 동시에 새로 나타난 놈의 가슴을 베었다.

"브란웬, 가!"

전장에서 강철 드래곤들과 싸우던 때와 마찬가지로 놈들은 끊임없이 나타났다. 로나와 브란웬은 복도 안쪽으로 자꾸만 물러설 수밖에 없었다. 로나는 사촌 동생을 어깨로 밀고, 달려드는 적병을 창끝으로 막으면서 화염을 내뿜었다. 인간 병사들이 비명을 지르며 불을 끄려고 버둥거리다가 복도 저쪽으로 달려가거나 바닥을 굴렀다. 하지만 인간이 아닌 자들은 그대로 남아 그녀를 노리고 서 있었다.

"그녀를 구해, 브란웬. 가라고!"

로나는 창을 더 키운 다음, 적병을 마주하고 섰다. 남아 있는 드래곤들을 향해 그녀가 소리쳤다.

"덤벼라, 자식들아. 한 방에 끝내 주마."

사촌 언니가 적들을 저지해 주리란 것을 믿어 의심치 않는 브란웬은 마지막 감옥을 향해 복도를 달려 내려갔다. 그녀는 철문 바로 앞을 지키고 있던 경비들을 기습으로 쳐, 한 놈은 두 팔을,

다른 놈은 머리를 베어 냈다. 머리를 잃은 쪽이 열쇠를 갖고 있었다. 그자의 허리띠에서 열쇠를 낚아챈 그녀는 재빨리 잠긴 문을 열고 안으로 들어섰다.

하지만 예상했던 것처럼 여러 개의 감방이 있는 게 아니었다. 하나뿐이었다. 오직 한 명의 포로만 들어 있는 커다란 감방. 인간 여자의 모습을 한 드래곤이 사슬로 구속된 채 벽에 걸려 있었다. 벌거벗은 몸에, 금빛 고리에 죄어 있는 목, 풍성한 은빛 머리칼이 그녀의 얼굴과 어깨와 가슴을 덮고 있었다. 두 눈은 부어올라 닫혀 있고 코는 부러졌으며 베이고 얻어맞고 불에 지져진 흔적들—오래된 것과 얼마 되지 않은 것이 뒤섞인—이 그녀의 인간 몸 전체를 뒤덮고 있었다.

앤뉠이 가이우스에게 했던 이야기를 떠올린 브란웬은 그제야 여왕이 옳았다는 것을 절감했다. 바테리아는 이 여자를 장난감으로 만들었다. 개인적인 장난감으로. 동족 드래곤을 말이다. 게다가 —브란웬은 한 호흡 늦게 깨달았다— 자기 사촌을! 바테리아라는 여자는 대체 어떻게 자기 일족에게 이런 짓을 할 수 있단 말인가?

어떤 드래곤들은 가장 저열한 인간들보다 나을 게 없다는 사실은 언제나 브란웬을 충격에 빠트렸다. 그저 자신의 즐거움을 위해 상대를 해치다니 말이다. 그녀도 전장에서는 혹은 위협당하거나 배고플 때는 살육을 꺼리지 않았다. 하지만 상대가 고통스러워하는 걸 보기 위해서라고? 그런 종류의 짓거리는 생각만으로도 브란웬을 열 받게 했고, 감사하게도 그녀의 일족 역시 열 받게 할 터였다.

매달린 여자 곁으로 다가간 브란웬은 장갑 낀 손으로 그녀의 턱을 들어 올렸다.

"이봐요, 내 말 들려요?"

그리고 가이우스가 준 약병을 꺼냈다.

"이걸 마셔야 해요."

여자가 머리를 돌리며 신음했지만, 브란웬은 그 속에 섞인 으르렁거림을 듣고 희망을 품었다.

"제발요, 이걸 마셔야 힘이 나요. 그래야 우리가 당신을 여기서 데리고 나갈 수 있어요."

"……나갈 수 없어."

여자가 중얼거렸다.

"절대로……."

"힘을 내야 해요, 제발. 당신 동생을 위해서요."

어떻게 해서인지 여자가 부어오른 눈을 억지로 열고 브란웬을 바라보았다.

"사우스랜더……."

"당신 동생이 우릴 보냈어요. 아, 참!"

브란웬은 그들이 출발하기 전에 가이우스가 준 목걸이를 떠올리고, 그걸 꺼내 여자에게 보여 주었다.

"여기요, 그가 이걸 당신에게 보여 주라고 했어요."

"가이우스……."

"그래요, 그가 우릴 보냈어요. 그러니까 이걸 마셔요. 당장 마셔야 해요. 내 사촌이 저들을 영원히 막고 있을 순 없다고요."

여자가 고개를 조금 젖히고 입을 벌렸다. 브란웬은 약병의 내용물을 그녀의 입안에 넣어 주었다.

"이제 삼켜서 내려보내요. 내가 사슬을 풀어 줄게요."

수갑에 맞는 열쇠를 찾으며 브란웬은 저도 모르게 중얼거리고 있었다.

"맙소사. 자기 가족을 이렇게 만들다니, 정말 이해할 수가 없네. 그래, 맞아요. 일족이라도 맞을 짓을 하면 먼지 나게 패 줘야죠. 우리 카드왈라드르도 그럴 거예요. 하지만 거기서 끝이지, 이건……. 가족끼리 이런 짓은 절대로 안 해요."

경비에게서 뺏어 온 열쇠 중에 맞는 게 없자, 브란웬은 그냥 도끼를 썼다. 두 번 휘두르자 사슬이 깨져 나갔고, 그녀는 여자를 부축해 내렸다.

"걸을 수 있겠어요?"

하지만 대답 대신 여자가 주저앉으며 목에 걸린 금빛 고리를 잡고 헐떡였다. 브란웬은 그 고리가 뭔가 마법이 관련된, 드래곤을 인간의 형태로 고정시키는 힘을 지닌 물건이란 걸 알아차렸다. 다만 이 물건에는 그보다 더 큰 힘이 있는 것 같았다. 여자가 고리를 벗겨 내려 하자 이 망할 것이 오히려 숨통을 조이기 시작했던 것이다.

"젠장!"

브란웬은 여자 곁에 웅크리고 앉아 고리를 움켜잡았다. 하지만 그녀는 마법에 관해서라면 아는 게 아무것도 없었다. 읽을 것도 많고 생각할 것도 많아 그녀의 취향에는 영 아니었고, 그래서 그 부분은 마녀와 마법사가 알아서 할 일이라고 치워 버렸던 것이다. 이제 와서 뭔지도 모르는 걸 붙잡고 끙끙거려 봐야 아무 소용 없을 터였다. 어쨌든, 이 젠장맞을 것이 여자를 죽여 버리기 전에 그녀가 할 수 있는 일은 해 봐야 했다.

브란웬은 여자의 얼굴이 점점 파랗게 질려 가는 것―절대로 좋은 신호가 아니라는 정도는 그녀도 알았다―을 애써 외면하면서, 그 물건을 살펴보았다. 재빨리 훑어본 결과, 고리의 한쪽에 열쇠를 꽂을 수 있는 조그만 구멍이 있었다. 안타깝게도 그녀에게는 이 열쇠도 없었다. 경비에게서 뺏은 열쇠들 중에는 그 조그만 구멍에 맞을 만큼 작은 게 없었던 것이다. 이제 정말 그녀가 할 수 있는 일은 없었다.

브란웬은 절망적인 심정으로 여자의 곁을 떠나 로나에게로 돌아갔다.

"왕족이!"

전투의 소음을 뚫고 로나에게 전달되도록 그녀가 소리쳤다.

"왕족이 왜?"

로나도 소리쳐 물었다. 그녀는 서넛의 드래곤을 동시에 상대하고 있었다.

"목에 고리가 걸려 있어. 난 못 풀어!"

"그래서?"

"그것 때문에 죽어 가고 있다고!"

로나가 으르렁거렸다.

"젠장, 젠장맞을!"

그녀는 창을 브란웬에게 던져 주며 소리쳤다.

"네가 맡아!"

자신이 잘 아는 방면―격투!―으로 돌아온 것에 감사하면서, 브란웬은 명령을 따랐다.

왕족의 곁으로 달려간 로나는 브란웬의 말이 의미한 바를 금방 알아챘다. 왕족의 얼굴은 파랗게 질렸고, 그녀의 손은 금빛 고리를 필사적으로 붙잡고 있었다. 그 개 같은 바테리아 년이 왕족이 도망치지 못하도록 확실한 조치―심지어 가이우스가 그녀를 구해 낸다 해도―를 해 놓은 것이다.

로나는 왕족 위로 몸을 웅크리고 우선 그녀의 손을 고리에서 떼어 냈다. 고리의 금속을 만져 보고, 열쇠 구멍도 찾아냈다. 즉, 열쇠가 있다는 뜻이었다. 그 열쇠는 틀림없이 바테리아만 가지고 있을 터였다.

하지만 슐리엔의 큰딸인 로나에게는 문제가 되지 않았다. 거기에는 두 가지 의미심장한 이유가 있었다. 그녀는 우선 조금이라도 압력을 줄여 주기를 바라며 손가락을 고리와 왕족의 목 사이에 억지로 밀어 넣었다. 그리고 자유로운 다른 손에 용암 덩어리를 조금 뱉어 낸 다음, 식어서 굳기 전에 고리 주위에 펼쳐 바르고 적당한 주문을 외었다. 그녀가 지켜보는 가운데 고리가 금에서 강철로, 다시 유리로 변해 갔다. 로나가 고리를 부숴 버리자, 왕족이 숨을 헐떡이며 정신없이 공기를 들이마셨다.

"잘했어요."

그녀는 왕족의 어깨를 토닥이며 물었다.

"설 수 있겠어요?"

왕족이 고개를 끄덕였고, 로나는 그녀가 설 수 있게 부축해 주었다. 하지만 그들이 실내를 반쯤 가로질렀을 때, 왕족이 몸을 덜그럭거리며 떨기 시작했다. 로나는 잠시 당황했지만 곧 그녀가 발작을 겪고 있다는 것을 알아챘다. 몸의 떨림은 점점 심해졌다.

로나는 왕족을 내려놓고 바닥에 길게 누인 다음, 두 손으로 그녀의 어깨를 눌렀다. 맙소사! 로나는 제발 그녀가 본체로 돌아가지 않기만을 바랐다. 이 지하 감옥은 드래곤의 본체를 감당할 수 없을 터였다.

"언니, 서둘러!"

바로 모퉁이 너머 복도에서 브란웬이 여전히 적들을 상대로 싸우며 소리쳤다.

"좀 더 버텨!"

로나는 사촌 동생에게 명령했다.

"금방 나……."

그때, 강력한 손이 로나의 목을 붙잡고 쥐어짜듯 옥죄었다. 순식간에 숨이 막히고 목뼈가 부러질 위기에 처한 그녀는 자기를 붙잡고 있는 손과 팔을 주먹으로 내리쳤다. 하지만 왕족은 그 모두를 무시하고 천천히 일어섰다. 로나를 자기 방에서 발견한 불쾌한 쥐라도 보듯이 머리끝부터 발끝까지 훑어보던 그녀가 입을 열었다.

"내 동생이 날 구하라고 널 보냈단 말이야?"

이 여자의 목구멍부터 뱃가죽까지를 갈라 버리지 않는 이상 그 손에서 벗어날 수 없었기에 ―그랬다가는 여기까지 오면서 치러야 했던 그 온갖 수고가 시간 낭비로 변질될 위험이 있었으므로― 로나는 그저 출구 쪽을 가리켜 보였다.

왕족이 머리를 살짝 돌리고 귀를 기울였다.

"혼자 온 게 아니군. 좋아."

그녀는 손을 풀어 로나를 바닥에 떨궈 놓고 누군가 길에 버린 쓰레기라도 되는 듯 밟고 지나갔다. 맙소사! 로나는 자기네 왕족보다 더 배은망덕한 왕족을 보게 되리라고는 생각도 해 본 적 없었다. 이번만큼은 그녀가 틀렸던 모양이다. 그녀는 튀어 오르듯 몸을 일으키고, 쓰라린 목을 애써 무시하며 왕족을 따라갔다.

왕족은 좁은 복도를 따라 브란웬이 적들을 훌륭한 솜씨로 저지하고 있는 모퉁이까지 천천히 걸어 내려갔다. 그녀가 뒤에 섰을 때, 브란웬은 네 명의 적을 동시에 상대하며 싸우고 있었다. 왕족이 브란웬의 머리채를 잡아 한쪽으로 팽개치고 강철 드래곤들 앞으로 나섰다. 그녀의 허리가 꼿꼿이 펴지고, 부어 있던 눈이 정상으로 돌아오며 맑게 빛났다.

"너……."

강철 드래곤 중 하나가 속삭이듯 중얼거렸다. 하지만 바로 다음 순간, 비명처럼 외쳤다.

"신들이여, 맙소사! 그녀가 풀려났어!"

로나는 그 소란이 마음에 들지 않았지만, 이제 그녀가 어찌할 수 있는 일은 아무것도 없었다.

왕족이 웃음 비슷한 것을 띠더니 짧게 숨을 들이켰다. 그리고 여전히 인간의 모습인 채로, 로나로서는 본 적도 없는 무자비하고 커다란 불덩이를 뿜어냈다. 먼 바다에서 몰아쳐 오는 태풍의 울림 같은 소리와 함께 백열의 화염이 실내를 가득 채우며 폭발했다. 로나는 그 화염이 돌과 금속을 녹이고 복도에 남아 있던 드래곤들을 뒤덮는 것을 본 순간, 본능적으로 사촌 동생을 잡아채 자기 몸으로 감쌌다.

화염의 울림이 사그라지자, 로나는 고개를 들어 보았다. 왕족이 거기 혼자 서 있었다. 그녀 앞에는 화염에 맞아 즉사한 드래곤들의 잔해, 착용하고 있던 갑주가 녹아 인간 육체를 파고든 사체들이 널브러져 있었다. 같은 화염 드래곤으로서 화염에 관한 한 절대로 문제가 생겨서는 안 되는 것 아닌가?

왕족이 어깨 너머로 로나를 돌아보았다. 로나는 브란웬의 손에서 창을 잡아챈 다음, 여전히 사촌 동생을 보호하는 자세로 왕족을 마주하고 섰다. 하지만 왕족은 그녀를 무시하고 지나치며 말했다.

"따라와라. 여길 나가야 한다. 그것도 빨리. 저것들이 본체로 돌아가기 전에 말이다. 내가 돌기둥을 좀 녹여 버리기도 했으니 곧 지하가 허물어지고 동굴과 경기장 전체가 무너져 내릴 거야."

"내 동료들을 데리고 가야 해요."

"동료들?"

"그래요. 우리가 당신을 구해 내는 사이, 바테리아의 주의를 잡아 두려고 우리 동료들이 경기장에서 싸우고 있어요."

"내가 장담하는데, 그런 걸로는 내 사촌의 주의를 단 일 초도 잡아 두지 못해. 그러니까 우린 당장 떠나야 한다. 게다가 네 동료들이 경기장에 나가 있다면 이미 가망 없는 거라고 봐야지."

로나는 뒤에서 브란웬이 일어서는 기척을 들었다.

"난 이지를 두고는 안 가, 언니. 그 애도 날 두고 가진 않을 거니까."

왕족이 걸음을 멈추었다.

"이지? 여자앤가? 여자들을 격투장에 던져 놨다고?"

"우리 중에 인간 여자는 그들밖에 없었으니까요."

"그렇군."

왕족이 다시 걷기 시작했다.

"그들이 아직 강간당해 죽었거나 잡아먹히지 않았다면, 우리가 가서 구해 내는 게 좋겠구나. 당장."

"어…… 언니?"

"알아, 알아. 하지만 우린 계획대로 해야 해. 우리가 받은 명령을 따라야 한다고."

"그렇긴 하지만…… 왕족이 우리보다 높은 거 아냐?"

브란웬이 속삭였다.

"저 여잔 우리 왕족이 아니야! 자, 가자. 비골프한테 신호를 보내 줘야 해."

비골프는 다시 한 번 지랄 맞은 철창에서 지랄 맞은 가로대를 치워 보려 했지만, 그것들은 꼼짝도 하지 않았다. 그래서 마치 저열한 인간 남자라도 된 듯이 앤널과 이지가 처한 지경을 보고만 있어야 했다. 앤널은 망가진 장난감처럼 경기장 여기저기로 내던져지고 있었고, 이지는 달리기가 빠르고 피하기를 잘한 덕분에 그나마 관객의 야유를 받는 정도를 유지하고 있었다. 하지만 저들이 얼마나 더 계속할 수 있을까? 로나는 대체 어디 있단 말인가?

앤널이 또다시 한 대 얻어맞고 날아갔다. 그녀는 경기장 벽에 부딪쳐 주르륵 미끄러져 내렸다. 오거 중 한 마리가 그녀를 잡아 경기장 중앙으로 질질 끌고 갔다. 놈은 그녀를 내던져 드러눕게 놓고, 그녀 위로 곤봉을 쳐들었다.

"지금이야!"

브란웰이 버럭 소리치며 그를 지나 달려갔다. 그녀는 출구 오른쪽으로 온몸을 내던져 그 앞에 서 있던 병사들을 쓸어 버렸다.

"지금!"

앤널의 머리를 향해 이미 절반쯤 휘둘러진 오거의 곤봉을 그저 노려볼 수밖에 없었던 비골프도 고함을 내지르며 경기장 안으로 뛰어들었다.

앤널은 비골프의 고함을 듣고 안도감을 느꼈다. 이 '착하게 놀아 주기'가 슬슬 지겨워지던 참이었기 때문이다. 그녀는 즉시 몸을 굴려 옆으로 피하고, 오거의 곤봉이 헛되이 옆 바닥을 치는 순간 두 발로 일어섰다. 어떻게 봐줘도 영리한 종족은 아닌 오거가 어리둥절한 얼굴로 그녀를 바라보았다. 입을 벌린 채 ──우웩!── 침을 흘리고 있었다. 앤닐은 침 흘리는 것들이 싫었다. 이런저런 생각에 앞서 치솟는 혐오감으로, 그녀는 로나가 만들어 준 조그만 강철봉을 재빨리 뽑아 들었다. 그리고 가반아일 야장의 딸이 비골프가 자랑삼아 떠들어 댄 것만큼 실력이 좋기를 기원하면서, 강철봉이 마음속에서 그린 대로 손잡이가 긴 도끼로 변해 커져 가는 모습을 지켜보았다.

완성된 도끼를 기꺼운 마음으로 들어 올린 앤닐은 곧장 머리 위로 휘둘러 오거의 목덜미에 박아 넣었다. 그리고 꽥꽥거리며 비명을 지르는 오거의 가슴을 발로 밀어 차면서 도끼를 잡아 뽑았다. 그사이 또 다른 오거가 그녀를 노리고 뒤에서 덤벼들었다. 그녀는 재빨리 몸을 돌려 놈의 목을 잘라 내고, 그대로 다시 몸을 돌리면서 먼젓번 오거의 두개골을 반쪽으로 갈라 버렸다.

"이지!"

앤닐은 자신의 종자를 소리쳐 불렀다.

"다 죽여라!"

이지가 달리던 발을 멈추고 돌아섰다. 그 순간, 쫓아오던 오거가 철퇴를 휘둘렀다. 하지만 그녀가 몸을 숙여 피하자 육중하고 가시 돋친 무기는 그녀 대신 벽을 뭉개 놓았다. 이지는 두 손으로 오거의 팔을 내리쳐 부러트리고, 움직이지 못하는 팔에서 철퇴를 잡아채 놈의 머리를 깨부쉈다. 그때부터 그녀는 철퇴를 들고 다니며 나머지 오거들을 차례로 뭉개 놓았다. 좀 너무 즐기는 것처럼 보이기도 했다. 세상에! 이지는 강했다. 진짜, 진짜로 강했다.

이지가 제일 잘하는 일―뭔가를 죽이는―을 하고 있는 사이, 앤널은 저 위쪽 바테리아가 앉아 있는 왕족석에 초점을 맞추었다. 이렇게 멀리까지 오기 위해, 그리하여 이 전쟁을 영원히 끝내 버릴 수 있는 기회를 앞당기기 위해, 앤널은 계약을 맺었다. 신들로부터 호의를 얻어 내려면 지금 당장 치러야 할 대가였다. 신들은 그 무엇도 공짜로 주는 법이 없었다. 심지어 복슬복슬한 털로 뒤덮이고 귀 뒤를 긁어 주는 걸 좋아하는 신조차도. 그래서 앤널은, 경기장 세 방면의 출입구에서 그녀를 노리고 밀려오는 경비병들―과 그녀 자신의 정상적인 분별력―을 무시하고 왕족석을 향해 곧장 달리기 시작했다.

바테리아는 방긋 웃으며 말했다.

"어머! 봐, 주니우스. 인간 여왕이 날 죽이러 오는 모양이야! 귀엽지 않아?"

주니우스가 고개를 끄덕였다.

"그런 것 같군요, 공주님. 저 여자를 죽여 드릴까요, 아니면 불구 정도로만 남겨 드릴까요?"

"불구가 좋아. 하지만 조금만 더 기다려 줘. 저 여자가 어디까지 해낼 수 있는지 보고 싶으니까."

"저 여자의 어린 친구는 오거들이랑 즐거운 시간을 보내고 있는 것 같네."

바테리아의 자매들 중 하나가 끼어들었다.

"정말 그렇지? 난 뭔가 좀 색다른 걸 보고 싶은데."

바테리아와 그녀의 손님들은 '피투성이' 앤널이 너무 가까이 다가온 인간 병사들을 도끼—그나저나 저건 어디서 난 거지?—로 갈라 버리는 모습을 보며 즐겁게 웃고 있었다. 바테리아의 드래곤 호위들이 인간 여왕을 향해 달려가며 화염을 내뿜었다. 하지만 여왕은 멀쩡했다. 아무렇지도 않게 화염을 뿜은 자들에게 도끼를 휘둘렀다.

바테리아는 질문을 던지듯 뒤쪽의 주니우스를 돌아보았다.

"보호 주문입니다. 공주님. 아마 드래곤 퀸의 수작이겠지요."

주니우스가 말했다.

"아, 그렇군."

하지만 어떤 드래곤이건 간에, 대체 왜 인간에게 그런 종류의 보호책을 베풀어 주었는지를 바테리아는 도저히 이해할 수 없었다. 강철 드래곤은 퀸틸리안의 지배를 받아들이게 하기 위해서라면 인간과 그들이 사랑하는 이들을 얼마든지 죽이고 파멸시킬 수 있었던 것이다.

바테리아는 상처투성이 인간 계집이 왕족석 바로 앞쪽에 미끄러지듯 멈춰 서는 것을 보고 미소 지었다. 그녀의 팔이 뒤로 당겨지고, 손에 들려 있던 도끼가 무슨 조화인지 비슷한 종류의 훨씬 작은 손도끼로 변했다. 굉장해!

"주니우스."

손님들의 주의를 끌지 않기 위해, 바테리아는 조용한 목소리로 자신의 마법사를 불렀다.

"알겠습니다, 공주님."

주니우스가 두 손을 들어 올리는 순간, 바테리아는 그에게서 풀려나온 마법이 보호막처럼 자신을 둘러싸는 것을 느꼈다. 그래서 인간 여왕이 그 기묘한 무기를 던지는 모습을 보고도 미소를 지우지 않았다.

하지만 그녀는 너무 늦게 깨달았다. 저 '미친 암캐'가 겨냥한 것은 그녀가 아니었다. 바테리아는 자신의 마법사를 돌아보며 비명처럼 외쳤다.

"주니우스!"

경고의 외침을 들은 주니우스가 몸을 돌리고 자신을 향해 날아오는 무기를 막기 위해 손을 들었다. 하지만 그 역시 너무 늦었다. 도끼는 믿을 수 없이 강력한 힘으로 그의 머리를 치고 두개골을 코까지 갈라 버렸다. 그러고도 남은 힘이 그의 몸을 뒤로 날려 뒤에 서 있던 호위들을 깔아뭉개게 만들었다.

바테리아는 자리에 선 채 분노와 고통과 절망적인 상실감으로 날카로운 비명을 올렸다. 그녀가 인간 여왕—지옥의 불구덩이에나 처박혀 썩어 문드러져야 마땅할 창녀 계집—을 향해 돌아선 순간, 앤닐이 그녀를 보고 조소임이 분명한 웃음을 터트렸다. 나를 비웃어! 감히! 한차례 웃음을 던진 앤닐은 몸을 돌리고 격투사들의 출입구 쪽을 향해 달리기 시작했다.

바테리아의 뒤쪽에서 그녀의 마법사가 본체로 돌아가면서 그의 드래곤 육체에 밀려 기둥들이 무너져 내렸다. 근처에 있던 드래곤들 역시 본체로 변신해 날아올랐다. 하지만 인간들, 드래곤 주인이 제 몸 피하기에 바빠 잊어버리고 버려둔 애완동물과 노예들은 그대로 깔려 죽고 말았다.

바테리아도 본체로 변신해서 경기장을 향해 날아갔다. 그녀의 것이었던 자를 살해한, 쓰레기 같은 인간 계집을 붙잡기 위해 발톱을 세운 채였다. 달리던 인간 계집이 어깨 너머를 돌아보았다.

"빌어먹을!"

계집이 그녀를 보고 한 소리 내지르더니, 어디선가 나타난 노스랜더의 팔 안으로 뛰어올랐다. 노스랜더가 그녀를 향해 번개를 내던졌지만, 바테리아는 너무나 화가 나 고통을 느끼지 못했다. 너무나 화가 나 아무것도 느껴지지 않았다. 노스랜더가 인간 여왕을 지하 통로 안의 덩치 큰 여전사에게 넘겨준 후에도 그녀는 추적을 멈추지 않았다. 노스랜더를 죽여 본 지도 꽤나 오래되었군. 우선 저자부터 죽이고, 다음으로……

그때, 바테리아의 날개가 앞뒤로 크게 요동치다가 멈추었다. 지하 통로에서 걸어 나온 여자가 노스랜더를 지나치는 모습을 본 순간이었다. 여자는 여전히 벌거벗은 채였고 여전히 인간의 형태를 하고 있었다.

바테리아는 사촌을 향해 포효했다. 포효와 함께 화염을 내뿜었다. 그러나 아그리피나는 그저 손짓 한 번으로 그녀의 화염을 흩어 버리고, 입을 벌려……

바테리아가 꽁지 빠져라 도망치기 시작한 것도 바로 그 순간이었다.

"놔둬요!"

로나는 왕족의 팔을 붙잡았다.

"저년은 내 거야!"

왕족이 고함쳤다.

"지금은 안 돼요!"

로나가 왕족을 끌어당겼지만, 왕족은 움직이지 않았다.

"비골프!"

비골프가 달려 나오면서 왕족을 쓸듯이 팔로 안아 어깨 위로 던졌다. 멈추지 않고 달려가며 그가 로나에게 명령했다.

"가! 당장!"

그들은 앤뉠이 죽인 드래곤들의 시체와 왕족이 지하 감옥을 무너트렸을 때 깔려 죽은 드래곤들의 시체를 넘어, 무너져 내리는 경기장을 벗어났다. 지하 통로를 달려가는 그들 뒤로 더 많은 병사들이 쫓아왔다. 하지만 곧 출구가 보였고, 그들은 거리로 나왔다. 밖으로 나오자마자 비골프는 일행을 한쪽으로 밀어붙인 다음, 머리를 쳐들고 하늘을 향해 긴 한 줄기 번개를 쏘아 올렸다.

잠시 후, 반역왕의 인간 기병대가 내지르는 전투 함성이 들려왔다. 그들은 말을 탄 채로 도시 관문을 깨부수고 달려와 군중을 향해 그대로 돌진했다. 공포에 질린 퀸틸리안인들이 비명을 지르며 우왕좌왕 몰려다니다가 사방으로 흩어졌다.

로나는 군중을 뚫고 나가려 했지만, 퀸틸리안 병사들 중 일부는 그녀가 난생처음 보는 고도로 훈련된 전사들이었다. 그자들은 가이우스의 교란책에 말려들지 않고 계속해서 쫓아와 마침내 일행을 둘러쌌다. 그들이 원하는 것은 한 가지, 오직 한 존재였다.

지휘관으로 보이는 자가 비골프의 등에 매달린 왕족을 가리키며 말했다.

"그 여자를 넘겨라. 그러지 않으면 너희는 모두 죽······."

갑자기 그자의 눈이 커지고 입이 열렸다. 뒤쪽에서부터 칼날이 가슴을 뚫고 나온 것이다. 그자가 죽어 앞으로 고꾸라졌을 때, 뒤에 서 있던 앤널의 모습이 드러나는 걸 보고 로나가 놀랐다고 말할 수는 없을 것이다. 하지만 분명 마음이 놓이긴 했다.

퀸틸리안 전사들은 지휘관의 죽음에 충격을 받았음에도 불구하고 물러나는 대신 공격을 시작했다. 앤널이 검을 휘두르며 마주쳐 갔고, 이지와 브란웰도 그녀 곁을 지켰다.

"왕족을 데려가. 당장. 우리도 금방 뒤따라갈 테니까."

앤널이 명령했다.

로나는 비골프에게 몸짓으로 강철 드래곤 왕족을 가리켜 보였다. 어느새 기력이 다한 듯 그녀는 조금 전부터 정신이 없었다. 혹시라도 왕족이 죽는다면 그들과 함께 있을 때가 아니라 자기 동생의 팔 안에 안겨 있는 편이 나을 터였다.

"가, 비골프. 그녀를 데리고 먼저 가."

"당신은?"

비골프가 그녀를 내려다보며 물었다.

로나는 미소를 지으며 대답했다.

"걱정 마. 금방 따라갈게."

비골프가 그녀의 뺨을 가볍게 두들기며 말했다.

"꼭 그러는 게 좋을 거야."

그러고는 사방을 둘러싼 전사들을 향해 워해머를 휘두르며 길을 뚫기 시작했다. 로나로서는 그가 하리라고 생각도 못 한 행동이었다. 그녀가 스스로를 지켜 내리라 믿는 것 말이다.

32

그를 걱정하게 만든 것은 갑작스러운 고요였다. 며칠 동안 조용한 날이 없었다. 거대한 바위들이 그들의 거점인 동굴의 벽을 때리는 소리가 끊임없이 이어졌었다. 하지만 지금은? 지금은 아무 소리도 들리지 않았고, '흉포한 자' 마인하르트는 이런 상태가 전혀 마음에 들지 않았다.

폴리카프 산맥을 마주한 쪽의 동굴 출입구를 향해 걸어가던 그는, 이미 거기 서서 바깥을 내다보고 있던 라그나의 모습을 보았다.

"다들 준비시켜 줘."

그가 말했다.

"준비는 이미 끝났지."

"화염 드래곤들도?"

"그래."

마인하르트는 사촌 동생…… 아니, 번개 드래곤의 군주가 다음 명령을 내리기를 기다렸지만, 라그나는 움직이지 않았다.

"왜 그래?"

"모르겠어. 뭔가가 맞지 않아. 너무 조용하잖아. 너무……."

그때, 라그나의 말을 자르듯 계곡 전체가 우르르 진동했다.

"라그나?"

마인하르트의 물음에 그는 머리를 가로저었다.

"나도 몰라. 이게……."

라그나가 벽을 짚은 순간, 첫 번째 폭발이 그들 주변의 모든 것을 뒤흔들었다. 그리고 두 번째 폭발이, 곧바로 세 번째 폭발이 뒤를 이었다. 그들은 폴라카프 산맥을 이루는 모든 산들이 차례로 무너져 내리는 것을 보았다. 먼지와 흙덩이와 평평한 지면 말고는 아무것도 남지 않을 때까지.

이제 그들과 강철 드래곤 사이를 가로막는 것은 아무것도 없었다. 그것은 곧바로 전면전을 의미했다. 강철 드래곤 대 노스랜더와 화염 드래곤의.

"모든 부대를 이쪽으로 집결시켜."

마인하르트는 고개를 끄덕인 다음, 돌아섰다. 하지만 그때, 화염 드래곤 하나가 그를 향해 달려왔다.

"마인하르트! 후방이야, 퀸틸리안 놈들이 오고 있어!"

"포위 공격이군."

라그나가 중얼거리고는 물었다.

"앤닐 여왕의 군대는?"

"정찰병이 막 돌아왔어. 그들은 동부 통행로를 따라 빠르게 진군하는 중이야. 하지만 지금 우리 상황에 대해서는 모르지."

"곧 알게 되겠지. 인간들은 앤닐의 군대가 상대하게 두자고. 우린 터널을 비워야 해. 당장."

라그나의 말에 마인하르트는 고개를 끄덕였다.

"알았어. 그럼 앤닐은?"

"그저 너무 늦기 전에 도착하기를 바라야지. 이제 가, 형."

그들 모두는 다가오는 강철 드래곤들의 소리를 들었다.

"우리 시간은 다됐군."

라그나가 혼잣말처럼 중얼거렸다.

브라스티아스는 모르퓌드가 말한 대로 동부 통행로를 따라 병사들과 함께 달리고 있었다. 이 길을 택한 덕분에 꽤나 시간을 벌수 있었지만 그들은 여전히 잠시도 쉬지 않고 달리는 중이었다. 단지 이 전쟁을 빨리 끝내 버리고 싶어서만이 아니라 앤닐이 모습을 보이지 않은 지 여러 날이 지났기 때문이었다.

부대 전체에 여왕이 자기 병사들을 버렸다는 소문과 함께 공포가 계급과 상관없이 퍼져 나가고 있었다. 하지만 브라스티아스는, 앤닐이 두려움이나 지루함 혹은 어떤 군주들이 그렇듯 그저 변덕 따위로 자기 병사들을 버리고 떠났다는 이야기를 어떻게 믿을 수가 있는지 화가 났다. 너무나 화가 나서 소문을 퍼트린 자들을 잡아다가 항명죄로 태형을 내렸다.

물론 앤뉠이 부대를 떠난 것은 사실이었다. 하지만 도망친 것은 아니었다. 아니, 앤뉠이 그랬을 리가 없다. 그녀는 뭔가 더…… 바보 같은 짓을 하러 간 것이다. 그녀는 적의 본거지로 곧장 들어갔다고 했다. 하지만 거기서 그녀가 무엇을 마주하고 있을지는 브라스티아스로서도 짐작조차 할 수 없었다.

그때, 그의 군마로서 무수한 전장을 함께했던 말이 앞다리를 번쩍 들어 올렸다. 브라스티아스 정도의 기마술이 아니었다면 낙마했을 만큼 갑작스럽고 격렬한 움직임이었다. 그리고 다음 순간, 거의 모든 말들이 앞다리를 들거나 뒤로 물러나는 바람에 말들이 서로 부딪치고 행렬이 어지러워졌다.

그들 발밑의 땅이 몸서리를 치며 진동하고 있었다.

"지진일까요?"

그의 부관 다넬린이 물었다.

"아니, 그런 것 같지 않아. 뭔가 다른 거야."

우르릉거리는 소리가 이어지고 발밑의 땅도 계속해서 요동쳤다. 그러다가 어느 순간 모든 게 멈추었다. 소리도, 진동도.

"시작된 거군."

브라스티아스가 말했다.

"정말 그렇게 생각하십니까?"

"그래, 맞아."

브라스티아스는 두 전령을 돌아보았다. 그들은 행군 중에 긴급을 요하는 일이 생길 경우, 부대 전체로 말을 달리며 명령을 전달하는 임무를 띠고 있었다.

"우리가 전방의 통로를 가로막는다. 퀸틸리안 뱀 새끼들을 반으로 끊어 놓는 거지. 자, 가라."

"퀸틸리안 놈들이 이미 서부 통행로에 들어섰다고 생각하시는 겁니까?"

"그렇지 않았다면 강철 놈들도 움직이지 않았을 테니까. 놈들은 거기 있다. 우리가 가서 말끔히 쓸어 버려야지."

"여왕님은……?"

"난 그분을 의심해 본 적이 없다, 다넬린."

브라스티아스는 말에 박차를 가하며 말을 맺었다.

"이제 와서 그럴 이유가 있나?"

비골프는 결국 도시 관문까지 길을 뚫었다. 그리고 거기서 가이우스가 다가오는 것을 보았을 때도 별로 놀라지 않았다. 인간의 몸을 하고, 망토의 후드를 얼굴이 가려질 만큼 깊숙이 덮어쓰고 있었지만 분명 '반역왕'이었다. 공포에 질려 사방으로 달아나는 군중 속에서 그의 시선이 누군가를 찾아 헤매고 있었다.

비골프는 조심스럽게 그의 누이를 어깨에서 내려 안아 들고 그를 향해 다가갔다.

"가이우스."

'반역왕'이 몸을 돌려, 누이를 안고 있는 비골프를 보았다. 그리고 그대로 굳어져 버렸다. 그저 누이를 바라보는 것밖에는 아무것도 할 수 없는 듯했다. 하지만 비골프가 더 가까이 다가가자, 손을 내밀어 그녀를 받아 안았다.

"누나?"

그가 누이를 고이 안은 채 한 무릎을 꿇었다.

"아그리피나."

왕족이 눈을 뜨더니 팔을 뻗어 동생의 뺨에 손바닥을 가져다 댔다.

"가이우스."

가이우스는 누이의 이마에 자기 이마를 가만히 얹었다.

"미안해, 누나."

"아니, 그런 소리 하지 마. 네가 미안할 건 아무것도 없어."

아그리피나가 머리를 돌려, 금방 떠나온 도시를 바라보았다.

"그 여자가 미안해야지. 난 그년을 원해, 가이우스."

"우리 군대가 관문 밖에서 기다리고 있어. 명령만……."

"그년은 도망갔어. 언제나 그렇듯 뱀 같은 년이지. 뱀같이 미끄럽게 빠져나갔어. 도시를 깡그리 불태운다 해도 그년은 찾을 수 없을 거야."

"그럼 누날 여기서 데리고 나갈게."

가이우스가 천천히 일어나더니 누이를 안은 채 관문 밖으로 나섰다.

그로부터 몇 분 후, 앤닐이 달려와 물었다.

"공주는 어딨지?"

솔직히, 그때까지만 해도 비골프는 별생각이 없었다.

"동생이 데려갔죠."

"갔다고? 둘 다 가 버렸어?"

"그게······."

앤벌은 이를 갈면서 그들을 뒤쫓아 갔다.

"앤벌!"

여왕이 멈추지 않자, 비골프는 아직도 싸우고 있는 여자들을 어깨 너머로 돌아보며 소리쳤다.

"로나, 서둘러!"

하지만 기다리지는 않았다. 그녀들이 알아서 전투를 마무리하리라 믿었기 때문이다. 그가 정말 걱정스러운 것은 미친 여왕 쪽이었다.

비골프는 여왕을 쫓아 달렸고, 제일 먼저 나타난 언덕배기 근처에서 따라잡았다. 그 너머에는 가이우스의 군대가 도열해 있었다. 그리고 그들은······ 그들의 규모는, 한마디로 어마어마했다.

"약속했잖아!"

앤벌이 가이우스의 등에 대고 소리쳤다.

'반역왕'이 걸음을 멈추고 천천히 몸을 돌려 사우스랜드의 여왕을 마주하고 섰다.

"난 누이 곁을 떠나지 않아."

"우리가 아니었다면 당신은 누이를 다시 만날 수도 없었어."

"저 여자가 무슨 얘기를 하는 거니, 가이우스?"

아그리피나가 물었다.

"아무것도 아니야."

"당신은 약속을 했어!"

앤벌이 고집스럽게 되풀이했다.

"또다시 나를 짜증 나게 하는군."

"상관없어!"

왕의 누이가 몸짓으로 땅을 가리켰다.

"날 내려 줘, 가이우스."

"누난 지금 몸이……."

"따지지 마라, 하루 종일 망할 이곳에 서 있고 싶지 않거든. 그냥 내려 줘."

가이우스가 누이를 바닥에 내려놓았다. 그리고 팔로 그녀의 허리를 감아 자신에게 기대게 했다. 바로가 얼른 다가와 그녀의 몸에 망토를 둘러 주었다.

"자, 이제 얘기해 봐."

아그리피나가 명령했다. 확실히 그것은 명령이었다.

"너!"

손 하나가 꼬리를 잡고 난눌프를 뒤로 당겼다가 산의 측면을 향해 내던졌다. 그 바람에 땅덩어리가 몇 미터나 밀려났다.

"이 쓰레기 같은 들개 새끼! 네가 감히 내 사람들을 방해해?"

난눌프는 네발로 버티고 서서 송곳니를 드러냈다. 그는 대부분의 신들을 좋아하지 않지만, 특히 이자가 싫었다. '보이지 않는 신' 크람네신드. 가진 거라고는 세상 모두가 자기를, 오직 자기만을 숭배하기를 원하는 욕망뿐인 악신. 필요한 게 있을 때는 자신을, 오직 자신만을 찾기 바라는 탐욕스러운 신. 난눌프로서는 도저히 받아들일 수 없는 존재였다.

"네놈이 나보다 강하다고 생각하는 거냐, 개자식아? 네놈이 정말 나를 막을 수 있을 거라고 생각해?"

난눌프는 알지 못했다. 하지만 언제든 기꺼이 확인해 볼 용의가 있었다. 그는 크람네신드를 향해 와락 덤벼들었다.

하지만 이 악마 같은 놈은 눈이 없으면서도 충분히 잘 볼 수 있는 데다 빠르기도 했다. 그가 난눌프의 목을 잡고 땅바닥에 내리친 다음, 그대로 눌렀다.

"너무 늦었다."

크람네신드가 말했다.

"아주아주 늦었지. 네 도움 없이 그자들이 제때에 그곳에 도착할 수는 없을 테니까. 트라시우스가 그자들을 몰살시키고 말 것이다. 하지만 너…… 네놈은 나의 마법사에게 저지른 짓에 대한 대가를 치러야지. 그자는 내 마법사였다! 내 것이었단 말이다!"

그때, 칼 한 자루가 그의 턱 아래로 미끄러져 들어왔다. 그리고 부드러운 목소리가 질문을 던졌다.

"내 친구에게 뭐하는 짓이지?"

크람네신드는 쉿쉿거리며 혀─끝이 두 개로 갈라진 모양이었다─로 상대의 뺨을 쳐 살을 태워 놓았다. 전쟁의 여신 에이리안웬이 팔을 뻗어 그의 목을 쥐고 공중으로 들어 올렸다.

"네가…… 감히 내게 반항을 해?"

그녀가 으르렁거렸다.

크람네신드는 칼을 뽑아 에이리안웬의 배를 찔렀다. 그리고 둘 다 시선을 내려 그녀의 내장이 땅바닥으로 쏟아져 내리는 것

을 바라보았다. 다음 순간, 에이리안웬이 그의 목을 쥔 채 팔을
뒤로 당겼다가 악신의 몸뚱이를 멀리 내던졌다.

"내 눈 앞에서 사라져라, 쓸모없는 병신 놈아! 이 세상에서 존
재 자체를 말소당하고 싶지 않거든!"

그녀가 포효하자 대지가 우르르 진동했다. 크람네신드는 다시
한 번 그들을 향해 쉿쉿거리고는, 땅을 파고 들어가 먼지 속으로
사라졌다.

에이리안웬은 끓어오르는 화를 다스리기 위해 몇 차례 깊은
호흡을 되풀이했다. 그리고 난눌프를 마주하고 섰다.

"그리고 너…… 대체 무슨 생각을 한 거니?"

난눌프는 어깨만 추썩였다.

"난 널 라이한테서 보호해 줬어, 알아? 그에게 거짓말을 했다
고! 네가 어디 있는지, 무슨 짓을 하고 있는지 모른다고 했단 말
이야. 하지만 장담하는데, 그도 지금쯤이면 알았을 거야. 다들
그에게 말해 줄 테니까. 으우! 그런 눈으로 보지 마! 이게 다 네
잘못이야, 너도 알잖아! 그냥 못 본 척했어야지!"

에이리안웬이 그에게 등을 돌리고 쿵쿵거리며 걷기 시작했다.

"뭐해, 따라오지 않고! 멍청아, 우리가 이걸 어떻게 고쳐 놓을
수 있는지 보자고!"

"약속했잖아!"

앤닐이 다시 한 번 소리쳤다. 그녀와 이지는 오거 피로 얼룩진
튜닉과 샌들을 벗고 각자의 옷으로 갈아입는 중이었다.

"그 소리 좀 그만해!"

"무슨 약속을 한 거니?"

아그리피나가 다시 한 번 물었다.

하지만 이번에 대답을 한 것은 앤닐이었다.

"내가 트라시우스를 무너트리는 걸 도와주겠다고 했어."

"트라시우스?"

아그리피나가 몸을 뒤로 조금 기울이더니 앤닐을 탐색하듯 뜯어보았다.

"사우스랜드의 여왕? 당신이 앤닐이라고?"

그녀의 콧잔등에 주름이 생겼다.

"당신이?"

"뭘 기대한 거야?"

앤닐은 부츠를 끌어 올리며 따지듯 물었다.

"내가 들은 대로라면…… 흉측하게 생긴 여자."

앤닐이 피식 웃었다.

"저런, 고맙군."

하지만 곧 이마를 찌푸리며 되물었다.

"잠깐. 내가 흉측하게 생겼다고?"

"앤닐."

로나는 여왕이 집중해 주기를 바라며 이름을 불렀다. 젠장! 어떻게 이지나 다를 바 없이 저 모양이냐. 적어도 이지는 어리고 경험이 없다는 핑곗거리라도 있지.

"난 누나 곁을 떠나지 않아."

가이우스가 다시 한 번 말했다.

"아니, 넌 떠날 거야."

아그리피나는 동생에게 말했다.

"아그리……."

그녀가 동생에게서 한 걸음 떨어졌다. 하지만 그녀는 여전히 약해 보였다. 혼자 서 있기도 힘든 것 같았다. 로나는 그녀를 붙잡아 바로 서게 도와주었다. 왕족이 감사의 의미로 고개를 끄덕여 보였다. 그녀는 동생과 함께 있을 때 훨씬 예의 발라지는 것 같았다.

"넌 가야 해, 가이우스."

"누난 지금 혼자 서지도 못하잖아. 어떻게 누날 두고 가라는 거야?"

"이건 기회니까. 이 모든 일을 끝낼 기회, 그자를 끝장낼 기회 말이야."

갑자기 그들 주변의 땅이 우르릉거렸다. 아그리피나가 앉을 수 있게 비골프가 커다란 바윗덩이를 옮겨 온 것이다. 그는 스스로가 꽤나 뿌듯하다는 듯 로나를 향해 씨익 웃었다.

그 순간, 로나는 알았다. 자신이 그를 사랑하고 있음을.

아그리피나가 바위에 걸터앉더니, 비골프에게 감사의 인사를 보냈다. 그리고 다시 동생에게로 초점을 맞추며 분명한 어조로 말했다.

"난 그자가 죽기를 바라. 그리고 네가 그자를 죽여 주길 바라. 최소한 그자가 죽는 걸 두 눈으로 지켜보기를."

"누나 혼자 두고는 가지 않을 거야. 누난 지금 여행을 할 수 있는 상태도 아니잖아."

"호위로 대대 하나 정도만 남겨 주면 돼. 나머지는 다 데리고 가. 난 네가 이 일을 끝내 주길 바라, 가이우스. 난 트라시우스를 원해. 그러고 나서 나도 준비가 되면, 그자가 까 놓은 그 뱀 같은 년은 내 몫이야."

아그리피나가 앤뉠을 눈짓으로 가리키며 말을 이었다.

"게다가 우린 빚진 게 있어."

그녀의 얼굴에 만족스러운 미소가 떠올랐다.

"여왕이 주니우스를 죽였거든."

가이우스가 충격받은 얼굴로 앤뉠을 돌아보았다.

"당신이?"

"늑대가 그러라고 했으니까."

가이우스는 인상을 찌푸렸다.

"당신 머리를…… 핥아 줬다는 그 늑대 말이야?"

로나 곁에 서 있던 비골프가 그녀만 듣도록 목소리를 낮춰 속삭였다.

"그 머리 핥기가 우리를 돕게 될 줄은 생각도 못 했네."

로나는 한숨을 내쉬었다.

"그게 우릴 도운 게 아니니까."

"거기까지 가는 데만 며칠이나 걸릴 거야."

동생이 다시 반론을 내놓았지만 아그리피나는 들으려고도 하지 않았다.

"가는 데 영겁이 걸린다 해도 상관없어! 난 트라시우스의 목을 원해!"

"아그리피……."

"괜찮아, 난 괜찮아."

아그리피나는 숨을 다스리고 마음을 가라앉히려 애썼다. 기력이 달리는 게 확연히 느껴졌고, 동생과 실랑이를 하는 건 도움이 되지 않을 터였다. 헐떡이지 않고도 말할 수 있을 만큼 진정이 되자, 그녀는 다시 입을 열었다.

"들어……."

하지만 말을 잇지는 못했다. 어디선가 갑자기 여자가 나타났던 것이다. 처음에 아그리피나는 자기가 또 헛것을 보는 줄 알았다. 바테리아 년의 지하 감옥에 잡혀 있는 동안 그녀는 많은 것을 보았다. 어떤 것은 좋았고, 어떤 것은 악몽 같았다. 솔직히 그녀는 악몽 쪽이 더 나았다. 눈앞으로 걸어오는 흐릿한 누군가가 동생이나 바로가 아니라는 것을 깨닫는 순간마다 조금씩 조금씩 기운을 빼앗기는 것 같았기 때문이다.

하지만 아그리피나는 그들 앞으로 다가오는 여자가 이번만큼은 환각이 아니라는 것을 금세 깨달았다. 자신 말고도 모두가 여자를 바라보고 있었던 것이다.

여자는 아그리피나를 구해 준 일행 가운데 한 명처럼, 데저트랜드의 인간들처럼 피부가 갈색이었다. 그녀는 전사처럼 차려입었고 전사처럼 부상을 당한 상태였다. 죽은 전사처럼 보일 만큼 심각한 부상이었다.

여자가 인간 여왕을 불렀다.

"'피투성이' 앤널."

앤널이 여자의 배를 가리키며 물었다.

"누가 당신 내장을 꺼내 놨는데, 알고는 있는 거야?"

"곧 나을 거야."

여자는 무심하게 대답하고는 앤널의 둘레를 천천히 걷기 시작했다.

"내 여행 친구가 그러던데, 너 어딘가로 빨리 가야 한다며? 내가 도와줄 수 있어."

신! 저 여자는 신이 분명해. 인간 여왕은…… 신과 잡담을 나누는 사이란 말이야? 아그리피나가 감금에서 풀려난 이후부터 일이 확실히 흥미로워지고 있었다.

"거, 내장 좀 집어넣고 얘기할 수 없어?"

앤널이 투덜거렸다.

"넌 걸핏하면 내장을 꺼내러 다니면서, 뭘."

"하지만 내장을 꺼내 놓고 나서도 얘기를 나누진 않아. 내장이 쏟아지는 건 죽이는 동안이지."

"아이고, 섬세하셔라."

앤널이 두 눈을 비비며 말했다.

"난 피곤해. 너무나 피곤하다고."

이제 도시 경비대와의 싸움이 끝나고 나니, 사우스랜드의 여왕은 정말 피곤해 보였다. 기진맥진해 보였다. 아그리피나는 그런 종류의 피로를 잘 알고 있었다.

"그래, 그래 보이네."

여신이 앤널을 짐짓 평가하듯 뜯어보았다.

"이 정도 일에 너무 피곤하단 말이지?"

앤널은 눈을 비비던 주먹을 천천히 내렸다.

"난 이 일을 끝낼 거야. 하지만 여기서는 못 해. 날 보내 주든가, 아니면 꺼져. 이제 이야기하는 건 지겨우니까. 아니면 늑대더러 와서 날 상대하라고 해. 난 늑대가 좋으니까. 그는 주절대는 걸로 날 지루하게 하지 않거든."

여신이 가슴 앞으로 팔짱을 끼자, 그 움직임으로 상처가 더 벌어졌다.

"난 네 목숨을 구해 준 적도 있어. 좀 더 존경심을 보이는 게 어때?"

"당신이 내 목숨을 구해 준 건, 당신 짝이 내 목숨을 빼앗은 다음이었잖아. 그것도 그가 허락도 없이 내 짝을 이용해서 날 임신시키고 난 후였고. 그러니까 나한테 존경심 따윌 기대하진 마. 난 당신이 지겨워. 당신 짝도 지겹고. 그냥 이 모든 걸 끝내 버리고 싶을 뿐이야. 그러니까 우릴 보내 주든가 말든가, 어느 쪽이든…… 그만 좀 닥쳐."

여신과 사우스랜더가 서로를 노려보며 서 있자, 아그리피나는 동생을 돌아보았다.

"저게…… 날 구하라고 네가 보낸 사람이야?"

— 신들과 말싸움하는 정신 나간 여자?

그녀는 심언으로 말을 맺었다.

동생이 어쩔 수 없었다는 듯 어깨를 추썩였다.

"더는 방법이 없었다고, 알겠어? 좀 봐주지그래."

"너 트라시우스를 상대로 이길 수 있다고 생각하는 거야?"

여신이 여왕에게 물었다.

"난 내 앞을 가로막는 건 뭐든 기꺼이 죽일 거야."

인간 여왕은 머리를 한쪽으로 살짝 기울이며 되물었다.

"당신, 내 앞을 가로막고 있는 건가?"

"아마도. 하지만 이제 비켜 주지."

여신이 손목을 한 번 까닥이자, '피투성이' 앤널은 사라지고 없었다.

그들은 터널을 비우는 중이었다. 하지만 출구에 거의 다다랐을 때, 또다시 그 짓거리가 시작되었다. 말싸움. 둘이 함께만 있으면 언제나 그 지랄 맞은 말싸움이었다. 로나가 떠난 이후로 계속 그래 왔듯이, 네스타의 자매 에다나가 불쌍한 아우스텔과 함께 두 천치들 사이에 끼여 있었다.

하지만 이번 말싸움은 더 사나웠고 몸싸움으로까지 번졌다. 로나가 에이브히어와 켈뤤을 위협하기 전에 그랬던 것처럼. 아마 그들도 전쟁이 거의 끝나 가고 있음을 아는 것이리라. 둘이 싸울 날도 이제 얼마 남지 않았다는 것을 아는 것이다. 주변의 모든 이들이 그들을 떼어 놔야 한다고 말하고 있었기 때문이다. 그들 자신을 위해서나 다른 모두를 위해서나.

에이브히어가 켈뢴의 갑옷 가슴 덮개를 붙잡고 자기 쪽으로 확 잡아채면서 사촌의 얼굴에 주먹을 날렸다. 네스타는 브리나를 쳐다보았지만, 그녀는 눈알을 굴리며 머리를 내저었을 뿐이다. 그 모든 일에 물릴 대로 물린 게 분명해 보이는 아우스텔이 둘 사이로 억지로 밀고 들어가 친구들의 가슴을 밀어냈다. 이 또한 수도 없이 반복된 일이었다.

하지만 이번에는 한 가지 다른 점이 있었다. 그들 모두의 사이로 갑자기 인간 하나가 나타났던 것이다. 네스타가 늘 말하곤 하듯이 이지가 사촌들 사이를 갈라놓은 그 유명한 사건 같은 의미의 '나타남'이 아니었다. 이 경우는 실제로 살아 숨 쉬는 인간이었다.

네스타와 브리나는 서로를 쳐다보다가, 동시에 인간에게로 시선을 돌렸다. 그리고 인간에게 좀 더 가깝게 몸을 기울였다.

"앤뉠?"

브리나가 물었다.

인간 여왕이 주위를 한차례 둘러보더니, 오직 그녀만 할 수 있는 방식으로 으르렁거리며 포효했다.

"그 개 같은 년이!"

그들은 다시금 강철 드래곤들을 밀어붙였다. 하지만 브리크는 갑자기 공격을 멈추고, 주변을 둘러보았다. 뭔가가 들어맞지 않았다. 함정?

그는 너무 가까이 접근한 강철 드래곤들을 꼬리로 쳐서 물리치면서 한 바퀴 크게 선회했다. 양 측면에서 어떤 식으로든 공격이 날아올 것이라 예상하며 해 본 움직임이었지만, 아무 일도 일어나지 않았다. 어떻게 생각해 봐도 강철 드래곤들은 너무 쉽게 밀려나고 있었다. 어쩌면 또 다른 포위 공격을 준비하고 있는 것일까?

"정지!"

브리크는 자신의 부대를 향해 명령하고 형제들을 불렀다.

"피어구스! 그웬바엘!"

그리고 방패를 들어 신호를 보냈다.

"퇴각해, 당장!"

피어구스는 즉각 이해했지만, 그웬바엘은 참지 못하고 따지듯 소리쳤다.

"왜? 우리가 다 잡았는데!"

"천치같이 굴지 마라. 놈들이 우릴 유인하고 있는 거야."

피어구스가 쏘아붙였다.

"하지만……."

"네 짝에게 돌아가는 시간을 좀 미룰래, 아니면 네 소중하신 물건을 잃은 채로 돌아갈래?"

그 점에 대해서라면 생각조차 할 필요가 없었다. 그웬바엘은 곧장 자기 부대에 퇴각을 명령했다. 그리고 어느 정도 예상했던 바지만, 강철 드래곤들은 퇴각하는 대신 전진해 와서 공격을 재개했다.

하지만 그들이 정말로 무엇 때문에 유인책을 쓰고 있는지는 브리크도 정말로 알지 못했다.

"안 돼!"

앤닐이 서 있었던 자리로 달려가며 이지가 외쳤다. 로나는 그녀의 팔을 붙잡고 버텼지만, 그들 모두는 인간 여왕이 서 있었던 자리만을 멍하니 바라보고 있었다.

"여왕님을 돌려놔."

이지가 로나의 팔을 떨치고 여신 앞으로 나섰다.

"네가 나에게 명령을 내릴 수 있다고……."

"여왕님을 돌려놔!"

"이렇게들 감정적이라니."

여신이 꾸짖듯 말했다.

"다그마를 상대하는 게 좋은 이유가 있다니까."

그러고는 사라져 버렸다.

"안 돼!"

이지가 다시 비명처럼 소리쳤다.

"그녀를 따라가, 가이우스. 더 이상 따지지 말고."

아그리피나가 동생에게 명령했다.

"유프라시아까지 가려면 며칠은 걸릴 거야. 그때쯤이면……."

가이우스는 이지를 힐끗 보고는 머리를 흔들었다. 고통 어린 이지의 외침은 폐부를 쥐어짜듯 비통한 것이어서 누구도 그녀를 오래 볼 수가 없었다.

"로나."

비골프가 낮은 목소리로 부르고는 머릿짓으로 앞쪽을 가리켰다. 로나도 그쪽으로 시선을 돌렸다. 거기에 늑대가 있었다. 엄청나게, 터무니없이 거대한 늑대. 하지만 틀림없는 늑대였다. 늑대는 가만히 앉아 있었다.

비골프가 어깨를 추썩이며 말했다.

"늑대가 머리를 핥아 줘서 앤널의 기분이 좋아졌다더니, 진짜였나 보네."

로나는 혼란스러워 이마를 찌푸렸다. 하지만 곧 그녀의 두 눈이 커졌다. 그녀는 늑대를 가리키며 물었다.

"너. 너 우릴 앤널에게 보내 줄 수 있어?"

"유프라시아로."

비골프가 말을 더했다. 열 받은 여신이 앤널을 어디로 보내 버렸는지 알 수 없는 일이고 보면, 좋은 생각이었다.

늑대가 가이우스를 바라보았다. 가이우스는 누나를 한 번 돌아본 다음, 늑대에게 말했다.

"좋아, 이걸 끝내 버리지. 우리 보내 줘. 싸울 준비는 이미 되어 있으니까."

신이 고개를 한 번 끄덕였다.

다음 순간, 그들은 날고 있었다.

아그리피나는 저도 모르게 눈을 깜빡이고 말았다. 그들이 사라진 것은 그렇게 순식간이었다. 신이 한 번 고개를 끄덕이자, 사우스랜더와 노스랜더 일행, 그녀의 동생 그리고 동생의 군대

전체가 간단히 사라져 버린 것이다.

그때, 나무들 사이로 바테리아의 병사들이 다가오는 소리가 들렸다. 아그리피나는 바로가 걸쳐 준 망토를 제외하면 벌거벗은 데다 혼자였다. 하지만 그녀는 그 지하 감옥으로 돌아갈 생각이 없었다. 절대로 돌아가지 않을 작정이었다.

서른 명쯤 되는 병사들이 숲을 뚫고 그녀가 있는 공터로 들어섰다. 바위 위에 앉아 있는 그녀를 보고 그들의 우두머리가 미소를 지었다.

"레이디 아그리피나."

"경비대장."

아그리피나는 억지로 몸을 일으켜 섰다. 움찔하는 병사들의 모습을 즐겁게 바라보면서.

"이런, 이런. 서두르실 필요 없습니다."

위축되는 분위기를 일소하려는 듯, 경비대장이 나섰다.

"난 돌아가지 않아. 너희도 알 텐데."

"당신이 저항하리라는 건 알죠. 하지만 우릴 막지는 못할 겁니다. 보세요, 일분일초가 다르게 약해지고 있지 않습니까. 우린 그저 당신이 쓰러지기를 기다리기만 하면 그만입니다."

경비대장의 말에 아그리피나는 정말로 공포를 느꼈다. 하지만 또 어디선가 나타난 늑대—앞서보다 훨씬 작아져 있었다—가 그녀 앞으로 나서서 병사들을 마주하고 섰다. 그 순간, 아그리피나는 귀가 들리지 않는다는 것을 깨달았다. 아무 소리도 들을 수 없었다. 병사들이 늑대를 보고 웃음을 터트리는 소리도, 나무들 사이로 휘몰아치는 바람 소리도, 심지어 그녀 자신의 심장 소리도 들리지 않았다.

그녀는 아무것도 들을 수 없었지만 충분히 볼 수는 있었다. 그녀는 늑대가 울부짖는 것을 보았다. 한 번. 여전히 아무 소리도 들리지 않았지만 자신을 둘러싼 세상이 뒤흔들리고, 나무들이 쓰러지고, 바위들이 구르고, 병사들의 발밑에서 땅이 균열을 일으켰다. 병사들이 입을 벌리고 ──그녀는 비명을 지르는 것이리라 짐작했다── 두 손으로 머리를 붙잡았다. 그들의 귀에서 피가 쏟아져 손가락을 타고 흘러내렸다.

병사들이 모두 죽어 넘어지자, 늑대가 그녀 곁으로 돌아와 몸을 비볐다. 이제 다시 소리가 들리기 시작했고 위험은 사라졌다. 아그리피나는 늑대에게 살짝 고개를 숙였다.

"고마워."

그가 몸으로 그녀를 가볍게 떠밀었다. 그것은 집으로 데려다주겠다는 제안이었고, 아그리피나는 조용히 받아들였다. 이유 같은 건 필요도 없었다. 그녀의 삶에 신이 에스코트를 자청하는 경우가 대체 몇 번이나 있겠는가?

동생이 서 있던 자리를 마지막으로 한 번 더 돌아본 아그리피나는 그의 안전을 기원하면서 집으로 향했다. 신이 그녀와 함께하고 있었다.

33

"그 비열하고 사악한 창녀 같은 것이!"

에이브히어는 지난 오 년간 들어 보지 못했지만 너무나 잘 알고 있는 목소리를 들었다. 앤닐의 목소리였다. 하지만 그가 형의 짝을 보려고 몸을 돌린 순간, 켈뤼이 그의 얼굴에 주먹을 날렸다. 에이브히어는 으르렁거리며 다시 사촌에게 초점을 맞췄다. 정말 앤닐인지 아닌지, 앤닐이 맞다면 그녀가 왜 이 터널에 있는지는 나중에 알아보면 될 일이었다.

그때, 멀리서 뿔고둥 소리가 들려왔다. 사우스랜드의 신호가 아니었다. 아우스텔과 함께 그와 켈뤼을 떼어 놓으려고 버둥거리던 에다나가 갑자기 움직임을 멈추었다.

"에다나?"

브리나가 질문하듯 자매를 불렀다. 에이브히어는 그녀의 목소리에서 경고를 감지했다. 공포의 울림.

그리고 그들 발밑의 땅이 진동하기 시작했다. 에다나가 에이브히어와 켈뢴의 갑옷 목덜미 부분을 붙잡고, 땅에서 불쑥불쑥 튀어나오는 오래된 바위들 중 하나를 꼬리로 감아 던졌다. 다음 순간, 땅이 솟구치듯 열렸다. 너무나 갑작스러운 상황에 굳어진 그들은 모두 아래로 떨어져 내렸다.

다행히 에다나는 여전히 에이브히어와 켈뢴을 붙잡고 있었다. 브리나는 앤널을 잡았고, 네스타는 브리나를 잡아 둘 모두를 단단한 땅위로 확 끌어 올렸다. 그러나 누구도, 아무도 아우스텔을 잡지 않았다.

추락은 너무나 순식간이어서, 설사 그가 날개를 펼칠 생각을 했더라도 별 소용이 없었으리라. 게다가…… 그를 죽인 것은 추락이 아니었다. 그것은 바닥에 줄지어 꽂혀 있는 날카로운 강철 창이었다.

에이브히어가 친구와 많은 동료들이 그 창들에 꿰여 죽었다는 사실을 채 제대로 인식하기도 전에, 강철 드래곤들이 들이쳤다. 강철 놈들은 그들이 만든 터널과 길이도 폭도 똑같은 터널로부터 날아오르고 있었다. 지난 몇 달 내내 그들이 터널을 파고 있을 때, 강철 놈들은 그들 바로 아래에서 저들의 터널을 파고 있었던 것이다. 이 순간을 고대하면서.

에다나가 고함쳤다.

"나가! 다 밖으로 나가! 움직여!"

그녀는 켈뢴과 에이브히어를 밖으로 내던졌고, 그들은 각자의 날개를 펼쳐 날아올랐다.

하지만 에이브히어의 눈에 들어오는 것이라고는 아우스텔뿐이었다. 친구의 죽음이 창들 쪽으로 그를 무겁게 끌어당겼다. 자신을 향해 크게 열린 채 고정된 친구의 눈을 내려다보며, 막힌 숨을 틔워 보려고 애쓰던 에이브히어는 곧 그것도 그만두었다.

켈뮌이 그들 돌아보며 소리쳤다.

"에이브히어, 빨리 와!"

강철 드래곤이 돌진해 에이브히어에게 창을 내질렀다. 하지만 에이브히어는 그 창을 붙잡고 단번에 구부러트렸다. 그 순간, 한 번도 경험해 본 적 없는 격노가 그를 집어삼켰다.

몇 시간 전에 그랬던 것처럼, 발밑의 땅이 다시 진동하기 시작했다. 그웬바엘은 강철 놈들이 폴리카프 산맥을 무너트렸을 때처럼 땅이 균열을 일으키든가 폭발이 일어날지도 모른다고 생각하면서 아래를 내려다보았다. 하지만 아무 일도 일어나지 않았다. 적어도 그의 주변에서는 특별히 달라진 게 없었다.

그러나 곧 어린 사촌 하나가 그들의 동굴 출입구에서 외치는 소리가 들려왔다.

"터널이야! 놈들이 터널 아래쪽에서 올라오고 있어!"

그웬바엘은 형제들을 돌아보았다. 그들 모두는 동시에 같은 생각을 했다.

에이브히어.

다음 순간, 그때까지 그들을 유인하고 있던 강철 놈들이 갑자기 총력으로 반격을 시작했다.

터널 작업을 하던 동료 병사들—하지만 아가리를 벌린 죽음의 함정으로 추락하지는 않은 이들—이 동굴 밖으로 쏟아져 나오는 동안에도, 브리나는 여전히 인간 여왕을 팔에 안은 채였다. 언니 델렌이 반격을 가할 수 있도록 병사들을 움직여 전열을 가다듬고 있었다. 하지만 그들은 어린 신병들이었다. 대부분이 일병인 풋내기들. 그들 중 몇몇은 아직 첫 전투도 치르기 전이었으니 공포에 질리는 것도 당연했다.

앤닐이 명령했다.

"날 저기 내려놔. 저 바위에."

브리나는 명령을 따랐다.

"동작 그만!"

앤닐이 성벽을 뒤흔들 기세로 고함을 내질렀다. 병사라면 누구나 끊임없이 상관으로부터 듣는 그 명령, 끊임없이 스스로 복창하는 그 구령에, 병사들의 이목이 즉각 집중되었다.

여왕이 명령했다.

"다들 진정해라. 이러고 있을 시간 없다, 알겠나? 거기!"

그녀는 검을 들어 켈륀과 그의 형제 몇 명을 가리켰다.

"터널로 돌아가서 에이브히어를 도와라. 거기서 그 애 혼자 싸우고 있다."

그들이 멍청히 서서 그녀를 쳐다보고만 있자, 앤닐은 다시 소리쳤다.

"이 자식들아, 빨리 안 가! 움직여!"

그들이 움직였다.

"너!"

이번에는 델렌을 가리켰다.

"네 어머니 모셔 와. 글레안나 님도. 아니, 그냥 다들 데려와! 여기서 무슨 일이 벌어졌는지 말해 주고. 강철 놈들이 터널을 뚫고 들어왔다고 전해!"

"하지만……."

"너희가 감당하기 힘든 일인 줄은 안다. 하지만 이겨 내. 그러지 못하면 우리 군대는 안에서부터 무너지고 말 테니까. 그럴 여유가 없다. 그러니까 움직여!"

에다나가 한 걸음 앞으로 나섰다.

"우리는 뭘 할까요, 앤널?"

"카드왈라드르 세쌍둥이구나."

여왕이 미소를 지었다.

"너희는 나랑 간다."

피어구스는 얼굴로 날아드는 강철 드래곤의 창을 몸을 숙여 피하고 배로 찔러 오는 칼을 막으며 상대의 다리를 베었다. 그사이, 사촌 동생 하나가 그의 뒤에서 앞으로 나서며 브로드소드를 또 다른 적의 등에 쑤셔 박았다. 델렌이었다. 그녀가 그의 옆으로 떨어지듯 날아내렸다.

"오빠, 제 어머니 어디 계세요? 글레안나 이모는요?"

그는 검으로 방향을 가리켜 보였다.

"일 킬로미터쯤 저쪽에. 왜?"

델렌이 머리를 내저었다.

"강철 놈들요. 놈들이 우리 터널을 찢어 놨어요. 그리고 지금 거기로 쏟아져 나오고 있어요. 앤널이……."

피어구스는 다리를 잃은 적이 발치에서 그를 끌어내리려 애쓰는 것도 무시하고 사촌 동생을 돌아보았다.

"앤널? 앤널이 여기 있어?"

"예. 세쌍둥이랑 함께 갔어요."

델렌은 다시 머리를 저었다.

"우린 거기서 몰리고 있어요!"

"브리크! 그웬바엘! 가라!"

"형은 어쩌고?"

브리크가 물었다. 그웬바엘은 이미 자기 부대를 불러 모으고 있었다.

"내 걱정은 말고. 에이브히어가 거기 있잖아."

그는 상기시키듯 말을 더했다.

"그 녀석한테 무슨 일이라도 생기게 됐다간 어머니가 우리 뼈를 발라 버리실 거다."

앰피우스 대령은 말에 탄 채 라우다리쿠스 파테니우스 자문 곁에 서 있었다.

"얼마나 더 걸리나?"

라우다리쿠스가 물었다.

"이제 곧입니다. 트라시우스 대군주께서 그분 군대와 헤시오드 산맥 사이에 사우스랜드 드래곤을 노린 함정을 놓고 계시죠. 우린 이 통행로에서 '피투성이' 앤널의 군대를 저지하면 됩니다."

"좋아. 대군주의 명령이 떨어지면 여왕 군대의 잔해를 뭉개고 들어간다는 거군."

"예, 그렇습니다."

다른 지휘관 하나가 몸을 기울이며 경고했다.

"드래곤들이 더 옵니다."

"창을 써라."

"예."

그들은 또 다른 지휘관들이 라우다리쿠스의 명령을 큰 소리로 전달하는 모습을 느긋하게 앉아 구경했다. 병사들이 오 미터쯤 되는 창들이 몇 개 걸려 있는 거대한 투석기를 끌어냈다. 드래곤들은 지상에서 그들을 향해 쏘아 올린 화살들을 피해 가며 점점 가까워지고 있었다.

"이 쓰레기 같은 개자식들아, 빨리빨리 움직여!"

앰피우스가 소리쳤다.

곧 발사 명령이 떨어지고 창들이 날아갔다. 창들은 표적을 거의 관통하는 듯했지만, 마지막 순간에 드래곤들이 동시에 방향을 트는 바람에 아슬아슬하게 비켜 가고 말았다. 그것은 기묘한 광경이기도 했다. 어떻게 세 드래곤이 동시에 똑같은 방식으로 움직일 수 있단 말인가? 대개 창을 피하려고 허둥대다 보면 적어도 하나는 맞기 마련이었다. 드래곤들은 계속해서 그들을 향해 날아오고 있었다.

"창을 더 써라."

라우다리쿠스가 명령했다.

창들이 재빨리 재장전되고, 표적을 향해 조준되었다. 세 드래곤은 이제 아주 가까이 있었다. 거의 그들의 머리 위쪽이었다. 저들이 직접 공격을 가하려고 저공비행이라도 한다면, 창이나 활로 틀림없이 쏘아 떨어트릴 수 있을 터였다.

하지만 공격 대신에 가운데서 날던 드래곤이 옆으로 몸을 기울였고, 무언가가 그 등에서 떨어져 내렸다.

"대체 저게 뭔가?"

라우다리쿠스가 물었다.

"저도 모르겠습니다. 하지만……."

앰피우스의 말은 이어지지 못했다. 한 여자가 라우다리쿠스의 흰색 종마 등에 내려앉으면서 두 자루 검으로 상관의 어깨를 내리쳐 척추까지 갈라 버리는 광경이 눈앞에서 벌어졌기 때문이다. 라우다리쿠스는 즉사했다.

여자가 검들을 뽑아내고 라우다리쿠스의 시체를 떨궈 버린 후, 안장에 자리 잡고 앉았다. 자신을 둘러싸고 있는 병사들을 보며 그녀는 미소를 지었다.

"안녕들 하신가?"

여자의 미소가 짙어지는 순간, 앰피우스는 태어나서 처음으로 진정한 공포를 느꼈다.

"나 앤닐이야."

피어구스와 라그나는 나란히 서서 강철 드래곤들과 싸우며 길을 뚫고 있었다. 하지만 동굴에 있는 형제들의 부대와 합류한다고 해도 금세 적들에게 압도당하리라는 사실을 둘 다 알고 있었다. 라그나는 피어구스와 눈을 맞추고 고개를 끄덕여 보인 후에, 목청을 돋워 외쳤다.

"퇴각! 퇴각하라!"

그들이 부대를 물리기 시작하자, 강철 드래곤들은 진격을 외치며 밀고 나왔다.

"빌어먹을!"

라그나가 중얼거렸다.

"그래, 나도 알아."

피어구스도 나직이 중얼거렸다. 하지만 병사들을 생각해서라도 낙담만 하고 있을 수는 없었다. 그가 다시금 소리쳤다.

"방패! 방패를 들어라!"

병사들이 방패를 들고 진형을 이루며 섰다. 곧바로 강철 놈들이 그들의 방패를 타격하기 시작했다.

"자리를 지켜! 버텨라! 물러나지 마!"

피어구스는 목이 터져라 외치며 달려드는 강철 드래곤들을 칼로 쳐 냈다.

퇴각 명령―그가 정말 혐오하는―을 내린 지 얼마 후, 한 줄기 빛이 번쩍이더니 어디선가…… 드래곤과 인간이 뒤섞인 대규

모 부대가 나타났다.

어디서? 피어구스는 눈을 깜빡였다. 다가오는 것을 보지도 못했는데 어디서 나타난 거지?

새로 나타난 군대는 다짜고짜 강철 드래곤들과 충돌해 공격을 퍼붓기 시작했다. 진격하던 강철 드래곤 군대가 이 새로운 공격으로 인해 방향을 틀었다. 동료들을 돕기 위해 달려가는 것이었다. 한 덩어리로 뒤엉킨 드래곤과 인간 가운데서 하나의 인영이 솟아올랐다. 강철 드래곤인 듯 보였는데, 그들 특유의 강철빛 갈기를 사우스랜더처럼 길게 늘어트리고 한쪽 눈에는 안대를 하고 있었다. 그자는 똑바로 서서 성한 나머지 눈으로 주변의 모든 것을 오연하게 내려다보았다.

"저 지랄 맞은 자식은 또 뭐야?"

피어구스가 중얼거렸다.

"내 생각에 저자는…… 잠깐. 이지?"

라그나의 말에 피어구스는 몸을 앞으로 기울이고 눈살을 모았다. 그리고…… 그랬다. 이지가 맞았다. 브란웰의 등에 기어 올라가고 있는 건 분명 이지였다. 이지를 태운 브란웰이 날아올랐다.

"대체 이게 무슨……?"

강철 드래곤들이 지휘관의 지시에 따라 진형을 이루기 시작했다. 하지만 안대를 한 강철 드래곤은 기다려 주고 싶은 기분이 아닌 모양이었다. 그자는 명령을 내리고 드래곤 몇과 함께 곧장 공격에 돌입했다. 그들의 공격 대상은 사우스랜더가 아니었다. 다른 강철 드래곤들, 트라시우스의 병사들이었다.

피어구스는 그들 가운데서 두 명의 이질적인 드래곤을 알아보았다. 그가 미소를 지었다.

"로나잖아. 당신 동생하고."

라그나는 고개를 숙이고 잠시 눈을 감았다.

"살아 있었구나."

그가 부드럽게 속삭였다.

"살아 있었어."

"그리고 여기 어딘가엔 앤빌도 있지. 내가 장담하는데, 누군가 아니면 뭔가를 죽이고 있을 거야."

브란웬은 몇 그루 나무 뒤로 내려앉았다. 전장이 환히 내려다보이는 곳이었다.

"앤빌을 찾아보자."

그녀가 이지에게 말했다.

"아니야."

"아니라니, 그게 무슨 말이야?"

브란웬은 앤빌을 찾는 것이야말로 이지가 원하는 것, 이지가 원하는 유일한 것이라고 생각하고 있었다. 그런데 아니라고?

"저기 좀 봐."

브란웬은 이지의 손가락이 가리키는 곳으로 시선을 돌렸다.

"뭔데?"

"저게 그놈일 거야, 안 그래? 저 갑주를 봐. 그리고…… 저 높은 언덕에 서서 명령을 내리는 꼬락서니를 보라고. 저놈이 틀림없어."

"저놈이 뭐가 틀림없는데? 무슨 얘길 하고 있는 거야?"

"대군주 트라시우스야."

"그래서?"

이지가 아무 말도 하지 않자, 브란웬은 그 속내를 짐작하고는 폭발하고 말았다.

"너 진짜 미쳤어!"

"내 얘길 들……."

"안 돼."

"저놈들은 짐작도 못 할 거야."

"저놈들이 짐작도 못 하는 데에는 훌륭한 이유가 있어. 난 사병이고 넌 종자라는 거지."

"우리가 저놈을 죽이자는 게 아니야."

"그건 다행이네, 우린 못 죽일 테니까."

"하지만 상처를 입힐 수는 있을 거야. 그렇게 해서 가이우스가 저놈을 확실히 잡을 수 있도록 하는 거지. 완전히 끝장내게. 그러지 않으면 놈은 도망가 버릴 거고 이 난리도 안 끝나."

"넌 앤뉠만큼이나 미쳤어."

"하지만 결국 앤뉠이 옳았잖아. 확실히 미쳤지만, 확실히 옳았다고."

이지가 그녀의 어깨에 손을 올려놓았다.

"우리가 할 일은 저놈에게 상처를 내는 것뿐이야, 브란웬. 그리고 곧장 튀는 거지."

"뛴다고⋯⋯. 약속해?"

"약속해. 난 계획이 있잖아! 여기서 죽어 버리면 장군은 못 된다고."

"그래, 그 소리를 들으니 걱정이 말끔히 사라져 준다."

이지가 활짝 웃었다.

그런다고 브란웬의 기분이 조금이라도 나아진 건 아니었다.

"뭔가 조금이라도 더 쉬운 방법이 있을 거야."

로나가 투덜거렸다. 그녀는 막 땅에 미끄러지듯 내려앉으면서 뒤집어쓴 먼지를 털어 내고 있었다.

"여기 오기 전에 당신이 변신을 해서 다행이야."

비골프는 인상을 찌푸리며 말을 이었다.

"가이우스의 인간 병사들 중에는 행실이 별로 좋지 않은 자들도 있더라고."

로나가 주변을 둘러보고 고개를 끄덕였다.

"적어도 우린 여기 있잖아. 돌아온 거야. 아, 동생들을 찾아봐야겠다."

비골프는 곧장 내려가려는 그녀를 붙잡았다.

"조심해. 이 일이 끝나고 나면 우린 할 얘기가 아주 많다고."

"그래, 아주 많지."

그녀도 동의했다.

비골프는 고개를 끄덕이고 말했다.

"앞장서시죠."

로나가 몸을 돌리면서, 자신을 향해 달려드는 강철 드래곤을 창으로 꿰었다. 그대로 놈을 꿴 채 창을 끌자, 비골프는 마무리로 워해머를 내리쳐 개자식의 두개골을 깨 버렸다. 그들은 서로를 향해 미소 지으며 잠시 그렇게 서 있었다. 그리고 로나가 먼저 날개를 펼쳐 하늘로 날아올랐다. 그녀가 창을 휘둘러 번개 놈들을 떨어트리기 시작했다.

한숨을 내쉬면서도, 비골프는 그녀의 모습을 그저 지켜만 보는 것이 얼마나 어려운 일인지 무시하려고 애썼다. 그리고 몸을 돌려 형제들이 콧잔등을 나란히 하고 싸우는 곳으로 달려갔다.

"그래…… 살아 있었구나?"

라그나가 말했다.

"그런 거 같네."

"저기 저 드래곤은? 그러니까 케이타가 보면 '섹시한 안대'라고 부를 게 틀림없는 물건을 눈에 걸치고 있는 자 말이다."

"가이우스, '반역왕'이야."

"그러니까 앤뉠이 해낸 거네?"

"솔직히 의심이나 했어?"

형이 머리를 저었다.

"그러진 않았지."

비골프는 자기 무기를 들어 어깨에 얹어 놓으며 말했다.

"이제 진짜 그만 끝내 버리자, 형. 우린 없애 버릴 대군주가 하나 있고, 난 '권리 주장'을 할 여자가 있는 데다 또 가반아일엔 쓸어버려야 할 웨스트랜더들이 좀 있잖아."

라그나가 한숨을 내쉬었다.

"피 볼 일이 참으로 많기도 하구나. 얼른 휴가나 좀 썼으면 좋겠다."

"우린 노스랜더야. 휴가 같은 거 안 쓴다고."

"아이고, 세상에! 닥치고 가기나 해라."

브라스티아스는 세 드래곤이 편대를 이루어 공습하는 모습을 본 순간, 조금이나마 숨통이 트이는 것을 느꼈다. 그들은 체구가 작은 여자들이었는데, 그 점이 그들에게는 약점이라기보다는 오히려 훨씬 민첩하게 —그리고 좀 더 약삭빠르게— 움직일 수 있다는 장점으로 작용하는 것 같았다. 그들은 퀸틸리안 병사들을 장난감 병정 가지고 놀듯 이리저리 던져 대고, 대對드래곤 공격 무기들을 즐겁게 깨부수고 다녔다. 그들 중 하나가 브라스티아스 쪽으로 날아오더니, 그가 상대하고 있던 몇 명의 병사들을 엉덩이로 깔아뭉개며 내려앉았다.

그녀가 그들이 향하고 있는 쪽을 가리키며 소리쳤다.

"가요! 앤닐이 저기 있어요. 혼자서 싸우고 있다고요!"

브라스티아스는 충격으로 얼어붙어 잠시 멍하니 드래곤을 바라보기만 했다.

"아휴, 그렇게 보고만 있을 거예요? 움직여요!"

드래곤의 재촉에, 그는 휘파람 신호로 말을 불러 잽싸게 올라탔다.

"다넬린! 병사들을 불러 모아라!"

브라스티아스는 자꾸만 새어 나오려는 웃음을 참지 못하고 부관을 향해 싱긋 웃으며 말했다.

"우리 여왕님께 간다!"

로나가 모퉁이를 돌아 나왔을 때, 앤널은 퀸틸리안 사령관으로 보이는 작자의 말에 내려앉아 살육을 개시한 참이었고, 그녀가 이끌고 온 병사들이 양 측면에서 쏟아져 나와 퀸틸리안 병사들과 교전을 시작했다.

"로나 언니!"

"언니!"

"로나!"

비명 같은 삼중창이 들려오고, 세쌍둥이가 달려들어 그녀를 껴안고 새끼 드래곤들처럼 꺅꺅거렸다. 로나는 그들 하나하나를 끌어안아 주며 동생들이 무사히 잘 있었다는 데 마음속으로 감사했다.

"언니가 돌아와서 너무나 기뻐. 솔직히, 우린 언니가 그런 일들을 대체 어떻게 해냈는지 모르겠어. 그 온갖 일들이라니! 그냥 젠장맞을 악몽이잖아!"

에다나가 말했다.

"에다나가 언니 노릇을 하느라고 바빴지."

브리나가 장난을 걸듯 말했다.

"우린 막 놀려 줬고 말이야."

네스타가 말을 더했다.

"그래, 너희 모두 괜찮아 보여서 좋구나. 그보다 이쪽 상황은 어떻지?"

로나가 물었다.

세쌍둥이는 즉각 심각한 얼굴이 되었고, 에다나가 먼저 대답했다.

"놈들이 우릴 함정에 빠트렸어, 언니. 우리 터널 바로 아래에다 망할 함정을 만들어 놨지."

"엊그제부터 동굴 안에서 놈들을 발견하기 시작했는데, 우린 그냥 우리가 놓친 또 다른 출입구가 있었나 보다고만 생각했어. 하지만 놈들은 그동안 내내 우리 밑에 있었던 거야."

"우릴 공격할 때만 기다리면서. 그리고 오늘 아침에 공격을 개시했어. 폴리카프 산맥을 지워 버린 게 먼저였고, 우릴 유인해낸 게 그다음이었지."

브리나가 뒤를 이었다.

"얼마나 잃었지?"

동료 병사의 손실은 그 하나하나가 칼처럼 그녀의 가슴을 찔렀지만, 진짜 숫자와 진짜 정보를 결코 피하려 하지 않는 로나는 단도직입으로 물었다.

"신병들 몇 명."

에다나가 대답했다.

"놈들의 공격이 시작됐을 때, 우리 모두는 터널을 빠져나오는 중이었어. 그런데 바닥이 발밑에서 한 번에 주저앉았어."

네스타가 고통을 감추지 못하고 고개를 떨궜다.

"우린 아우스텔을 잃었어, 언니. 놈들이 터널 아래에다 창들을 세워 놨는데, 우리가 그……."

로나는 앞발을 들어 동생의 말을 잘랐다.

"아우스텔이 죽었다고? 에이브히어와 켈뤈은?"

아우스텔은 그 둘과 떨어지는 법이 없었다. 그러니까 그가 터널에 있었다면 그 천치 같고 망나니 같은 사촌들 또한 거기 있었을 가능성이 높았다.

"터널 속에서 강철 놈들과 싸우고 있어."

"놈들이 그쪽으로는 정예 병사들을 보낼 텐데, 그 녀석들만으로는……."

"켈뤈은 에이브히어를 데리러 간 거야."

에다나가 설명했다.

"에이브히어가 그 자리를 떠나지 않으려 해서. 그 애는 화나 있어, 언니."

세쌍둥이가 이구동성으로 말했다.

"아주아주, 굉장히 화가 났어."

"자신을 탓하는 거 같아."

네스타가 속삭이듯 덧붙였다.

"아우스텔 일로……."

"지금은 어쩌고 있는지 모르겠다."

에다나가 계속했다.

"하지만 한동안은 그 애 혼자 강철 놈들을 막고 있었어. 그웬바엘과 브리크가 부대를 이끌고 나타났을 때까지는."

브리나가 고개를 끄덕이더니 한마디 더했다.

"마인하르트도 거기 있어."

"그럼 이제부터 우린 뭘 할까, 언니?"

에다나가 물었다.

"가서 말을 퍼트려 줘. 우리가 '반역왕'을 데리고 왔거든. 그가 트라시우스를 깨부수는 데 도움을 줄 거야."

"누구?"

"자세한 설명은 나중에 해 줄게. 그와 그의 군대는 강철 드래곤과 퀸틸리안인 들이야. 하지만 트라시우스 놈과는 전혀 친구가 아니지. 우리 쪽 강철 드래곤들은 갈기를 길게 늘어트리고 있고, 인간들은 검은색과 은색 줄로 된 어깨띠를 걸고 있어. 적이 붉은색과 금색 어깨띠를 하고 다니는 거 알지? 너희가 각 부대 지휘관들에게 가서 알려 줘. 하나도 빼먹지 말고 모두 다에게."

로나는 짧게 한숨을 내쉬고 말을 이었다.

"특히 어머니한테. 그쪽 분들한테는 가이우스와 그의 군대가 동맹이란 걸 반드시 말씀드려야 한다. 그들이 우리 손에 해를 입는 일이 생겨서는 절대로 안 돼. 특히 '반역왕' 가이우스는. 그자가 트라시우스를 죽일 수 있는 유일한 존재일 테니까. 자, 이제 들 가 봐."

동생들이 떠나가자, 로나는 앤빌 곁으로 내려앉았다.

"앤빌, 괜찮아요?"

여왕이 또 다른 시체에서 칼을 뽑아내며 소리쳤다.

"괜찮지. 기분 엄청 좋아! 다들 어쩌고 있어?"

"아직 모르겠어요. 함정이 있었대요, 앤널. 강철 놈들이 터널을 통해 밀고 들어왔어요. 난 가서 아직 그 안에 있는 애들을 확인해 봐야겠어요."

"가. 난 괜찮으니까."

여왕이 미소를 지으며 멀리서 다가오는 자신의 군대를 가리켜 보였다.

"내 병사들이 여기 있어. 그리고 봐, 모르퓌드도 왔네."

그녀가 모르퓌드의 주의를 끌기 위해 칼을 높이 쳐들고 흔들었다. 로나는 그 젠장맞을 것에 얻어맞지 않으려고 멀찍이 물러나야 했다.

여왕이 고함쳤다.

"모르퓌드! 어이, 모르퓌드!"

모르퓌드가 그녀들 쪽으로 날아오는 걸 보고, 앤널이 로나에게 가 보라는 몸짓을 했다.

"가서 다른 애들을 도와줘. 난 염려 말고."

로나가 고개를 끄덕이고 날아오르려는 순간, 여왕이 말했다.

"아, 참! 카드왈라드르 세쌍둥이 말이야, 훌륭하던데. 잘 가르쳤더라."

갑작스러운 칭찬에 놀라서 로나는 저도 모르게 더듬거리고 말았다.

"아, 어…… 감사……."

"얼른 가. 여긴 내가 끝내 버릴 테니까. 그러고 나서 내 군대가 가이우스를 도울 수 있는지 봐야지."

"고마워요, 앤닐."

"아니야, 내가 고맙지. 모든 게 다."

그리고 아주 잠깐 동안, 로나는 진짜 앤닐을 보았다. 자식들과 짝을 사랑하고 자기 백성을 아끼고 보살피는, 그들을 위해 기꺼이 목숨도 내놓을 수 있는 맑은 정신의 그녀를. 하긴, 이미 그러기도 했지.

하지만 곧 그 미친 미소가 돌아왔다.

"자, 이제 가. 날이 저물기 전에 따 버려야 할 모가지가 너무 많다고."

그때, 모르퓌드가 그들 앞에 미끄러지듯 내려앉았다. 그녀는 발톱으로 퀸틸리안 병사 몇을 질질 끌고 있었다.

"모르퓌드!"

앤닐이 자신의 전투 마법사에게 반갑게 인사했다.

"이 망할 여자야!"

모르퓌드가 답례로 으르렁거렸다.

여왕이 숨을 헉 들이켜더니 되쏘았다.

"왜 소리부터 지르고 난리야? 내가 뭘 어쨌다고?"

"당신이 뭘 어쨌냐고? 떠났잖아! 그게 당신이 한 짓이야, 이 구제 불능아! 나한테 아무 말도 않고서! 브라스티아스한테도! 게다가 내 바보같이 감수성 풍부한 조카랑 어린 사촌을 데리고 갔잖아!"

"감히 나한테 소리 지르지 마라, 공주! 난 여왕이야. 내가 지배한다! 내가 자살 임무를 떠나고 싶다면, 당신 조카든 사촌이든 뭐든 데리고 갈 수 있어! 왜냐고? 내가 여왕이니까!"

"당신은 정말이지 세상에서 제일 멍청하고 참아 줄 수 없고 감당 안 되는 여자야!"

"그리고 당신은 징징거리는 왕족이지! 그래, 내가 드디어 말했다! 징징거리는 왕족! 이제 모두가 진상을 알게 됐네!"

그 난리에 말려들고 싶지 않았기 때문에, 로나는 날개를 펴고 하늘로 날아올랐다. 자신을 기다리고 있는 악몽이 무엇이건, 거기 그 동굴을 향해.

34

긴 갈기의 강철 드래곤과 검은색 어깨띠를 하고 있는 퀸틸리안인은 '반역왕'의 군대라는 이야기가 사우스랜드와 노스랜드 병사들 사이로 빠르게 퍼져 나갔다. 비골프는 그들이 싸우는 방식을 보고 인상 깊다고 말할 수밖에 없었다. '반역왕'의 군대는 한때 자신들과 한편이었던 자들에게 잔혹하고 무자비했다. 그것은 아마도 그동안 그들과 그들이 사랑했던 이들이 너무나도 가혹한 취급을 받아 왔기 때문일 터였다.

그러나 그들 중 누구도 트라시우스에게는 다가갈 수 없었다. 비골프가 일견하기에도, 가이우스는 자기 삼촌을 보고 싶어 안달이 난 듯했지만 제아무리 가까이 접근해도 여전히 사정거리 안으로 들어가지 못했다. 트라시우스가 자기 딸로 하여금 아그리피나에게 그런 짓을 저지르도록 허용했다는 사실만으로도 가이우스는 삼촌의 목줄기를 틀어쥐고 최후의 숨결이 빠져나올 때까지 쥐어짜고 싶을 게 분명했다. 그는 하늘 높이 솟구쳤다가 한데 엉켜 싸우는 드래곤들을 넘어 트라시우스에게 접근하려고 몇 번이나 시도했다. 하지만 매번 충분히 가까워지기 전에 강철 드래곤 병사들에게 저지당하고 말았다. 그들 역시 가이우스를 죽이지는 못했지만 —물론 계속해서 시도는 하고 있었다— 자기네 대군주에게 접근하려는 그의 몸부림만은 성공적으로 막아 내고 있었다.

라그나가 비골프의 팔을 잡고 자기 쪽으로 당기며 말했다.

"마인하르트의 부대를 터널 밖으로 끄집어냈어. 그들이 오른쪽으로 치고 들어올 거야. 넌 네 부대를 끌고 선회해서 왼쪽으로 밀고 들어와. 피어구스와 난 이쪽에서 밀어붙일 테니까. 알아들었어?"

비골프는 물론 알아들었다. 그렇게 하면 마치 집게로 쥐새끼를 꼭 붙들고서 쥐어짜는 형국이 될 것이다. 그는 낮게 휘파람을 불어 부하들에게 신호를 보내고 부대 전체에 명령이 전달되기를 기다렸다가 조용히 부대를 빼서 정해진 위치로 향했다.

로나는 지난 오 년 동안 집이라고 불렀던 산속 동굴로 날아 들어갔다. 그 집은 이제 동료들과 적들의 시체로 가득 차 있었다. 그녀는 그 긴 시간 동안 강철 놈들의 꿍꿍이를 알아채지 못했다는 사실에 이를 갈고 스스로에게 화를 내면서 터널로 향했고, 적들을 밀어붙이고 창으로 꿰어 가며 길을 뚫었다.

그렇게 어느 모퉁이를 돌던 그녀는, 갑자기 브로드소드가 날아드는 기척에 재빨리 방패를 들어 올렸다. 하마터면 두개골에 골짜기가 생길 뻔한 아슬아슬한 순간이었다.

"로나?"

로나는 살짝 방패를 내렸다.

"어머니……."

그녀는 어머니가 당신의 큰딸을 거의 죽일 뻔했다는 사실에 대해 미안함을 표현하기보다는 몰래 접근했으니 그런 일을 당해도 싸다고 꾸짖기부터 할 줄 알았다. 하지만 '난도자' 브라다나는 그녀의 방패를 한쪽으로 밀쳐 버리고…… 그리고 그녀를…… 껴안았다.

"어머니……?"

"네 동생들이 나한테 계속 거짓말을 했다. 하지만 결국 아는 걸 다 털어놨지. 좀 전에 네가 앤널과 함께 있었다는 얘길 들었다. 맙소사! 이것아, 우린 널 영원히 잃을 수도 있었어!"

"전 괜찮아요, 어머니. 정말요."

그리고 로나는 불쑥 그러고 싶은 기분이 들어서 말했다.

"게다가 사랑에 빠졌어요!"

일순, 어머니가 굳어졌다.

"사랑? 앤널과?"

브라다나는 짐짓 어깨를 추썩이며 급하게 말을 이었다.

"뭐, 그게…… 난 항상 그런 건 상관없다고 생각했다. 문제는 그 애가 피어구스의 짝이란 거……."

로나는 어머니의 머리통을 한 대 치고 싶은 욕망과 싸우며 말을 잘랐다.

"아니요, 비골프예요."

어머니가 한 걸음 물러섰다.

"비골프? 그…… 그……."

갑자기 나타난 강철 드래곤이 브라다나를 뒤에서 공격했지만, 그녀는 자연스럽게 몸을 돌리며 브로드소드를 휘둘러 놈을 두 토막으로 만들어 주고 그대로 다시 돌아서 딸을 마주하며 코웃음 쳤다.

"그 번개 자식?"

로나는 어머니의 뺨을 발톱 끝으로 다정하게 두들기며 미소 지었다.

"예, 그 번개 자식 맞아요. 이만 실례해야겠네요. 도우러 갈 데 가 있어서."

"감히 어딜. 얘기하다 말고……."

"그건 기다려 주셔야죠, 어머니. 죽일 게 많다고요."

로나는 보이는 대로 강철 놈들을 죽여 가며 몇 개의 작은 동굴 들을 지나쳤다. 마침내 터널이 시작되는 지점에서 켈뢴을 찾아낸 그녀는 그의 곁으로 날아갔다.

"켈뢴!"

상대하고 있던 강철 드래곤의 얼굴에 방패를 내리꽂으며 켈뢴 이 소리쳤다.

"누나! 신들이여, 감사합니다! 누나가 와서 너무 다행이야! 에 이브히……."

"그 앤 어디 있니?"

"아직 터널 안에 있어."

"걔만 두고 나왔다고?"

"그 녀석, 나오려고 하지를 않아."

그가 터널 출입구 쪽으로 향하자 로나도 따라갔다. 그들은 출입구 바로 바깥에서 멈추었고, 로나는 시야를 가득 채우는 강철 드래곤들의 모습에 숨을 들이켜야 했다. 시체들이긴 했지만 그래도……. 강철 드래곤 정예 병사들이 조각나고, 뭉개지고, 다져져, 저희 어머니들이 와서 본다 해도 ─로나의 어머니라면 틀림없이 자랑스러워하겠지만─ 알아볼 수 없을 기괴한 덩어리가 되어 있었다.

"봤지?"

켈뢴이 말했다.

"에이브히어가…… 이랬다고?"

"직접 봐."

로나는 시체를 건너 날아가 터널 안을 들여다보았다. 에이브히어가 거기 있었다. 터널 바닥이 내려앉은 그곳, 날카로운 창들이 여전히 날을 세우고 늘어서 있는 그곳 상공을 선회하면서 누구의 것인지도 모를 워해머와 맨손을 동시에 써 가며 강철 드래곤들을 닥치는 대로 죽이고 있었다.

"아우스텔 일로 자신을 탓하고 있는 거야. 하지만 잘못이 있다면 우리 둘 다 마찬가지인데……."

켈뢴이 그녀 뒤에서 말했다.

"그건 나중에 걱정하고. 뒤를 봐줘. 내가 저 녀석 데리고 올 테니까."

"바로 뒤에 있을게."

로나는 터널 속으로 날아 들어갔다.

무너진 바닥 근처에 이르자 그녀도 아우스텔의 시체를 볼 수 있었다. 그 순간, 사촌 동생의 아픔은 그녀의 것이 되었다. 전사에게 있어서 전장에서 처음으로 동료를 잃는 것만큼 괴로운 경험은 없다. 게다가 더 나쁜 것은 상황이었다. 로나는 에이브히어가 친구의 죽음을 오로지 자신의 탓으로만 받아들이리란 것을 알 만큼 그를 잘 이해하고 있었다. 그럴 여유만 있다면 그녀도 에이브히어와 함께 앉아 얘기를 나눠 주고 싶었다. 전쟁에 대해 이야기하고, 그들이 서로 어떻게 지켜 주는가를 이야기하고, 그럼에도 불구하고 전장에서는 누군가를 잃을 위험이 항상 존재한다는 것을 이해시켜 주고 싶었다. 내가 무엇을 어떻게 하건 동료를 잃게 되는 경험을 피할 수는 없다고 말해 주고 싶었다. 그럴 여유만 있다면, 그럴 시간만 있다면……

젠장, 젠장! 계속 이러고 있을 순 없어.

"에이브히어!"

앞발에 쥔 적의 콧잔등을 후려치고 있던 블루 드래곤이 천천히 고개를 돌렸다.

"에이브히어!"

쥐고 있던 적이 움직임을 멈추자 에이브히어가 앞발을 풀어 놈을 그대로 떨구었다. 로나는 그에게 좀 더 가까이 날아갔다.

그리고 그가 그때까지 혼자서 막고 있던 적들을 보았다. 동굴 밖의 강철 드래곤 부대와 합류하기 위해 터널을 나오려 했지만 끝내 에이브히어를 통과하지 못한 적들의 숫자는…… 그저 감탄스러울 뿐이었다.

"그래, 누나가 옳았어."

에이브히어가 입을 연 순간, 로나는 그의 상처가 얼마나 큰지를 느낄 수가 있었다.

"누나가 계속 경고했는데, 난 들은 척도 안 했지. 그래서 내 친구가 죽었어."

"에이브히어, 그만해. 네가 아우스텔을 죽인 게 아니잖아."

"내가 죽인 거 맞아. 누나는 하지 말라고 했는데 내가 듣지 않았지. 계속했잖아. 그만두지 않았잖아. 그래서 아우스텔이 죽었어. 내 탓이야."

"에이브히어, 그건 네 탓이 아니야. 켈뤼 탓도 아니고."

"내 탓 맞아. 내 탓이야."

"에이브히어, 그만해. 당장 그만해. 들어 봐, 네가 정말 누군가를 탓해야겠다면 그건 트라시우스야."

사촌 동생이 눈을 깜빡이더니 그녀를 빤히 바라보았다.

"트라시우스?"

"그래, 그놈이 아니었다면 애초에 우리가 이 지경에 이르지도 않았을 거잖아. 하지만 그런 식으로 책임을 추궁하다 보면 우린…… 에이브히어, 안 돼!"

로나는 사촌 동생이 위해머로 동굴 벽을 내리치는 것을 보았다. 그대로 뚫고 나가겠다는 듯 엄청난 힘으로 거듭해서 내리치는 것을. 켈뷘이 그녀 곁으로 날아왔다가 에이브히어를 막으려고 방향을 틀자 그녀는 서둘러 붙잡았다. 끝없이 워해머만 휘두르고 있을 것 같던 에이브히어가 뒤로 물러나더니 화염을 내뿜으며 곧장 벽을 향해 돌진했던 것이다.

이제 저 카드왈라드르 남자의 분노를 감당할 것은 오직 천 년의 세월을 버텨 온 동굴의 벽뿐이었다. 그리고 바로 이 순간, 그것이 에이브히어의 모습이었다.

비골프의 부대는 강철 드래곤 부대의 뒤쪽으로 돌아가 왼쪽에서부터 거리를 좁혀 갔고, 마인하르트의 부대는 오른쪽으로부터 다가왔으며, 피어구스와 라그나와 가이우스는 중앙에서부터 적들을 밀어붙이고 있었다. 그렇게 전황이 바뀌고 있음에도 불구하고 트라시우스를 잡는 일은 여전히 요원해 보였다. 그는 강력한 정예부대로 둘러싸여 있어서 원한다면 얼마든지 그들과 함께 날아올라 이곳을 벗어날 수도 있을 터였다. 물론 당연히 추적은 하겠지만, 그런다고 그를 잡으리라는 보장은 없었다.

하지만 그 무엇도 중요하지 않았다. 그들은 지금 이곳에서 반드시 대군주를 끝장낼 작정이었다. 그들은 강철 놈들을 죽이고 또 죽이며 앞으로 나아갔다. 그리고 결국 트라시우스에게도 가까워져 갔다.

비골프는 가이우스가 그자를 칠 준비를 하고 있는 것을 보았다. 하지만 트라시우스가 호위들에게 뭔가 몸짓으로 명령을 내렸다. 새로운 곳으로 자리를 옮기자는 의미이거나 이곳을 아주 떠나자는 의미이거나, 어쨌든 그자가 날개를 펼치고 있었다. 바로 그때, 비골프는 그녀를 보았다.

어린 드래곤 하나가 트라시우스의 근위대 사이로 우연인 듯 자연스럽게 섞여 들어갔다. 그녀는 갑주도 입지 않았고 무기도 들고 있지 않았다. 게다가 여자였으니, 누구의 눈에도 위협으로 보이지 않는 듯했다. 그렇게 아무도 주의를 돌리지 않는 사이, 그녀는 착실하게 대군주 가까이로 다가갔다. 그리고 어느 순간 갑자기 트라시우스의 등을 향해 미친 듯이 달려들었다. 검은 비늘 돋은 그녀의 팔이 트라시우스의 목에 감겨들었을 때에야 주변의 호위들도 그녀의 존재를 알아챘다.

"맙소사, 제기랄……."

비골프는 한숨처럼 속삭이고는 저도 모르게 소리쳤다.

"브란웬, 안 돼!"

물론 트라시우스는 간단히 그녀를 잡아채 던져 버렸고, 그녀는 몇 번이나 몸이 뒤집히면서 다른 병사들 쪽으로 날려 갔다.

피어구스도 그녀를 보았던지 병사들에게 자신의 '어리고 아주 어리석은 사촌 동생'을 도우러 가라고 명령을 내렸다. 그리고 브란웬이 한 짓이 그저 분산책이었을 뿐임을 알아챈 순간, 비골프도 자기 부대에 진격 명령을 내렸다. 트라시우스—병사들에게 자기가 금방 내던진 '저 무엄한 강아지 년'을 죽이라고 길길이 뛰고 있었다—의 진짜 문젯거리는 여전히 그의 등에 타고 있었기 때문이다.

갈색 피부의 여자—트라시우스의 진짜 문젯거리—가 너무 거대해서 그 팔뚝으로는 가누기도 힘들어 보이는 드래곤용 배틀 액스를 머리 위로 들어 올렸다가 트라시우스의 날개와 척추가 만나는 지점을 정확하게 내리쳤다. 대군주의 어깨에서 피가 확 뿜어져 나오고 그자가 고통의 포효를 내질렀다. 하지만 이제 트라시우스는 날아오를 수 없게 되었다. 덫에 걸린 것이다.

비골프가 방패를 쳐들고 막 다음 명령—이제 트라시우스의 가장 큰 약점이 된 쪽으로 진격의 방향을 잡으라는—을 내리려던 순간, 그곳에 있는 모두가 그 폭발음을 들었다. 동굴 벽이 터져 나오며 바위와 흙덩이 들이 쏟아지고, 그 열린 구멍으로 화염이 뿜어져 나왔다.

비골프는 잠시, 강철 놈들이 동굴 안에 또 다른 폭발물을 설치해 둬서 헤시오드 산맥도 폴리카프 산맥과 같은 운명을 맞게 되는 것인가 생각했다. 하지만 금방 생겨난 동굴 출구에서 무언가가 그들 쪽으로 튀어나왔다. 고대로부터 천 년의 세월을 버텨 온 동굴 벽을 깨부수고 튀어나온 그 무언가는 아주 빠른 속도로 움직였다.

"비골프!"

로나의 목소리를 듣고 시선을 돌린 비골프는 새로 생긴 동굴 입구를 빠져나오는 그녀의 모습을 보았다.

"막아! 저 애를 막아!"

로나가 목이 터져라 외쳤다.

비골프는 다시 시선을 돌려 그녀가 말한 '저 애'를 찾았고, 곧 알아보았다. '저 애', 동굴을 깨부수고 튀어나와 빠른 속도로 날아가고 있는 것은 에이브히어였다. 그리고 비골프는 경험으로 알았다. 그 무엇도 그를 막을 수 없을 것임을.

하지만 이지가······.

"이사벨!"

이번에는 비골프가 목이 터져라 외쳤다.

"이사벨, 피해!"

그의 목소리를 들었건 듣지 못했건 —비골프로서는 알 수 없었다— 이지는 배틀액스를 던지고, 분노해서 날뛰는 트라시우스의 등을 타고 뛰어올라 머리를 넘은 다음, 그의 콧잔등을 디딤대 삼아 다른 드래곤의 등으로 건너뛰었다. 그렇게 미끄러져 내려와 전투 중인 병사들 사이로 사라져 버렸다.

트라시우스는 잠시 그녀를 찾아 두리번거렸지만, 곧 무시무시한 포효를 듣고 —그곳에 있던 모두가 들었다— 몸을 돌렸다. 그 순간, 블루 드래곤 에이브히어가 온몸으로 부딪쳐 왔다. 한 덩이가 되어 언덕을 굴려 내려간 그들은 몸을 일으키자마자 곧장 전투에 돌입했다.

비골프는 높이 날아올라 땅바닥에서 싸우는 그들의 모습을 바라보았다. 하지만 로나가 그들을 향해 날아가고 켈뮌이 그녀를 뒤따르는 것을 보자, 내려가 그녀를 붙잡았다. 켈뮌도 자동적으로 그들 곁에 멈추었다. 거기서 그들은 에이브히어가 트라시우스를 상대로 자기 복수를 풀어내는 것을 지켜보았다.

에이브히어는 들고 있던 워해머를 먼저 썼다. 그것으로 대군주를 내리쳤다. 몇 번이고 내리쳤다. 그게 지루해지자 워해머를 던져 버리고 트라시우스가 그때까지 간신히 붙들고 있던 칼을 뺏어 들었다. 그것으로 대군주의 두개골을 내리쳤다. 두개골에 박힌 칼을 뽑아 다시 내리쳤다. 몇 번이고. 다시 몇 번이고…….

그들은 그곳에 서서 혹은 떠서 지켜보았다. 그들 모두가 보았다. 번개 드래곤, 화염 드래곤, 강철 드래곤, 노스랜더, 사우랜더, 퀸틸리안인…… 모두가 그저 지켜만 보았다.

시간이 얼마나 흘렀을까, 에이브히어가 트라시우스의 목에서 머리를 찢어 냈다. 양손에 나눠 쥔 대군주의 머리와 몸통을 높이 쳐든 블루 드래곤은 분노의 포효를 내지르며 그것들을 던져 버렸다. 그리고 숨을 헐떡이며 사방을 둘러보았다. 그의 시선이 멍하니 멈춰 있던 트라시우스의 군대에 가 닿았다. 소진되지 못한 분노가 다시금 타오르는 듯, 에이브히어의 발톱이 구부러지며 살을 파고들고 단단히 말린 주먹이 부들부들 떨렸다. 대군주를 죽인 건 분명하지만, 확실히 그의 일은 끝나지 않은 모양이었다.

그 순간, 라그나가 벽력같이 외쳤다.

"공격!"

비골프는 로나를 잡고 있던 팔을 놓고 그녀를 슬쩍 밀었다.

"가. 가서 다 죽여. 이날을 기억하는 자가 아무도 남지 않을 때까지."

그리고 씨익 웃으며 덧붙였다.

"기억은 우리가 해 주지."

그렇게 그들 모두는 흩어졌다. 각자 자기 할 일을 하러.

35

이지와 브란웬은 어느 동굴 곁에 무너지듯 주저앉았다. 둘 다 거의 움직일 수 없을 만큼 기진해 숨을 헐떡이고 있었다.

"네가, 헉…… 생각해 낸, 온갖…… 계획 중에서……."

브란웬이 한숨처럼 말을 이었다.

"절대적으로…… 최고의 멍청한 짓이었어."

"그래도, 헉…… 통했잖아. 안 그래? 그놈은, 후우…… 틀림없이 도망갔을 거야. 막 그럴 참이었잖아. 하아……. 넌 어떤지 모르겠지만, 난 뭔가 새로운 걸 죽이러 갈 준비가 됐는데."

"그 개 같은 바테리아 년이 아직 살아 있잖아."

"그건 우리 문제가 아니야. 가이우스랑 그의 누나가 해결할 일이지."

"하, 그래? 넌 그저 우리……."

"부모님이 모르기만을 바란다고?"

딱딱한 목소리가 그녀들의 머리꼭지를 쳤다. 이지와 브란웬은 움찔했다가 슬그머니 고개를 들었다. 브리크와 글레안나가 조금 열 받은 것 이상의, 훨씬 이상의 시선으로 그들을 내려다보고 있었다.

이지는 자신의 표정 중에서 최고로 달콤한 미소를 띠려고 애쓰며 입을 열었다.

"아빠……."

"시끄럽다."

확실히, 오늘은 최고의 달콤한 미소도 안 통할 모양이었다.

피어구스는 동부 통행로를 향해 길을 열어 가고 있었다. 그리고 그 길에서 사우스랜드의 인간 군대와 누이동생과 앤빌, 주변을 둘러싼 적들을 차근차근 죽여 나가는 동시에 그의 누이동생과 열띤 말싸움을 하고 있는 짝을 보았다. 그 두 가지를 동시에, 그것도 훌륭히 해낸다는 사실은 앤빌의 능력에 대해 시사하는 바가 크다고 할 수 있었다.

"여기까지 와서 아무 일도 안 하고 그렇게 내 옆에 붙어 앉아지랄 맞게 소리만 지를 거면 차라리 그냥 집에나 가지!"

앤빌이 모르퓌드에게 소리쳤다.

"나한테 명령하지 마요! 그런 짓을 저질러 놓고서! 내가 당신 뼈다귀에서 살을 발라 버리지 않은 걸 감사하게 여겨야죠!"

"사랑스럽죠?"

또 다른 목소리가 피어구스 곁으로 다가왔다.

"물론 모르퓌드 말입니다."

피어구스는 마상에서 그의 누이동생을 다정한 눈으로 바라보고 있는, 앤널 군대의 장군이자 모르퓌드의 짝에게 눈알을 굴려 보였을 뿐이다.

"전황은?"

"거의 끝나 갑니다."

브라스티아스가 대답했다.

"도망간 놈들을 추적하라고 분대 몇 개를 보내 놨죠."

"포로는 없고?"

"여왕님이 포로 싫어하시는 거 알잖습니까. '그냥 다 죽여.' 쪽이시죠. 게다가……."

브라스티아스가 굳이 어깨를 추썩이며 말했다.

"그러는 편이 쓸데없이 식량을 축낼 일도 없습니다. 결국엔 다 죽여야 할 테니까요. 살려 두는 건 시간 낭비이기도 하죠."

"그보다, 부탁인데…… 모르퓌드 좀 데려가 줘."

"기꺼이."

하지만 앤널의 장군은 곧장 가는 대신 미소를 지었다.

"당신이 무사히 살아 있는 걸 보게 돼서 얼마나 기쁜지 상상도 못 할 겁니다, 피어구스."

피어구스는 웃음을 터트렸다.

"진심인가? 당신이 어떤 식으로든 날 신경 쓸 거라곤 생각도 해 본 적 없는데."

"물론 신경 씁니다. 아, 여왕님의 군대 전체가 당신의 생사에 신경을 쓰죠. 장담하는데, 당신에게 무슨 일이라도 생겼다가는 우리 군대에 암흑기가 닥쳐올 겁니다. 진짜 캄캄한 암흑기가 되겠죠."

그렇게 말한 브라스티아스는 말에 박차를 가해 앞으로, 여전히 말싸움 중인 여자들에게로 달려갔다. 자신보다 훨씬 거대한 드래곤의 모습을 하고 있는 짝에게 조금의 위화감도 느끼는 기색 없이 그가 누이동생을 불렀다.

"모르퓌드. 내 사랑, 잠시 얘기 좀 할까?"

"좋아! 이 배은망덕한 여왕님한테서 제발 날 구해 줘!"

모르퓌드가 쿵쿵거리며 걸어가 버리자, 앤넬은 그녀의 등에 대고 점잖지 못한 동작을 날려 보이고는 돌아섰다. 이미 죽어 가고 있지만 아직 강을 건너지는 못한 적병을 깔끔하게 마무리하기 위해서였다. 그녀는 목에서 척추가 분리된 그자를 효과적으로 보내 주기 위해 창을 사용했다. 아마도 글레안나 고모에게서 배운 요령일 것이다.

피어구스는 그대로 서서 짝의 모습을 좀 더 지켜보았다. 그녀를 마지막으로 본 지도 오 년이 지났다. 그녀를 만져 본 지도, 그녀와 키스한 지도, 그녀와 섹스한 지도. 그녀의 미소를 보고, 진정하라고 그녀를 달래고, 누군가를 해치기 전에 그녀의 손에서 무기를 잡아채고, 제 속으로 낳은 딸과 난투극을 벌이려는 그녀를 뜯어말린 것도 모두 다 오 년 전의 일이었다. 피어구스가 그런 일들을 마지막으로 한 후로 너무나 긴 시간이 지나 버려서 지금 여기 이렇게 모든 일을 끝내고 아주 가까이에서 그녀를 보고 있자니 조금 압도되는 느낌이었다.

앤널이 창으로 또 다른 퀸틸리안인을 꿰고는 거기 기댄 채, 손등으로 이마를 닦으며 자신과 자신의 군대가 해낸 일을 굽어보았다. 그녀는 좀 자랑스러워하는 것 같았다. 이제 더는 기다릴 수가 없어진 피어구스는 그녀를 향해 걸어갔다. 내딛는 걸음마다 시체들이 밟혔지만 별로 신경 쓰이지 않았다. 어차피 대부분이 적의 시체였으니까. 그리고 그녀가 아주 가까워졌다.

"앤널."

그녀의 온몸이 굳어졌다. 하지만 곧 앤널이 천천히 돌아섰다. 피어구스는 그녀의 얼굴 전체를 가로지르는 새로운 상처를 보았다. 정신이 산란해질 만큼 매혹적이어서 당장이라도 둘만 있는 곳으로 가서 그 망할 상처를 끝에서 끝까지 핥아 보고 싶을 지경이었다.

하지만 앤널이 너무 오래 그를 바라보고만 있자, 피어구스는 걱정스러워졌다. 그녀는 왜 아무 말도 하지 않는 것일까?

그때 갑자기, '피투성이' 앤널이 울음을 터트렸다. 그냥 울음이 아니었다. 격한 흐느낌이었다. 흐느낌이 그녀의 온몸을 덜컥거리게 흔들고 그녀의 무릎을 꺾었다. 앤널은 여전히 두 손으로 창을 붙잡은 채, 거기 필사적으로 매달리듯이 몸을 떨며 울었다.

피어구스는 인간의 모습으로 변신해서 그녀 곁에 무릎을 꿇었다. 그녀의 손가락을 하나하나 풀어 창에서 떼어 놓고 앤널을 일으켜 세웠다. 두 팔로 그녀를 감싸 꼭 끌어안았다. 앤널이 그의 허리에 팔을 감고 그의 가슴에 머리를 기댔다. 그녀의 눈물이 그의 몸을 타고 흘러내려 전장을 물들인 피바다에 섞여 들었다. 그렇게 대살육의 벌판 한가운데에서 서로를 꽉 끌어안은 채, 피어구스는 속삭였다.

"나도 당신이 그리웠어, 앤널."

"가이우스?"

가이우스는 삼촌의 병사들 중 하나로부터 칼을 뽑아낸 다음, 뒤에 선 드래곤을 향해 몸을 돌렸다.

"올게어 일족의 라그나입니다. 비골프의 형이죠."

"그래, 비골프가 내 누이를 구하는 일을 도와줬지."

가이우스는 고개를 끄덕였다.

"그 일행 모두에게 큰 빚을 졌어. 그래서 날 찾아온 건가, 번개 드래곤? 대가를 받으러?"

"아니요. 하지만 얼마를 치를 생각인지는 궁금하군요."

그가 빤히 보기만 하자, 노스랜더가 미소를 지으며 말했다.

"농담입니다. 사실, 내가 당신을 찾아온 이유는 동맹에 대해 얘기하고 싶어서죠. 트라시우스는 죽었지만 그 직계혈족이 아직 살아 있으니까요."

"내 사촌 바테리아 얘기로군."

"그 여자가 진짜 위협이 될 거라고 생각합니까?"

"자기 아버지처럼 군사교육을 받은 건 아닐지 몰라도 그 여자가 심각한 위협이라는 점에는 의문의 여지가 없지."

"그럼 얘기를 해 보죠."

"좋아. 하지만 난 여기 오래 머물 수 없어. 내 누이가 혼자 있으니까. 게다가, 우리가 여기까지 온 건 순식간이었지만 돌아가려면 시간이 꽤 걸릴 테니까."

"순식간? 어떻게 온 겁니까?"

"그게…… 설명하기 복잡한데."

"신들이 보내 줬습니까?"

"아…… 그러니까 그렇게 복잡한 일도 아니었군."

번개 드래곤이 빙그레 웃었다.

"우리에겐 아니죠, 전혀 아닙니다."

비골프는 드디어 로나를 찾아냈다. 그녀는 나무에 등을 기댄 채 땅바닥에 주저앉아 있었다. 수통을 들어 물을 마신 그녀가 더러운 옷자락으로 턱에 묻은 피를 닦아 냈다. 그는 조금 전의 일을 떠올리며 물었다.

"당신 어머니가 금방 날 '수단도 좋은 개자식'이라고 부르셨는데 말이야, 왜 그러셨는지 당신은 알아?"

"맞는 얘기니까?"

로나의 대꾸에 그의 눈매가 가늘어졌다.

"왜 당신 어머니가……."

"아, 그냥 모른 척해."

로나가 자기 곁의 땅바닥을 톡톡 두들겨 보였다.

"앉아 봐. 일이 막 재밌어지려는 참이니까."

비골프는 그녀 곁에 엉덩이를 딱 붙이고 앉았다.

"어떻게 재밌어지는데?"

"기다려 봐."

"에이브히어는 어디 있어?"

"어딘가에. 누구와도 얘기하고 싶지 않은 것 같아."

그녀가 머리를 내저었다. 비골프는 그 몸짓에서 약간의 슬픔과 또 약간의 경외감을 감지했다.

"그 녀석, 결국 폭발하니까 제대로 폭발해 버리더라."

"괜찮아질 거야. 그냥…… 시간을 좀 줘."

비골프는 안심시키려는 듯 말했다.

"글쎄, 잘 모르겠어. 아우스텔 일로 정말 큰 충격을 받은 것 같았거든."

"우리 모두 전장에서 동료를 잃잖아, 로나. 하지만 결국 추스르게 돼. 그 녀석도 그럴 거야. 녀석이 너무 어려서 좀 더 힘든 것뿐이지. 그래서 시간이 좀 더 걸릴 테고. 어쨌거나, 지금 에이브히어에게 절대로 필요 없는 건 더 많은 여자들이 어린애 취급을 하는 거야."

"사실, 에이브히어를 절대로 어린애 취급 하지 않은 건 나밖에 없을걸. 난 그 녀석이 살아 있기를 바라는 거지, 엄마 노릇을 하려는 게 아니야."

로나가 그의 허벅지를 톡톡 쳤다.

"봐! 이제 시작한다."

"뭘? 뭐가 시작한다는 거야?"

오 미터쯤 떨어진 곳에서 라그나와 가이우스가 애기를 나누고 있었다. 형이 또 다른 동맹을 맺는 건 좋은 구경거리였다. 라그나는 그런 일을 잘했다. 하지만 라그나와 가이우스를 향해 조용히 다가가는 브리크의 얼굴은 꽤나 불쾌해 보였다. 이지가 그를 뒤따르며 어떻게 해서든 아버지를 진정시키려 애쓰고 있었는데, 별로 먹히는 것 같지는 않았다.

"가이우스에 관한 거야?"

비골프는 로나에게 물었다.

"아니, 전혀."

그녀는 육포 조각을 건네주었지만 시선은 여전히 앞을 향한 채였다.

브리크가 라그나와 가이우스 곁으로 다가가자마자 라그나를 왈칵 밀치며 소리쳤다.

"이 아첨꾼 개자식! 내 동생이 널 짝으로 고른 것도 놀랍지가 않다!"

비골프는 움찔했다.

"웨스트랜더들이 가반아일을 공격했다는 소릴 들었나 보군."

"제대로 짚었어."

"당신이 말해 줬구나, 그렇지? 전부 다 애기했어?"

"상세한 보고를 원하길래 해 줬지."

"하지만 로나……."

그녀가 말을 잘랐다.

"나한텐 상급자잖아. 그가 명령을 내리면 난 따라야 한다고."

비골프는 잠시 그녀의 눈을 들여다보았다.

"이런, 켄타우루스 똥! 꼭 그렇게 갚아 줘야 했어?"

"우릴 케이타와 함께 보냈잖아. 게다가 그 애의 정신 나간 계획을 다 알고 있으면서도. 당신 형은 저런 일을 당해도 싸."

"냉정하고 단단한 당신 심장 속으로 들어가서 아주 활활 불태워 주고 싶다."

"다정도 하시지."

로나의 대꾸에 그는 웃음을 터트렸지만, 피어구스와 앤널이 그웬바엘을 달고서 브리크를 비롯한 이들 곁으로 다가오는 것을 보고는 웃음이 쏙 들어가고 말았다.

"무슨 일이냐?"

피어구스가 동생에게 물었다.

"가반아일이 웨스트랜더들에게 공격당하는 중이래. 며칠 동안이나! 그런데 이 교활한 자식은 알면서도 아무 말 안 했다고!"

"그럼 우리 지금 당장 집에 가는 거야?"

그웬바엘이 신이 난 듯 끼어들었다.

앤널이 움찔하더니, 비골프와 로나를 돌아보고는 천천히 자기 짝의 뒤쪽으로 물러났다. 그녀는 그들이 퀸틸리안에 있을 때부터 웨스트랜더들의 공격을 알고 있었다. 그럼에도 불구하고 가반아일로 돌아가는 대신 가이우스를 찾는 여행을 계속했던 것이다. 물론 그녀가 옳았다. 그들에게는 가이우스와 그의 군대가 필요했다. 그들이 없었다면 트라시우스의 군대를 깨부수지는 못했을 것이다. 그들 모두는 가이우스가 직접 트라시우스를 죽이게 될 거라고 생각했다. 결국 그 일은 해낸 것은 에이브히어가 되었지만…… 그래도.

"우리에게 어떻게 말을 안 할 수 있지?"

피어구스도 따지듯 물었다.

"그러니까 우린 집에 가는 거지, 어?"

그웬바엘이 재촉하듯 물었다.

"들어 봐요."

라그나가 마침내 입을 열었다.

"케이타 생각이……."

브리크가 다시 한 번 그를 떠밀었다.

"우리 여동생이 대체 언제부터 '생각'이란 걸 하게 됐는데? 그리고 당신은 또 언제부터 그 애 '생각'에 귀를 기울이기 시작한 거야?"

"한 번만 더 날 떠밀면……."

"떠밀면 뭐? 뭘 어쩔 거냐, 야만족?"

로나가 하품을 하며 비골프의 어깨에 머리를 기댔다.

"난 좀 잘 수 있길 바랐는데, 보아하니 오늘 밤엔 다크플레인으로 가는 여정에 오를 모양이네."

"그래, 그럴 모양이네."

"그럼 당장은 어디로 갈까?"

"난 당신과 사랑에 빠졌어, 로나. 당신이 가는 곳이라면 어디든 따라가지."

로나가 머리를 들더니 그의 눈을 들여다보았다. 그리고 미소 지었다. 비골프가 정말로 오랫동안 보지 못한, 세상에서 가장 달콤한 웃음이었다.

"너희 둘은 또 거기서 뭘 하고 있는 거야?"

브리크가 그들 쪽을 향해 으르렁거렸다.

"어이! 어지간히 하시지, 왕자님! 난 지금 비번이라고!"

로나가 고함으로 받아쳤다.

"집으로!"

그웬바엘이 기어이 그들 사이로 뛰어들었다. 그리고 사방에 대고 소리치기 시작했다.

"우리 모두 집으로 가는 거야! 당장!"

브리크와 라그나와 피어구스가 일제히 그에게서 멀어졌다. 그웬바엘은 벌써부터 이동 준비 명령을 외치고 있었다.

"다들 할 일이 많다! 움직여! 다들 움직이라고! 당장!"

"그웬바엘은 굉장히 집에 가고 싶은가 보네."

어딘가 좀 이상해 보이기도 하는 그의 뒷모습을 눈으로 좇으며 비골프가 말했다.

"내 사촌께서는 자기 짝을 마지막으로 본 날 이후로 여자 냄새도 못 맡았거든. 그러니까 얼마나 됐나…… 삼 년쯤? 그웬바엘에게 섹스는 음식이나 마찬가지야. 그런데 삼 년을 굶은 거라고. 드래곤이 배가 고프면 그저 스테이크 생각밖에 못 하게 되는 법이잖아."

"말이 나왔으니까 하는 얘긴데……."

비골프는 주변을 한차례 둘러보았다.

"다들 철수 준비를 하는 동안, 어쩌면 나랑 당신이랑은 조용한 데를 찾아서……."

"너희 둘은 왜 안 움직여?"

그웬바엘이 그들을 보고 고함쳤다.

"움직여, 빌어먹을! 얼른!"

웃음을 터트린 로나가 자리에서 일어나 먼지를 털었다.

"내 사촌 머리가 터져 버리기 전에 그만 가자. 게다가 당신도 생각할 게 있잖아. 가반아일에 돌아가면 내 아버지한테 뭐라고 얘기할지 생각해 둬야지."

"아버지한테 말을 해? 내가 왜 당신 아버지한테, 그 엄청난 근육질 팔뚝의 드래곤에, 온갖 종류의 무기 전문가에, 용암을 분수처럼 뿜을 수 있는 그분한테 얘기를 하는데?"

"당신은 날 사랑하고 아버지도 날 사랑하시니까. 그러니까 그분이 당신 머리를 뽑아 버리시는 일 안 생기게 할 방법을 생각해 둬야 할 거야."

비골프도 자리에서 일어났다.

"알았어, 생각하지. 하지만 적어도 보람은 있게 해 줘, 로나."

"무슨 보람?"

"그만 놀리고, 이 여자야! 날 사랑한다고 말해 봐."

"그보다 더 좋은 걸 말해 주지. 나 어머니한테 당신을 사랑한다고 말했어. 내 어머니한테! 번개 드래곤 뿔을 갑주에 장식으로 달고 다니시는 '난도자' 브라다나 님한테 말이야."

비골프는 미소를 지었다. 그들은 몇 시간 안에 떠날 준비를 마치려고 서두르고 있는 병사들을 향해 걷기 시작했다.

"그래서 당신 어머니는 뭐라셨는데?"

"그건…… 정말로 몰라."

"그러니까 듣지도 않고 튀었다는 거구나."

"천만에, 안 튀었어. ……걸었지. 일부러 그런 거야."

"아, 그러셔. 그것참, 굉장히 다르네."

36

"놈들이 공습을 준비하는 중이다!"

리아논은 허약하고 조그만 인간들에게 소리치고 있었다.

"모두들 안으로 들어가! 서둘러! 당장!"

그녀는 자신이 누군가를 돕는 걸 이렇게 즐기리라고는 생각도 하지 못했다. 하지만 정말 그랬다. 드래곤 퀸은 기분이 좋았다. 꼭 어미 닭이라도 된 것 같았다.

사람들이 안전을 찾아 성안으로 밀려들고 있었다. 탈라이스와 에바만 빼고. 그녀들은 달려 나가고 있었다.

"너희 둘, 거기서 뭐하는 거냐? 웨스트랜더들이 성 밖에 와 있는데. 이제라도 공격을 시작할 참이란 말이다."

"아이들요."

에바가 말했다.

"아이들이 보이지 않아요."

리아논은 즉시 베르세락에게 전령을 보냈다. 그는 지금 일족과 함께, 전진하는 웨스트랜더 선발대의 후위로 돌아가 매복을 준비하고 있었다.

"지랄 맞은 퀴비치들은 어디 있는데?"

"성안을 수색하고 있어요. 하지만 탈라이스와 제 생각엔 아이들이 성안에 있는 것 같지 않아요."

에바가 다시 대답했다.

"잠깐. 내가 찾아보마."

리아논은 눈을 감았다.

"보세요!"

그때, 성벽 꼭대기에서 다그마가 그들을 불렀다.

"다들 여기로 올라오시는 게 좋겠어요."

탈라이스와 에바는 지나가는 병사들과 호위들을 밀치며 계단을 달려 올라갔다. 하지만 리아논이 그녀들 뒤를 따르자 길이 활짝 열렸다. 이윽고 네 여자는 성벽 난간에 기대서서 밖을 내다보았다. 웨스트랜더 군대가 성문에서 백 미터도 안 되는 거리에 도열해 있었다. 리아논은 수를 가늠해 보려다 그만두었다. 어쨌든 적어도 군단 단위는 되는 것 같았다.

다그마가 말했다.

"아래를 보세요."

세 여자는 난간 너머로 상체를 내밀어 성벽 바로 바깥쪽 지상을 내려다보았다.

거기에 아이들이 있었다. 리아논의 세 손주가 거기 서 있었다.

탈라이스가 아이들을 잡으려는 듯 손을 뻗으며 곧장 뛰어내리려 했지만, 에바와 다그마가 아슬아슬하게 붙잡아 끌어당겼다.

"대체 아이들이 어떻게 저기 나가 있는 거죠? 조금 전까지만해도 바로 우리 곁에 서 있었단 말이에요!"

탈라이스가 이해할 수 없다는 듯 소리쳤다.

"내가 가지. 내가 가서 애들을 데려올게."

에바가 나섰다.

하지만 이번에는 리아논이 그녀의 팔을 잡았다.

"안 돼."

"뭐하시는 거예요? 제정신이세요!"

탈라이스가 거의 비명처럼 소리쳤다.

"우리가 움직이면⋯⋯."

리아논은 서늘한 어조로 말했다.

"저들이 아이들을 죽일 거다."

웨스트랜드 기마 부대 총사령관의 부관은 세 아이들을 노려보고 있었다. 그들 중 누구도 아이들이 성에서 나오는 것을 보지 못했다. 마치 눈을 깜빡이기 전에는 아무것도 없던 곳에 깜빡이고 났더니 뭐가 나타난 것처럼, 텅 비어 있던 성문 앞에 아이들이 서있었다.

하지만 그들에게 문제 될 건 없었다. 그들은 저 아이들이 누구인지 잘 알고 있었다. 그들 모두가 저 아이들에 대한 이야기를 들었고, 이야기를 했다. 그들의 여사제가 묘사한 바에 따르면, 좀 작은 한 아이는 피부가 갈색이고, 나머지 둘은 계집아이와 사내아이 쌍둥이로 불경스러운 눈을 가지고 있다 했다. 여사제는 그들을 '세 아이'라고 불렀다. '세 아이'를 찾으라고.

"저것들을 죽일까요, 사령관님?"

부관은 자신의 상관에게 물었다. 저들만 죽이고 나면 그들 모두 집으로 돌아갈 수 있다는 것을 알고 있었기 때문이다.

"그래야지."

사령관이 고개를 끄덕이자, 그는 병사들에게 화살을 준비하라 명령했다.

"안 돼!"

갑자기 성벽 위에서 어떤 여자가 비명을 지르더니, 성문이 열렸다. 부관은 그 저주받은 마녀들이 부리는 악마의 말들이 내는 소리를 알아챌 수 있었다. 마녀들이 그들을 막기 위해 나오고 있는 것이다. 사령관이 아이들을 잡으러 달려가지 않고 굳이 죽음의 의식을 나중으로 미룬 것도 바로 그 마녀들 때문이었다.

'쓸데없이 번거로운 일이지.'

대신에 사령관은 저들의 군대 전체를 깨부수기에 충분할 만큼 화살을 준비하게 했다. 그는 언제나 이런 종류의 명령을 직접 내리는 것을 즐겼다. 그가 손을 들어 올리기만 하면, 그것을 신호로 병사들이 일제히 화살을 날리게 될 터였다.

하지만 그때, 아이들 중 제일 작은 꼬마, 갈색 피부의 계집아이가 전장의 삼엄한 고요를 뚫고 말했다.

"아빠다."

사령관이 부관을 돌아보았다. 하지만 그가 뭔가 대답을 꺼내기도 전에, 거대한 실버 드래곤이 뚝 떨어지듯 계집아이 뒤로 내려앉았고, 그들 발밑의 대지가 우르릉 진동했다. 드래곤이 앞발로 아이를 부드럽게 집어 들어 목 위에 살짝 올려놓았다.

꼬마가 말했다.

"거봐. 아빠가 돌아오신다고 했지?"

갑작스러운 전개에 잠시 멍해 있던 부관은 먼저 정신을 차리고 상관을 불렀다.

"사령관님?"

그들은 며칠 동안이나 복수심에 불타는 드래곤들을 상대해 왔다. 하나가 더 는다고 달라질 게 뭐 있겠는가?

하지만 하나가 아니었다. 하늘에서 드래곤들이 떨어지듯 날아내리고 있었다. 수십…… 아니, 수백은 되는 것 같았다. 온갖 색깔과 크기의 드래곤들이었다. 그들은 어디선가 이미 한바탕 전투를 치르고 온 것처럼 보였다. 많은 수가 여기저기 붕대를 감고 있었고, 사지가 부러진 이들도 있었다. 그러나 부관은 그들의 표정만 보고도 알 수 있었다. 그들이 새로운 전투에 뛰어들고 싶어 근질근질한 상태라는 것을.

"사령관님!"

부관은 다시금 상관을 재촉했다.

"좋아, 명령을 내린……."

그때, 무언가가 말 위의 사령관 뒤쪽으로 내려앉았다. 검날이

번쩍이고 사령관의 목을 지나더니 그의 머리가 튀어 올라 바닥에 떨어졌다. 불쌍하게도 데굴데굴 굴러가기까지 했다.

한 여자가 말 위에 남아 있던 사령관의 몸을 밀어 버리고 빈자리를 차지하고 앉았다.

"어이, 안녕들 하신가?"

여자가 미소를 지었다.

"나 앤벌이야."

그 순간, 부관은 오늘 해가 지는 광경을 볼 수 없으리란 사실을 알았다.

탈라이스는 계단을 달려 내려가 안뜰로 들어섰다. 그리고 안도감과 거의 이름 붙이기도 두려운 무언가, 진정한 기쁨이라고 할 만한 것을 느끼면서 '막강한 자' 브리크가 어린 딸을 목덜미에 얹은 채 쿵쿵거리며 성문을 지나 들어오는 모습을 지켜보았다.

실버 드래곤이 그녀를 보고 멈춰 섰다. 그들은 서로를 뚫어져라 바라보았다. 탈라이스는 자신의 짝이 지금 자신과 정확히 똑같은 것을 보고, 느끼고 있음을 알았다. 그 압도적인 사랑과 유대감의 홍수는…… 둘 다 그따위 종류의 것에는 전혀 준비가 되어 있지 않았다!

꼬리로 딸아이를 부드럽게 감싸 내려 앞발에 안으며 실버 드래곤이 으르렁거렸다.

"내 완벽하고 완벽한 딸이 왜 저 밖에 있었는지 설명해 봐, 이여자야."

그가 탈라이스에게 보여 주듯 리안을 들어 올리며 소리쳤다.

"위험하게도!"

탈라이스는 딸아이를 자신이 사랑하는 괴물에게서 빼앗아 안고는, 인간의 모습으로 변신하는 그에게서 뿜어지는 화염을 피하기 위해 재빨리 물러서면서 되쏘았다.

"애를 그런 식으로 부르지 말라고 했지!"

"내 앞에서 짹짹거리지 마, 여자야."

"짹짹? 짹짹이라고?"

"당신이 내 완벽하고 완벽한 딸을 위험한 데다 내놨잖아!"

하인들이 가져온 바지를 입고 부츠를 신은 그가 리안을 다시 빼앗아 안으며 으르렁거렸다.

"도대체 여기서 당신이 하는 일이 뭐야? 애를 멋대로 돌아다니게 둬? 들고양이로 만들 작정이야?"

"당신이 뭘 안다고……."

그때, 이지가 성문을 지나 달려 들어왔다.

"안녕, 엄마!"

그녀는 인사만 날리고 '야장' 슐리엔에게로 달려가 버렸다. 한마디 말도 없었지만 슐리엔은 그녀가 원하는 것이 뭔지 아는 듯, 무지하게 큼직한 배틀액스를 던져 주었다.

"고맙습니다, 슐리엔 님!"

"언제나 환영이다, 이지!"

"이사벨!"

탈라이스는 큰딸의 뒤통수에 대고 소리쳤다.

"금방 올게요!"

딸은 그 말만 남겨 두고 그대로 달려가 버렸다.

"망할 계집애!"

"지금 내 말을 듣고는 있는 거야?"

"아니, 안 듣고 있어!"

탈라이스는 대뜸 쏘아붙이고, 그의 팔에서 불안한 얼굴로 웃고 있는 어린 딸을 다시 빼앗아 안았다.

"내가 참, 당신을 그리워하며 보낸 일분일초가 다 아깝다!"

"나도 당신이 그리웠다고, 이 까다롭고 빡빡한 여자야!"

"까다로워? 하, 진짜 까다로운 게 뭔지 보고 싶어!"

"그래, 진짜 보고 싶다!"

피어구스는 안뜰에 들어섰을 때, 동생과 동생의 짝이 말씨름하고 있는 것을 보고도 전혀 놀라지 않았다. 그저 오늘만큼은 그런 일에 반응할 기분이 아니었기 때문에 눈을 굴렸을 뿐이다.

인간의 모습을 한 어머니가 미소를 지은 채 다가왔다.

"피어구스."

"어머니."

"네가 무사히 돌아와서 너무 좋구나."

그는 어머니의 말이 진심이란 걸 알았다. 그 역시 집에 돌아와서 너무 좋았다.

"저도요."

그렇게 대답한 피어구스는 아이들을 머릿짓으로 가리켜 보이며 말했다.

"좀 받아 주세요."

어머니가 탈란과 탈원을 받아 안자, 그는 인간의 모습으로 변신해 바지를 입고 부츠를 신었다. 그리고 어머니의 뺨에 키스한 다음, 중얼거리듯 말을 꺼냈다.

"여쭤 보기도 겁나는데…… 애들이 어떻게 밖으로 나간 거죠?"

피어구스는 아이들을 돌본 게 누구였든 간에 포위 공격이 한창인 와중에 애들이 맘대로 돌아다니게 놔뒀을 리 없다는 걸 잘 알고 있었다.

"생각난 게 하나 있긴 한데……."

어머니의 대답이 간단하지 않을 거라는 느낌이 들자, 그는 손을 내저었다.

"기다려 주실 수 있죠?"

어머니가 미소를 지었다.

"그러는 게 좋겠다. 애들은 괜찮아. 그럼 다 괜찮은 거지."

"예. 그보다…… 얘기할 게 또 있어요."

그는 주저하듯 말했다.

"뭔데?"

"에이브히어 얘기예요."

어머니가 굳어졌다.

"그 애가……."

"완벽하게 건강해요."

피어구스는 어머니를 안심시키느라 얼른 덧붙이고, 다시 말을 꺼냈다.

"그래도 할 얘기가 있어요."

"알았다."

리아논이 몸짓으로 에바를 불렀다. 켄타우루스가 다가오자 아이들이 할머니의 품에서 에바의 등으로 폴짝 뛰어내렸다.

"멀리 가진 마세요. 앤닐이 돌아오면 애들부터 보고 싶어 할 테니까요."

피어구스의 말에 에바가 미소 지으며 대답했다.

"물론이지. 무사히 돌아와서 반가워."

"고마워요, 에바."

성문 밖에서 한창인 전투로 인해 분주한 안뜰에서 가능한 한 조용히 둘만 얘기를 나눌 수 있는 곳에 이르자, 어머니가 그를 향해 돌아서며 물었다.

"자, 이제 다 얘기해 보렴."

전투는 채 한 시간도 안 되어 끝났다. 웨스트랜더는 일부가 신속하게 퇴각한 덕분에 도망칠 수 있었지만, 앤닐의 병사들 몇 명이 그들을 뒤쫓아 갔다. 모두들 집에 돌아오느라 너무나 지쳤고 집에 돌아와서 너무나 행복했기 때문에, 웨스트랜더 잔당 처리 정도는 신경 쓸 일도 아니었다. 퀸틸리안인과 강철 드래곤을 상대로 끊임없이 싸워 온 지난 오 년을 감안하면 그럴 만도 했다.

검들을 등에 멘 앤닐이 이지의 어깨에 팔을 걸치고 집을 향해 걷기 시작했다. 그들은 아무 말도 나누지 않았다. 아무런 할 말도 없었기 때문이다. 그들 사이는 그랬다. 두 여자는 너무나 많은 것을 함께 겪었고, 너무나 많은 것을 함께 보았으며…… 맙소사, 너무나 많은 일들을 해서 더는 걱정할 것조차 남지 않은 모양이었다.

이윽고 그들은 성문 안으로 들어섰다. 앤닐 역시 한창 말씨름 중인 탈라이스와 브리크를 보고도 놀라지 않았다. 오히려 지난오 년간 못 한 걸 제대로 만회하려면 그럴 수밖에 없으리라 생각했다. 하지만 탈라이스가 자기 큰딸을 본 순간 눈물을 쏟아 내며 달려왔다. 이지도 엄마를 만나러 달려갔다. 중간에서 만난 모녀는 몸을 던지듯 서로를 끌어안고 울다가, 웃다가, 더 꽉 끌어안고 울면서 웃었다.

앤닐은 브리크에게 눈인사를 보내고, 그의 미소가 따뜻해지는 것을 보았다. 그는 자신이 사랑하는 두 여자를 지켜보고 있었다. 그의 어깨를 다독여 주고, 사랑스러운 리안의 뺨에 키스해 주느라 잠시 멈춰 섰던 앤닐은 다시 걸음을 떼었다. 하지만 그웬바엘이 순식간에 인간의 모습으로 변신하고는 부츠는커녕 바지나 로브도 걸치지 않고 달리듯 쿵쿵거리며 지나가는 바람에 거의 엉덩방아를 찧을 뻔했다.

다그마가 이미 대전 계단에 나와 서 있었다. 하지만 그웬바엘을 본 순간, 환영의 미소가 입가에서부터 빠른 속도로 사라지고 눈이 커지면서 그녀로서는 거의 보이는 법 없는 공황 상태에 가까운 표정이 되었다. 그웬바엘은 계단을 세 개씩 한꺼번에 뛰어올라 걸음을 멈추지도 않고 다그마를 안아 들더니 무거운 곡식

자루라도 지듯이 어깨에 걸치고 대전 안으로 들어가 버렸다.

앤널이 질문하듯 브리크를 힐끗 올려다보았다. 하지만 실버 드래곤은 머리를 내저었다.

"말 꺼내기도 싫어요. 그저 내일 아침이면 저 녀석이 맑은 정신을 좀 되찾길 바랄 뿐이죠. 그동안은 정말 제대로 개자식 짓을 하고 다녔으니까."

앤널도 머리를 내젓고는 대전을 향해 걸음을 옮겼다. 하지만 그 걸음은, 문밖으로 나서는 그들을 본 순간 점점 느려지다가 결국 멈추고 말았다. 그녀는 힘들게 침을 삼켰다. 한꺼번에 너무나 여러 가지 감정들이 어지럽게 뒤섞여 솟구치는 바람에 갈피를 잡을 수가 없었던 것이다.

피어구스와 달리 앤널은 자신의 군대를 이끌고 서쪽으로 진군을 시작한 날 이래도 한 번도 집에 돌아오지 못했다. 그러니까 그녀의 아이들이 막 두 살이 되었을 때였다. 못 말릴 만큼 말썽쟁이였던 두 귀염둥이를 그녀는 두 개의 태양처럼 아끼고 사랑했다. 하지만 이제, 오 년이나 더 자란 아이들이 계단참에 서서 그녀를 노려보고 있었다. 딸아이는 ―원래부터 그랬지만 누구도 그렇다고 인정하고 싶어 하지 않았다― 이제 더욱더 제 할머니처럼 보였고, 아들아이는…… 그랬다, 앤널 자신을 꼭 닮았다.

아이들이 둘 다 움직이지 않자 앤널은 자신이 생각해 낼 수 있는 유일한 행동을 했다. 그녀가 그 자리에 쪼그리고 앉아 두 팔을 펼치는 순간, 아이들이 마치 투석기에서 쏘아진 것처럼 달려와 그녀의 팔에 몸을 던졌다. 앤널은 너무나 큰 안도감을 느끼며 아이들을 맞아들여 두 팔 안에 가두고 꽉 끌어안았다. 온 힘을 다해 안아 주었다.

아이들이 그녀의 어깨에 팔을 두르고 양쪽에서 그녀의 목에 얼굴을 묻었다. 쌍둥이는 엄마처럼 한 쌍의 조그맣고 단단한 싸움꾼으로 자라 있었다. 앤닐을 휘감은 팔들에는 힘이 넘쳤고, 옷 밖으로 드러난 살에는 틀림없이 싸움과 심한 장난으로 생긴 것일 자잘한 상처들이 어지럽게 찍혀 있었다. 게다가 흙먼지를 잔뜩 뒤집어쓰고 있는 것을 보면, 아마도 주변의 모든 이들에게 예전보다 훨씬 더 지독한 악몽이 되어 있는 모양이었다. 하지만 그 애들은 앤닐의 것이었다. 그녀의 아이들이었다.

피어구스가 다가와 그녀의 뺨에서 눈물을 닦아 줄 때까지도 앤닐은 자신이 울고 있다는 것을 의식하지 못했다. 그는 이제 그녀 앞에 쪼그리고 앉아 사랑으로 가득한 미소를 짓고 있었다. 앤닐은 어떻게 해야 할지, 무슨 말을 해야 할지 알지 못했다. 그녀가 아는 것이라고는 집에 왔다는 것, 안전하다는 것, 가족들과 함께 있다는 것, 성 밖에 대군주 트라시우스와 라우다리쿠스 자문의 머리가 창에 꽂혀 효시되어 있다는 것뿐이었다.

피어구스는 탈원을, 앤닐은 탈란을 안고 일어섰다. 그리고 모두들 각자의 아이들을 안고 그들의 집으로 들어갔다. 앤닐은 이제야 드디어 잠을 좀 잘 수 있겠다고 생각했다.

37

로나는 두 팔로 아버지를 감싸 꽉 끌어안았다.

"아빠."

"내 딸. 다시 보게 돼서 참 좋구나. 네가 돌아와서 기쁘다."

"저도요."

그녀는 짐짓 한숨을 내쉬었다. 그리고 아버지를 뒤로 밀며 막사 안으로 들어갔다.

"하지만 어머니가 오고 계세요. 좋은 기분이 아니시죠."

"또 그놈의 드래곤워리어 얘기는 아니겠지? 내가 그 켄타우루스 똥 같은 소리는 한마디도 더 들어 주지 않을 거다."

"아뇨, 아니에요."

로나는 아버지의 깊은 눈동자를 피해 시선을 돌렸다. 아버지가 껄껄 웃더니 말했다.

"어디 보자, 이건 그 번개 녀석과 관련된 이야기겠구나."

"그가 절 사랑한대요."

"당연히 그러겠지. 넌 몰랐다는 거냐?"

"그야, 뭐……."

"아, 안 들은 걸로 해라. 꼭 네 어머니처럼 굴었구나."

아버지가 그녀의 이마에 키스하고는 말했다.

"그보다, 내가 그 녀석한테 겁을 좀 줘야 한다는 건 알지?"

"알죠. 아마 그도 예상하고 있을걸요."

"어, 그럼 재미가 덜해지는데."

"아빠!"

로나는 웃음을 터트리고 말았다. 그때, 어머니가 막사 안으로 들어섰다. 로나는 얼른 웃음을 삼키느라 더듬거리며 말했다.

"흠, 아…… 저는…… 가 볼게요."

"가라앉는 배에서 도망치는 쥐 새끼가 따로 없지!"

어머니가 그녀의 뒤통수에 대고 쏘아붙였다.

"또 도망치시는 중인가?"

비골프가 물었다. 그는 막사 밖에서 참을성 있게 그녀를 기다리던 참이었다.

"듣고 싶은 얘기가 아니라서."

오래전 유프라시아 계곡에서부터 들어 온 '얘기'였다.

'그만 좀 닥쳐, 브라다나! 네 그 얘기 들어 주는 거 아주 지겹다, 지겨워!'

마침내 글레안나 이모가 어머니에게 소리쳤을 때는 얼마나 기분이 좋았던가! 로나는 이모를 사랑하지 않을 수가 없었다.

"있잖아."

비골프가 불쑥 말했다.

"배고프다고?"

"죽을 거같이."

로나는 두 손으로 그의 손을 꽉 붙잡았다.

"그럼 먹으러 가야지. 당신 굶겨 죽일 순 없으니까."

"당신은 이거 괜찮아?"

브라다나는 짝에게 물었다.

"나야 번개 드래곤들하고 아무 문제 없지. 물론 내 일족은 저들을 체계적으로 몰살시키려 들지도 않았지만."

브라다나는 어깨를 추썩였다.

"뭐, 체계적이진 않았어."

"어쨌든 당신 질문에 대한 답은 '그래.'야. 난 이거 괜찮아. 그녀석, 로나를 행복하게 해 주고 아껴 주잖아. 그리고 엄청난 워해머를 휘두를 줄 안다고."

"그 녀석이 로나를 노스랜드로 데려가 버릴 텐데? 제 일족과 함께 살게 하고."

"그래서? 나도 당신한테 왔잖아. 그러고도 멀쩡한데, 뭘."

브라다나는 술리엔이 만들어서 줄에 매달아 놓은 칼들을 짐짓 열심히 들여다보면서 말을 꺼냈다.

"설마…… 그 애가 떠나려는 게……."

"당신한테서 벗어나기 위해서냐고?"

그녀는 다시 한 번 어깨를 추썩였다.

"내가 그 앨 좀 다그쳤다는 건 알아. 더 많은 걸 기대하긴 했지. 그러니까 어쩌면 그 애는 그저…… 더 이상 내 밑에 있기 싫어서 그러는 걸 수도 있잖아, 안 그래?"

술리엔이 손을 뻗어 그녀의 목덜미를 감싸고 가까이 끌어당겨 그녀의 뺨에 키스했다.

"우리 둘 다 우리 큰딸에 대해 반드시 알아야 할 게 한 가지 있다면, 그 애는 절대로 동생들을 떠나지 않을 거라는 사실이야. 사랑하는 드래곤이 생기지 않은 한은 말이지. 그 애가 그 번개 녀석과 함께 가는 건 그러고 싶기 때문이야, 브라다나. 로나는 그 번개 녀석을 사랑해. 당신한테든 다른 누구한테든 벗어나기 위해서가 아니라고."

브라다나는 짝을 꽉 안고 그의 어깨에 머리를 기댔다.

"그 애가 가 버리면 그리울 거야. ……그 고집불통 계집애가."

"당연히 그렇겠지. 그 애가 여기 없으면 당신이 누굴 괴롭히겠어? 아욱! 그럴 것까진 없잖아, 이 여자야!"

라그나는 걸음을 멈추고 한숨을 내쉬었다. 깊은 한숨을.

"뭐하는 거야?"

그는 자신이 사랑하는 여자, 어느새 또 나타나 그의 어깨에 팔을 감고 매달려 있는 여자에게 물었다.

"말 잘 듣게 좀 패 주려고."

"별로 잘하는 일도 아니잖아."

"그래, 다들 그렇게 말하더라."

그녀가 팔을 풀고 바닥으로 내려섰다. 그녀를 마주하고 선 라그나는, 가반아일에 몰아친 포위 공격의 와중에도 케이타 공주의 차림새가 전혀 영향을 받지 않았다는 사실에 경이로움을 느꼈다. 그녀의 푸른색 드레스는 화려하게 반짝거렸고 보석이 박힌 장신구는 눈부시게 빛났다. 그리고 케이타는 여전히 망할 맨발이었다! 대체 이 여자는 왜 인간의 모습을 하고서도 신발을 신지 않는 걸까? 무슨 도덕적인 이유라도 있는 건가? 아니면 이것도 그녀만의 스타일인가? 도대체 신발과 무슨 문제가 있기에?

케이타가 눈썹을 치켜세웠다.

"내 발을 왜 그렇게 노려보고 있어? 내 발을 보면 흥분되는 거였어?"

"케이타……."

"그렇구나, 그런 거지?"

그녀가 오른발을 앞으로 내밀고 이리저리 돌려 보이고 뒤꿈치를 살짝 들어 보이기도 하면서 말했다.

"참 예쁘기는 하네, 딱 나처럼!"

라그나는 장난을 그만두고 진지하게 말했다.

"당신이 그리웠어, 케이타. 아주 많이."

"그래? 기분 좋은 얘기네."

"할 말이 그거밖에 없어?"

"무슨 말을 듣고 싶은데? 내가 무슨 말을 해야 하는데?"

"아무 말도 안 하는 게 좋겠다. 그냥 물어본 거였어."

"뭐…… 알았어. 난 오빠들이나 보러 가야겠다."

그녀가 고개를 끄덕이고는 돌아섰다. 하지만 성에서 멀어지는 쪽으로 걸어가더니, 갑자기 몸을 돌리고 반대쪽으로 걸어갔다. 그리고 삼 미터쯤 가다가 다시 멈췄다. 거기서 몸을 휙 돌린 '독사' 케이타는 그의 팔 안으로 달려와 그를 꽉 끌어안았다.

"이게 다 당신 잘못이야!"

비난이라도 하듯이 그녀가 말했다.

"뭐가?"

"내가 당신을 얼마나 그리워했는데! 그리고 충격적일 만큼 당신을 걱정했다고! 당신이 다쳤을까 봐, 어떤 식으로든 망가졌을까 봐 진짜로 걱정이란 걸 했다고."

그녀는 몸을 살짝 뒤로 기울이더니 눈살을 찌푸린 채 그를 바라보았다.

"그런 거 아니겠지, 설마? 망가졌어?"

"낫지 못할 정도는 아니야."

"다행이군."

그녀가 다시 그의 가슴에 머리를 기댔다.

"믿거나 말거나, 당신에게 무슨 일이라도 생겼다면 내가 무슨 짓을 했을지 모르겠어."

케이타는 또 왈칵 뒤로 물러나더니 그의 가슴을 쳤다.

"나한테 대체 무슨 짓을 한 거야, 노스랜더? 하! 내가 분명히 말해 두는데, 당신의 그 굉장한 섹스와 무조건적인 사랑의 그물도 날 가두진 못해! 난 그보다 강하다고!"

라그나는 다시 한숨을 내쉬었다. 깊은 한숨을.

리아논은 막내아들과 함께 언덕에 앉아 있었다. 가반아일과 성을 둘러싼 땅 전체가 내려다보이는 언덕이었다. 그녀는 이 아들이 알에서 나오는 순간부터 이런 날이 오리라는 걸 알고 있었다. 피어구스와 브리크는 꽤 일찍 겪었고, 모르퓌드는 상당히 늦은 편이었으며, 그웬바엘과 케이타의 경우는 아직 오지 않았다. 음, 영영 오지 않을 것 같기도 해.

그것은 어린 드래곤의 삶에서 더 이상 아기 혹은 아이가 아니게 되는 순간이었다. 하지만 동시에 완전한 어른이 되기 위해서는 몇 년이 더 지나야 하는 때이기도 했다. 대부분의 드래곤에게 그 이행移行은 어려운 일이 아니었다. 그저 하룻밤 사이에 경이로움 가득한 존재에서 처치 곤란한 골칫덩이로 변하는 것 같은 과정일 뿐이었다.

하지만 에이브히어는 언제나 남달랐다. 좀 더 영리했고, 훨씬 더 다정했다. 리아논은 그에게 이행이 쉽지 않을 거라는 사실을 언제나 걱정하고 있었다. 그리고 피어구스가 들려준 이야기에 따르면, 확실히 그랬다. 다정한 막내아들 에이브히어에게는 쉽지 않았다. 누구에게나 일어날 수 있는 어떤 일을 완전히 자기 탓으로 여기는 그에게는.

게다가, 어떤 의미에서 그가 겪은 일은 쉽게 넘길 수 없는 일이기도 했다. 왕족으로서 그들 모두는 필요하다면 결정을 내려야 하고, 기분 좋게 느껴지지 않는 일도 해야 하고, 심지어 옳지 않다고 생각되는 일을 해야 할 때도 있었다. 아우스텔의 죽음은 비극이었지만 전쟁이란 괴물의 단면이기도 했다. 드래곤 퀸 군대의 전사로서, 그것은 에이브히어가 감수해야 할 위험이었다. 자식들이 칼과 도끼와 창을 들고 드래곤 퀸의 적을 상대하는 전쟁에 목숨을 걸고 뛰어드는 것을 허용함으로써 리아논이 지게 된 위험이기도 했다. 그녀의 왕좌를, 그녀의 왕국을 안전하게 지키기 위해서.

리아논은 도대체 무슨 말을 하면 아들의 마음을 위로할 수 있을지 알 수가 없었다. 그 어떤 지혜의 말을 들려주어야 아들이 '그래요? 뭐, 그러는 게 당연한 일이라면…….' 하고 일어날 수 있을까?

아니, 그런 말은 없어. 그녀가 할 수 있는 말은 없었다. 그녀가 무슨 말을 하든 어떤 행동을 하든, 아들의 기분은 조금도 나아지지 않으리라.

사실, 리아논은 이 순간 오직 한 가지만 알 수 있었다. 알을 깨고 머리부터 굴러 나와 그 잘생긴 얼굴로 미소 지었던 순간 이래로 그녀의 가슴을 항상 따뜻하게 데워 주었던 사랑하는 아이를 영원히 잃었다는 사실을. 그 어떤 드래곤이 푸른 비늘을 가진 그 아름다운 아이를 대체할 수 있을까?

리아논은 에이브히어가 치러 내고 있는 고통을 덜어 줄 만한 말 한마디도 못 하고, 그저 아들과 나란히 앉아 그의 어깨에 팔을 둘러 감싼 채 아들이 그녀의 어깨에 머리를 기대고 편안해지기를 기다릴 뿐이었다. 그리고 웨스트랜더들의 시체가 아직 다 치워지지 않은 전장이 내려다보이는 그 언덕에 그렇게 앉아서, 모든 일이 예전처럼 돌아갈 수 있기를 마음으로 기원했다. 그런 일은 일어나지 않을 것임을 알면서도 그럴 수밖에 없었다.

38

앤넄은 닷새를 꼬박 잠들어 있었다. 그래서 이지는 온 세상에 감사했다. 여왕에게 그런 잠이 꼭 필요하다는 사실을 다른 누구보다도 잘 알았기 때문이다. 처음에는 누구나 조용조용 다니려고 애를 썼다. 피어구스가 조금이라도 시끄럽다는 생각이 들 때마다 소음을 발생시킨 자를 찾아 으르렁거린 덕분이기도 했다. 하지만 이지는 다른 이들도 결국에는 깨닫게 된 사실을 처음부터 알고 있었다. 그 무엇도 앤넄의 잠을 깨우지 못하리라는 것을.

그리고 마침내 앤넄이 깨어났을 때, 대전 계단을 통통거리며 내려오는 여왕의 금방 감은 긴 갈색 머리칼과 깨끗한 검은 바지에 검은 부츠, 그녀가 가장 좋아하는 민소매 미늘 셔츠를 입은 모습을 보고 이지는 저도 모르게 새어 나오는 웃음을 참을 수가 없었다.

"안녕, 이지?"

"안녕하세요, 여왕님?"

앤녈이 이지의 대각선 자리에 털썩 주저앉아 두 다리를 탁자에 올려놓았다. 이지는 둥그런 빵 한 덩어리를 건네주며 물었다.

"잘 주무셨어요?"

"죽은 것처럼 잤지. 꿀잠이었어."

앤녈이 빵을 떼어 입에 넣으며 방 안을 둘러보았다. 그리고 열심히 빵을 씹으면서 물었다.

"다들 어디 있는 거야?"

"모르겠네요. 집에 돌아온 이후로는 다들 잘 안 보여요. 제 생각엔 침대에 뒤엉켜 있는 거 같아요."

앤녈이 웃음을 터트렸다.

"내 생각에도 네 생각이 맞는 것 같다."

유머 감각도 돌아온 듯 눈이 반짝거렸다. 그녀가 주위를 둘러보더니 목소리를 낮춰 물었다.

"그럼 너는?"

"저요? 제가 뭐요?"

앤녈이 눈썹을 춤추는 것처럼 꿈틀댔다.

"세상에, 여왕님!"

"에이, 그러지 말고. 둘 다 이곳에 있잖아."

"하, 그렇죠. 에이브히어는 어딘가 밖에 혼자 앉아서 수심에 잠겨 먼 데만 보고 있어요. 무슨 생각을 하는 건지 누가 알겠어요? 켈뮌은 저를 피해 다니죠. 꼭 제가 아침 식사 중에 당장 식탁

위에서 섹스하자고 덤비기라도 할까 봐 겁내는 것처럼요. 말씀해 보세요, 나의 현명하신 여왕님. 우리가 대체 왜 남자들에게 신경 써야 하죠?"

"우리가 좋아하는 걸 달고 있으니까."

이지는 황당해하면서도 웃음을 터트리고 말았다. 그녀가 아는 모든 이들 가운데, 브란웰을 빼면 오직 앤널만이 ―결국에 가서는― 모든 일이 잘 풀릴 거라고 느끼게 만들어 주는 존재였다.

"그래, 내가 알아야 할 일이 뭐가 있지?"

앤널이 물었다.

"바이올런스가 안전하게 돌아왔어요. 제가 마구간에 넣어 주고, 벗이나 하라고 섹시한 암말도 몇 마리 보내 줬죠. 그런데 여왕님한테 좀 살짝 열 받은 거 같아요. 그 녀석을 놔두고 혼자 떠나신 것 때문에."

"내가 오래 떠나 있다 오면 그 녀석은 항상 그래. 뭐, 극복할 거야. 배 좀 채우고 나서 보러 가야겠다."

"타고 나가시게요? 안장을 청소할 틈이 없었는데, 완전히 피로 뒤덮여서……."

"랄피가 돌봐 줄 거야."

"랄피……?"

이지는 숟가락을 죽 그릇에 내려놓았다. 심장이 쿵쾅거렸다.

"여왕님의 예전 종자요?"

"여전히 뚱뚱하지만 바이올런스가 그를 좋아하거든."

"하지만……."

"이런, 흥분할 거 없어. 솔직히 당장은 늘씬하고 쌈 잘하는 종자가 필요 없거든. 좀 여유 있게 지낼 생각이라서. 죽이는 일은 다른 이들에게 맡기고 그럴듯한 여왕 노릇을 해 보려고. 너희 할머니처럼 말이야."

이지는 의자 등받이에 기대앉았다.

"그러니까 병졸로 돌아가라고요? 빌어먹을! 열심히 충성하고 봉사한 대가가 이거예요?"

"입 내밀 거 없어. 징징거릴 일도 아니고. 게다가……."

하인 하나가 김이 모락모락 오르는 죽 그릇을 들고 오자 앤닐은 식탁에서 다리를 내렸다. 그리고 하인이 그릇을 내려놓고 간 다음에야 말을 이었다.

"대체 어떤 종자가 상병 계급을 달고 있을지 모르겠다. 부적절한 일이지. 진형을 만드느라 이리 뛰고 저리 뛰는 상병도 말 안 되고."

"상병?"

이지는 똑바로 앉았다. 저도 모르게 눈이 커졌다.

"저 상병 달아요?"

"그래, 상병이야. 진급의 효력은 지금부터 발생한다!"

"브란웬은……."

"그녀도. 하지만 그건 네 할아버지가 말씀하실 거야. 드래곤워리어 일이라니까. 그리고 알아 둘 게 있는데, 브란웬은 아마 앞으로 몇 년은 아누바일 산에서 훈련을 받게 될 거야. 그러니까 너도 그녀가 없는 동안 뒤를 봐줄 동맹을 만들어 두는 게 좋아. 이

삼일 내로 브라스티아스가 앞으로 네가 맡게 될 일에 대해 자세히 알려 줄 거야."

앤널이 다시 목소리를 낮춰 속삭였다.

"그래도 내 짐작을 말하자면, 네 명 단위로 움직이는 기명記名조의 리더가 돼서 한두 달쯤 동쪽으로 가 있게 될 거 같구나. 하지만 브라스티아스한테 이야기 들을 때는 완전 놀란 것처럼 해야 돼. 확실히 해라."

거기까지 하고는 목소리가 정상으로 돌아왔다.

"네 어머니는 염려 마. 탈라이스는 어쨌거나 내 탓을 할 테니까, 뭐. 이제 잠도 푹 잤겠다, 누구 목을 따 버려야 하는 전투도 아니고 정석적인 말싸움 정도는 한판 멋지게 뛰어 줄 준비가 돼 있거든. 기분 전환 삼기에 딱 좋지."

여왕이 빙그레 웃었다. 이지는 우당탕 의자를 박차듯이 일어나 앤널에게로 몸을 날렸다. 그리고 의자째로 넘어갈 뻔했지만 간신히 균형을 잡은 여왕님을 꼭 끌어안았다.

"감사해요, 앤널!"

"네 힘으로 따낸 거지!"

여왕이 이지를 밀어내 똑바로 시선을 맞추고는 말을 이었다.

"과연 너 없이 내가 그 많은 일들을 잘 겪어 냈을지 모르겠다. 특히 지난 이 년은 아주 어려웠지. 넌 날 보호하고, 네 동료들을 보호하고, 마치 전쟁의 신들처럼 훌륭하게 싸웠어. 다른 모든 이들이 날 완전히 정신 나간 걸로 생각할 때도 내 곁을 지켰고, 결국 지금 이렇게 무사히 살아서 내 아이들에게, 피어구스에게 돌아올 수 있게 해줬다. 그러니까 고맙다, 탈라이스와 브리크의 딸 이사벨. 난 그 모든 일에 대해 네게 감사한다."

"앤널……."

그때, 브란웬이 안뜰 어디에선가 이지를 부르는 소리가 들려왔다. 여왕이 미소를 지으며 말했다.

"가 봐. 네 할아버지가 브란웬에게 좋은 소식을 들려주셨나 보다. 계집애들끼리 꺅꺅거리고 종알거리고…… 그런 걸 해야겠지? 난 그런 거 못 참아 주니까, 신경 건드리지 말고 얼른 가 버려."

이지는 고개를 끄덕여 보이고, 다시 한 번 여왕을 꼭 안으며 속삭였다.

"제 마지막 숨이 다하는 순간까지 당신께 충성할 거예요, 나의 여왕님."

"맙소사! 그런 날은 아주아주 오랫동안 오지 않기를 바라야지. 안 그랬다가는 네 어머니한테 끝도 없는 잔소리를 들어야 할 테니까."

이지는 웃음을 터트리며 여왕의 의자를 바로 놓아 주었다.

"가. 브란웬이 흥분해서 오줌이라도 지리겠다."

다시 고개를 끄덕여 보인 이지는 대전 문을 나가 계단 꼭대기에서 멈추었다.

브란웬은 맨 아래 있었고, 둘은 그대로 서서 서로를 바라보았다. 그들은 둘이서만 참 많은 일들을 함께했고, 이지는 다음 몇 년 동안 서로 떨어져서 다른 곳에 배치되고 다른 임무를 수행하게 될 거라는 사실을 알고 있었다. 하지만 그들은 누구도 건드릴 수 없는 한 쌍이었다. 그들이 함께한 시간은 그 무엇으로도 지워지지 않을 터였다. 그들은 동시에 새된 환호를 내질렀다. 그리고 이지가 계단 아래로 펄쩍 뛰어 브란웬——그녀의 무게를 감당할 수 있는 몇 안 되는 여자들 중 하나이기에 안심하고서——을 끌어안았다. 둘이서 빙글빙글 돌고, 펄쩍펄쩍 뛰고, 이른 아침에는 온당치 않을 법한 소리로 꺅꺅거리며 기쁨을 나눴다.

마침내 이지가 어머니의 목소리를 들은 순간까지는······.

"무슨 일이니?"

그 시점에서, 둘 다 꺅꺅거림을 멈추었다.

앤닐이 밖에서 들려오는 꺅꺅거림을 무시하려 애쓰며 두 번째 죽 그릇에 머리를 박고 있을 때, 다그마가 계단을 내려왔다. 저런, 가엾은! 앤닐의 맞은편 의자에 천천히 자리를 잡는 그녀의 모습은 기진맥진 그 자체였다. 하인이 그녀 앞에 커다란 잔에 담긴 차를 내려놓았다.

"안녕, 다그마."

앤닐 군대의 총사령관이 눈을 깜빡이더니, 식탁 너머로 몸을 기울이고 눈을 가늘게 떴다.

"안경."

앤닐은 보다 못해 알려 주었다.

"······위층에 두고 내려왔나 봐요."

"실은 당신 머리 위에 얹혀 있거든."

다그마가 손을 위로 뻗어, 잠잘 때와 뭔가를 읽을 때 말고는 항상 쓰고 다니는 조그맣고 둥근 안경알을 더듬어 찾았다.

"아, 여기 있었네요."

그녀는 하품을 하며 안경을 썼다.

"당신 괜찮아?"

"괜찮아요. 왜요?"

"지금 꼭…… 이 주 전 내 모습을 보는 거 같아서."

앤뉠은 그녀 쪽으로 살짝 몸을 기울이며 물었다.

"그웬바엘이 당신을 굉장히 그리워했구나, 그렇지?"

"이성적으로 가능한 한계를 훨씬 넘을 정도로요."

다그마의 대답에 앤뉠은 웃음을 터트리며 숟가락을 핥았다.

"내 생각엔 귀여운 거 같아. 좀 로맨틱하기도 하고."

"그래서 당신이 입을 닥치셔야 하는 거예요, 여왕님."

앤뉠은 더 심하게 웃으며 건포도 그릇에 손을 뻗었다. 그리고 다시 의자에 기대앉아 손에 쥔 건포도를 몇 개 입안에 떨어트리려다가, 언제 다가왔는지 바로 곁에 서 있는 탈라이스를 보았다. 그녀는 속에서 끓어오르는 무언가를 누르려는 듯 가슴 앞에 단단히 팔짱을 끼고 있었다.

앤뉠은 그녀에게 손을 내밀며 물었다.

"건포도 먹을래?"

탈라이스가 그 손을 찰싹 내리쳐 건포도를 날려 버렸다. 빌어먹을, 여왕에 대한 존경심은 다들 어디다 팔아먹은 거야?

"저 멍청하고 멍청한 계집애를 상병으로 만들어 놔요?"

"충분히 그럴 만하니까. 당신 딸은 내 최고의 병사들 중 하나라고. 나로서는 그 애와 함께할 수 있어서 영…… 아혹! 이거 놔! 내 코! 놓으라고!"

"사악하고 지독한 여자 같으니!"

탈라이스가 그녀의 코를 쥔 손을 다른 손으로 내리쳤다. 그건 앤널이 예상한 것보다 훨씬 아팠다. 불과 며칠 전에 부러진 걸 맞춰 놓은 상태라 그냥 있어도 쓰라렸기 때문이리라.

"이제 그런 미친 짓거리는 다 끝난 줄 알았다고요! 그 애가 집에 돌아왔으니까……."

"그래, 돌아왔잖아!"

"……다시는 떠나지 않을 줄 알았단 말이에요."

"아, 그거……. 그럴 리는 없지. 아오! 내 코! 내 코 놔줘!"

"탈라이스."

새로운 목소리가 끼어들었다.

"이런 일이 일어날 줄 알고 있었어야죠. 이지는 타고났어요."

그들 모두 목소리가 들려온 곳을 일제히 돌아보았다. 식탁 저 끝에 케이타가 앉아 있었다.

"거기 얼마나 앉아 있은 거예요?"

탈라이스가 앤널의 코를 놓아주며 물었다.

"당신이 레이디 '정신이상'에게 소리지기 시작한 때부터요."

"그건 공정치 못한 호칭인데……."

앤널이 중얼거렸다.

"……약간은."

"아휴, 배고파라."

케이타가 —제 입으로 평하기를— '사랑스러운' 콧잔등을 찡그리며 말했다.

"그래도 죽 같은 걸 먹을 순 없죠."

그녀는 손짓으로 하인을 불렀다.

"고기 종류는 없어? 이를테면 작은 강아지 같은 거?"

"내 손으로 당신을 죽이게 만들지 말아요. 당신을 죽이는 일이라면 거리낌도 없을 테니까."

다그마가 하품 사이로 경고를 섞었다.

"말이 나와서 얘긴데, 내 개들은 어딨어?"

앤뉠은 그녀에게 물었다.

"자기네 집에 있죠."

다그마가 문득 그녀를 노려보았다.

"그 녀석들, 당신이 데려간 뒤로 제멋대로가 됐어요. 당신 말보다 더 못돼졌다고요."

"걔들도 자기들이 다른 애들보다 낫다는 걸 알기 때문이야."

그때, 모르퓌드가 안뜰 쪽에서 대전으로 들어왔다. 모두에게 소식을 알려 주려는 모양이었다.

"굉장해요! 금방 이지가 말해 줬어요. 정말 좋⋯⋯."

그녀의 말은 탈라이스의 쏘아보는 눈길에 사그라지고 말았다. 대신에 그녀는 서둘러 덧붙였다.

"⋯⋯지 못한, 불쾌한 진급 소식이죠. 그저 불쾌하기만 해요."

"거참 잘도 넘어갔네요."

케이타가 빈정거렸다.

"조용히 해요, 도마뱀!"

다그마가 불쑥 앤널을 가리키며 물었다.

"당신 얼굴에, 직통으로 가로지르는 큼직한 흉터 생긴 거 알고 있어요?"

"알지."

"그대로 둘 거죠, 어?"

"그러면 안 되나? 내 생각엔 멋진 거 같은데."

다그마가 고개를 끄덕였다.

"내 아버지라면 좋아하실 거 같긴 하네요. 그러니까 나한테는 무시무시하게만 보인다는 거죠."

"나, 당신 아버지 좋더라."

"그건 더 무시무시하네요."

탈라이스가 으르렁거리며 앤널 옆의 의자에 털썩 주저앉았다.

"그거 사실이에요? 당신이 내 딸을 데리고 저 살인광 범죄자 건달 군주를 만나러 갔다는 거?"

케이타가 씨익 웃었다.

"우리 모두는 그냥 '아빠'라고 부르지."

"그 살인광 범죄자 건달 군주 말고, 가이우스 루시우스 도미투스 얘기예요."

탈라이스가 쏘아붙였다.

앤널이 다그마를 건너다보며 대답했다.

"그랬지. 그자는 좋은 동맹이 될 거야."

그러고는 인상을 찌푸리더니 살짝 몸서리를 쳤다.

"그 누이가 좀…… 그 여자에 대면 난 너그럽고 자애로운 편이라니까. 그 여자가 뿜어내는 화염은 너무나 뜨거워서 다른 화염 드래곤의 비늘도 녹일 수 있어. 바위도 녹였지."

모르퓌드가 식탁을 두 손으로 짚으며 진지한 어조로 물었다.

"확실해요?"

"로나가 해 준 얘기야. 가서 확인해 봐. 그게 문제가 되나?"

"처음 듣는 얘기니까요. 하지만 그녀가 드래곤위치라면……."

"내가 알기로는 아닌데."

앤널은 건포도 몇 알을 더 집어 먹고는 말했다.

"로나가 또 한 얘기가 있는데, 그 여자가 풀려난 걸 보고 다른 강철 놈들이 완전히 겁에 질리더래."

"그 여자가 다른 화염 드래곤의 비늘도 녹일 수 있다면 무서워하는 게 맞죠."

"그래요, 그래. 거참 굉장히 환상적인 얘기네요. 하지만……."

케이타가 몸을 조금 일으키고 머리채를 가볍게 흔들었다.

"나 뭐 달라진 거 모르겠어요?"

"엉덩이가 점점 더 커지고 있다는 거?"

모르퓌드가 짐짓 진지한 척 물었다가 다리를 걷어차였다.

"아오! 독사 같은 것이!"

"다른 거 뭐 모르겠어요? 뭔가 새로운 거요!"

케이타가 답을 재촉하며 계속 물었다. 하지만 다들 그녀가 무슨 말을 하는지 영문을 몰라 고개를 저었다.

"이거요!"

케이타는 자기 왼쪽 가슴 위, 보디스가 깊게 파인 부분의 깨끗한 맨살을 자기 손으로 부드럽게 쓸어 보였다.

"그게 뭐?"

모르퓌드가 쏘아붙였다.

"아직도 모르겠어요?"

"뭘 모르냐고?"

"여기가 바로, 내가 라그나에게 '권리 주장'을 하게 해 줄 자리라는 거죠. 그러니까 내가 준비가 되면…… 음, 몇 년 후쯤."

"몇 년?"

앤녈이 물었다.

"그럼요. 이 자리 정말 완벽하지 않아요?"

그들 모두는 미소 짓고 있는 공주를 노려보았다. 하지만 그들이 막 말을 꺼내려는 순간, 다그마가 앤녈에게 돌아서서 물었다.

"그러니까 이 '반역왕'…… 제대로 개자식…… 호칭이 뭐든 간에, 그자에 관한 모든 건 그냥 전설이었어요?"

"조금은 맞는 얘기도 있는 거 같아. 무엇보다 그자는 어려. ……드래곤치고는."

모두들 자신을 모른 척하기—세상에, 그러는 게 즐겁다는 이유만으로—로 작정한 듯 굴자, 케이타가 두 손을 공중으로 내던지듯 휙 들어 올렸다. 앤녈은 다들 그러는 게 옳다고는 말할 수 없었지만 확실히 재미있긴 했다.

"사랑하는 내 가족들, 모두 안녕!"

그웬바엘이 계단 꼭대기에서 행복하게 외쳤다. 앤녈이 보기에 그는 원래의 그웬바엘로 돌아온 것 같았다. 더 이상 노려보지도 않고 지랄같이 명랑했다.

"다들 이 눈부시게 아름다운 아침을 어떻게 맞고 계신가요?"

다그마가 눈알을 굴리더니 낮은 목소리로 중얼거렸다.

"으으, 꺼지시지."

"이런, 이런, 내 사랑!"

어느새 다가온 피어구스와 브리크가 뒤에 버티고 선 것—여자들 중 누구도 경고해 줄 생각 같은 건 하지 않았다—도 모르고, 그웬바엘이 짝을 불렀다.

"두려워하지 마오. 내 당신 곁을 떠나는 일은…… 아아아아아! 이 냉정한 개자식들아!"

형들의 손에 들려 난간 아래로 던져진 그웬바엘이 바락바락 소리를 질렀다.

젠장맞을! 하지만 집에 오니 너무, 너무너무 좋았다!

"언니!"

로나는 서둘러 부츠를 신으려다가, 세쌍둥이가 그녀에게로 곧장 달려오는 모습을 바라보았다.

"왜? 뭐가 잘못됐어?"

부츠를 다 신은 그녀는 동생들을 향해 돌아앉았다.

"아니! 봐, 이것 좀 봐!"

동생들이 양피지 조각을 그녀의 코앞에 들이밀었다. 로나는 양피지를 받아 들고 재빨리 내용을 읽은 다음, 시선을 들어 동생들을 바라보았다.

"어머니한테 얘기했니?"

"아직. 우린 언니한테 먼저 말해 주고 싶었지."

에다나가 말했다.

"어…… 이렇게 일찍 너희를 받는다니 믿기지가 않아서……."

"언니, 화났구나."

브리나가 약간 풀이 죽어 말했다.

"아냐, 아냐! 난……."

가슴이 벅찼을 뿐이다. 세쌍둥이가 아누바일 산으로 갈 것이라는 소식이었다. 동생들이 드래곤워리어 훈련에 받아들여졌던 것이다. 로나의 다른 모든 형제자매들과 마찬가지로, 대부분의 카드왈라드르 일족과 마찬가지로.

"언니…… 우는 거야?"

네스타가 좀 놀란 얼굴로 물었다.

"그럴 리가! 우는 거 아냐!"

"그럼 눈에서 떨어지는 건 뭔데?"

"언닌 화난 거야."

"아니라니까. 난 그냥…… 그냥……."

더 이상 참을 수가 없었다. 로나는 왈칵 눈물을 쏟아 내며 흐느끼기 시작했다.

"내 아기들을 잃게 됐잖아!"

"에에이!"

동생들이 그녀를 둘러싸고 한꺼번에 서로를 껴안았다. 이제 모두 다 울고 있었다.

"언니가 우릴 잃는 일은 없을 거야."

에다나가 말했다.

"무슨 일이야?"

그들 뒤에서 나타난 비골프가 물었다. 곁에는 그의 어머니가 함께 있었다. 로나가 그들 모자끼리 얘기를 나누도록 두고 혼자 부츠를 신으러 들어왔던 것이다.

"왜 그래? 무슨 일인데?"

자매들이 하나같이 울고 있는 걸 보고 그가 다시금 물었다.

"이제 언니한테는 비골프가 있잖아. 그도 썩 괜찮은 거 같아."

에다나가 말했다.

"하지만 그는 너희가 아니잖아."

"하지만 이제 언니도 언니 아기를 가질 수 있다고. ……어머니 아기들이 아니라."

브리나가 눈물을 훔쳐 내고 비골프를 재듯이 보며 말했다.

"보니까, 애를 잘 만들 거 같아."

어머니와 아들의 눈이 동시에 커지더니 서로를 마주 보았다.

"하지만 난 아들만 가져야 할 거야. 노스랜드에서는 딸을 안 낳잖아."

로나가 불만스럽다는 듯 말했다.

"언니는 카드왈라드르야. 카드왈라드르는 언제나 딸을 낳지. 그건 우리가 확신한다고."

네스타가 비골프에게 말했다.

"언니한테 말해 줘요, 딸을 가질 거라고."

그가 아무 말도 못 하고 멍청히 보고만 있자, 네스타가 으르렁 거리며 위협했다.

"언니한테 말해 주라고요!"

비골프는 머리를 탈탈 흔들더니 어머니의 손을 잡고 나가 버 렸다. 하지만 로나도 이번만큼은 그를 탓할 생각이 들지 않았다.

어머니가 몸을 반으로 접어 가며 웃어 대자, 비골프는 마침내 걸음을 멈췄다.

"재미없어요. 저들은 원래 다 저렇다고요."

"하지만…… 하지만……."

"어머니! 웃을 일이 아니란 말이에요!"

"천만에, 웃을 일이지."

어머니가 눈에 고인 눈물을 닦아 내고는 그를 바라보았다.

"그 애는 너한테 딱 맞는 짝이야."

"로나는 아무것도 동의 안 했어요."

"무슨 동의가 더 필요한데?"

"말을 안 했거든요. '난 당신이랑 갈 거야, 비골프. 당신이랑 영원히 함께할 거야, 비골프.' 그런 말은 안 했다고요. 그저 번식 능력을 갖고 이러니저러니 하는 건 저들 사이에서 별 의미가 없 단 말이죠."

어머니가 손을 내저었다.

"아휴! 넌 꼭 그렇게 세부적인 데 집착하지."

"남은 생과 미래의 행복이 걸린 문제를 애기할 때는…… 그럼 요, 그래야죠!"

브리크는 딸아이와 그 사촌들이 함께 쓰는 방으로 걸어 들어 갔다. 에바가 창가에 서서 어두운 얼굴로 밖을 내다보고 있었다. 아마도 지난 며칠 동안 생겨난 시체들을 태우는 불길을 보고 있 는 모양이었다. 그녀는 그를 보지도 않고 바로 쌍둥이에게 몸을 돌리며 말했다.

"가자. 술리엔 님이 너희 둘한테 주실 게 있나 보더라."

확실히 쌍둥이는 술리엔이 대장장이라는 사실을 알고 있는지 환성을 지르며 밖으로 달려 나갔다. 에바도 그들을 뒤따랐다.

그녀의 뒷모습을 잠시 바라보던 브리크는 딸아이 곁의 침대에 앉았다.

"아빠가 멀리 있을 때, 리안이 선물을 보내 줬지?"

"예."

"무슨 선물이었는지 기억하니?"

피어구스는 나중에 브리크에게 그날의 사고에 대해 자세한 이 야기를 들려주었다. 바위에 얻어맞은 등의 상처가 얼마나 심각했 는지, 그 후로 며칠간 그의 상태가 어땠는지……. 전투라면 치를 만큼 치러 봤기에 전투 중 일어나는 부상에 대해서도 잘 알고 있 는 브리크였다. 형의 설명대로라면 자신은 절대로 살아남을 수 없었다. 하지만 실제로 살아났고, 심지어 멀쩡하기까지 했다. 그 시점에서 브리크는 당시 꾸었던 이상한 꿈을 떠올렸다. 어쩌면 꿈이 아니었을지도 모른다는 생각도.

"아빠를 기분 좋게 만들어 주는 거요."

"그래, 그랬지. 아주 좋아졌단다. 고맙구나."

"저도 기분 좋아졌어요."

딸아이가 미소 지었다. 하지만 브리크는 이대로 모든 걸 묻어둔 채 아이를 꽉 끌어안고 싶은 욕망을 애써 무시해야 했다. 그가 다시금 물었다.

"혹시 누가 그걸 너한테 줬니? 아빠 기분 좋아지라고 네가 보낸 거 말이야."

"아니요."

"그럼 그게 아빠를 도와줄 거라는 건 어떻게 알았니?"

"그냥 알았어요."

흥미롭지만 조금 겁나는 일이기도 했다.

"'그냥' 아는 거, '그냥' 할 수 있는 게 또 있니?"

아이가 어깨를 추썩였다.

"그림을 그릴 수 있죠."

그러고는 그때까지 그리고 있던 그림을 들어 보였다. 말 한 마리. 그럭저럭 괜찮은 그림이었다.

"그래, 그림도 그릴 수 있지. 그리고 또? 다른 것도 있니? 그러니까 아빠나 엄마나 네 사촌들은 못하는데 너만 할 수 있는 거 말이야."

딸아이가 그를 올려다보며 눈을 가늘게 떴다. 브리크가 알기로, 그녀의 '생각하는' 얼굴이었다.

"전 어디로 갈 수 있어요."

브리크의 심장이 덜컥 내려앉았다.

"어디로…… 간다고?"

"렌 아저씨처럼요. 전 여행을 할 수 있어요. 어떤 때는 뭘 보낼 수도 있죠. 그 나쁜 놈들처럼요. 근데, 그건 엄마한테 말하면 안 돼요. 엄마가 속상할 거예요."

맙소사! 그 정도로 그치면 아주아주 다행이겠지.

"그래서 그 나쁜 놈들에 대해서는 엄마한테 얘기 안 했구나."

"예."

아이가 다시 그림을 그리기 시작했다.

"나쁜 놈들은 저랑 언니, 오빠를 아프게 하려고 왔어요."

"그래서 네가 보내 버렸구나?"

"예. 나중에요."

"나중…… 뭐라고?"

"언니랑 오빠가 끝낸 다음에요."

브리크는 움칠했다. 이거야, 갈수록…….

"언니, 오빠가 뭘 끝냈는데?"

"나쁜 놈들이 우리를 아프게 하지 못하게요."

"언니, 오빠가 어떻게 했는데?"

"칼을 썼어요."

맙소사! 제기랄! 젠장맞을!

"그러고 나서 네가 나쁜 놈들을 보내 버린 거구나?"

"성문 밖에 있는 다른 나쁜 놈들한테요. 나쁜 놈들이 여기 죽어 있는 걸 보면 엄마가 슬퍼했을 거예요. 전 엄마가 슬픈 거 싫어요."

"아빠도 그래."

"하지만 탈리 언니는 저한테 화가 났어요. 제가 언니랑 오빠 칼을 나쁜 놈들이랑 같이 보내 버렸거든요. 이제 언니는 칼이 없어요."

"술리엔 할아버지가 언니랑 오빠한테 새 칼들을 만들어 주실 거야."

"잘됐네요. 언니는 아직도 저한테 화를 내거든요."

"언니, 오빠가 너한테 말을 하니?"

"머릿속으로요."

신들이여, 맙소사! 브리크의 형제자매들은 생각만으로 의사소통하기 위해 필요한 기술을 익히는 데만 다들 몇 년씩은 걸렸다. 그런데 리안과 쌍둥이는 태어난 지 겨우 몇 년 만에 그게 가능하다는 건가? 브리크는 딸아이를 안아 들어 무릎에 앉힌 다음, 손가락 끝으로 아이의 턱을 살짝 들어 시선을 맞추게 했다.

"아빠가 리안에게 부탁할 게 있는데 말이야."

"제가 할 수 있는 게 뭔지 아무한테도 얘기하지 말라고요?"

영리한 아이야.

"그래."

"알았어요."

"아빠 부탁 때문에 속상하지 않니?"

"아니요. 사람들이랑 드래곤들은 가끔 멍청하거든요. 제가 더 멍청하게 만들면 안 되잖아요."

브리크는 저도 모르게 웃음을 터트렸다. 이렇게 놀라운 딸아이를 가진 아빠라는 사실이 축복처럼 느껴져 웃지 않을 수가 없었다.

"누가 너한테 너무너무 영리하다고 말해 주지 않던?"

"엄마가요. 하지만 그러고 나서는 이렇게 말했어요. '아빠한테는 말하지 마라. 왜냐면 네 아빠는⋯⋯.'"

거기서 아이의 목소리가 극적일 만큼 낮아졌다.

"'물론이지, 내 딸이잖아! 꼭 그렇게 말할 테니까.' 그러고 엄마는 웃었어요."

딸아이가 아빠와 똑같은 눈으로 브리크를 올려다보았다.

"아빠가 멀리 있을 때, 엄마는 매일매일 아빠를 보고 싶어 했어요."

"엄마가 너한테 말해 줬니?"

"아니요, 제가 느낀 거예요. 엄마는 아빠랑 말싸움하는 걸 좋아해요."

아이가 히죽 웃었다.

"아빠도 말싸움하는 걸 좋아하고요."

"그래, 맞아. 하지만 쉿, 말하지 않기다. 우리끼리 비밀이야."

"알았어요."

아이가 조그만 손가락으로 제 머리칼을 배배 꼬다가 물었다.

"언젠가 어른이 되면⋯⋯ 저도 제가 사랑하는 사람이랑 말싸움을 하게 될까요, 아빠?"

"물론이지, 리안! 우리 가족은 다 그러거든."

그들은 훈련장을 둘러싼 담장에 기대서서 따뜻한 빵을 나누었다. 로나의 아버지도 담장에 팔꿈치를 괴고 손바닥으로 턱을 받친 채 그녀 곁에 서 있었다.

강철과 강철이 부딪치는 소리가 안뜰 너머까지 퍼져 갔고 카드왈라드르 일족을 유혹해 담장 가까이로 끌어들였다. 어떤 이는 그날의 첫 끼 식사로 뜨거운 죽 그릇을 들고 있기도 했고, 또 어떤 이는 그저 구경만 하기도 했다. 어떻게 그러지 않을 수 있겠는가? 아직 아홉 살도 안 된 아이 둘이 그처럼 칼싸움을 하는 광경은 아무 때나 볼 수 있는 구경거리가 아니었다.

베르세락이 마침내 쌍둥이에게서 떨어져 나오더니, 비골프를 몸짓으로 가리켰다.

"저게 여기서 뭐하고 있는 거야?"

누이 브라다나에게 물은 것이었다.

"저도 다시 뵙게 돼서 반갑습니다, 베르세락 님."

비골프가 돼지 한 마리를 통째로 삼킨 것처럼 명랑한 어조로 인사했다. 번개 드래곤을 한참 노려보던 베르세락이 다시 누이 쪽을 보고 물었다.

"그래서?"

"그래서 뭐?"

"근처에 이미 번개 자식 하나가 돌아다니는 걸로도 충분히 나쁘다고 생각하지 않아?"

그러자 글레안나 곁에 서 있던 라그나가 방긋 웃으며 말없이 손을 흔들어 보였다. 베르세락은 무시하고 말을 이었다.

"이제 둘이나 된다고?"

브라다나가 벌떡 일어나더니 동생을 사납게 노려보았다.

"우리 로나랑 함께할 애다. 그러니까 말조심해라, 블랙 드래곤 베르세락. 날개가 단단히 여물지도 않은 어린것이."

"좋아, 알았어. 그럼 누나가 맡아."

"난 맡을 담당이 필요한 존재인 거야?"

비골프가 속삭이듯 물었다. 하지만 로나는 엉덩이로 쿵 쳐서 그를 조용히 하게 만들었다. 어머니가 방금 당신 동생 앞에서 로나와 그녀가 짝으로 선택한 자를 편들어 주었다. 이것은 로나의 삶에서 가히 기념비적인 순간이었고, 그녀는 이 기분을 젠장맞을 번개 드래곤 자식 때문에 망치고 싶지 않았던 것이다!

"나야 맡을 게 충분하니까. 이 둘을 훈련시키는 것만 해도 큰일이고."

베르세락이 말했다.

"저 칼이랑 방패 멋져요, 아빠."

로나는 아버지에게 미소를 지으며 말했다. 하지만 아버지가 뭔가 대꾸를 하기도 전에 베르세락 삼촌이 낮게 웅얼거렸다.

"뭐…… 그럭저럭 괜찮지."

다음 순간, 술리엔이 자기 짝의 동생을 노려보며 눈을 가늘게 좁히는 바람에 모두가 움칠했다.

"그보다, 네가 앤월의 무기를 아주 훌륭하게 손봐 줬다는 얘기

들었다."

다행히 베르세락 삼촌은 곧장 말을 이었고, 로나는 앤뇔이 벌써 그런 이야기를 삼촌에게 했다는 사실에 조금 놀랐다.

"당연히 훌륭하게 손봐 줬겠지."

브라다나가 툭 내뱉었다.

"그럼 어땠을 줄 알았냐? 내 딸은 재능이 있어. 있고말고."

장내의 모든 이가 멍한 눈으로 브라다나를 쳐다보았다. 특히 그녀의 자식들은 입을 딱 벌리고 말았다.

"다들 왜 그렇게 날 쳐다보는 거야!"

"그야……."

로나가 말을 꺼냈지만, 비골프가 재빨리 그녀의 입을 손으로 덮었다.

"그냥 이 순간을 즐기자고, 괜찮지?"

로나는 동의의 뜻으로 고개를 끄덕여 주었다. 그런데 갑자기 비골프가 그녀를 확 잡아챘다. 그녀의 아버지가 만든 조그만 칼이 칼끝을 로나 쪽—원래 표적은 훈련장으로 다가오는 인간 여왕의 머리였다—으로 향하고 날아왔던 것이다.

하지만 칼은 표적에 이르기도 전에 강건한 손에 잡히고 말았다. 정식으로 진급한 이지가 어린 사촌들을 매섭게 노려보며 소리쳤다.

"요놈들!"

"그거 이리 줘!"

앤뇔이 으르렁거리며 이지의 손에서 칼을 뺏어 들고 훈련장으로 쿵쿵거리면서 다가왔다.

"너희 둘, 오늘 훈련은 이걸로 끝이야! 집으로 들어가!"

쌍둥이는 훈련장 한가운데 꼼짝도 않고 서서 어머니를 노려보고만 있었다. 오 년 만이었다. 로나는 자신의 형제자매들이 저런 식의 반응을 보였던 때를 잘 기억하고 있었다. 어머니가 오랜 전투 끝에 집으로 돌아와 이런저런 명령을 내리려 했을 때였다. 동생들은 로나가 신호를 주기 전까지 어머니의 말을 들은 척도 하지 않았다. 보아하니 앤닐에게는 지금이 바로 그런 순간인 모양이었다. 이 순간이 어떻게 풀리느냐에 따라 아이들과 그녀의 관계가 달라질 수도 있는.

아이들이 자신의 명령에 즉각 따르지 않았다는 사실에 속이 부글부글 끓어오른 여왕은 갑자기 훈련장의 튼튼한 나무 담장을 온몸—잘 훈련된 근육질의 강건한 전사의 육체—으로 밀쳤다. 나뭇조각이 튀고 흙바닥에 고랑이 파였다. 여왕이 다시 한 번 몸을 갖다 박자 담장의 일부분이 터져 나갔다. 앞을 가로막는 잔해를 헤치고 앞으로 나아간 그녀는 아이들을 손가락으로 가리키며 포효했다.

"집으로 들어가!"

눈이 확 커진 쌍둥이가 즉시 달리기 시작했다. 앤닐은 곁을 지나 달려가는 아이들의 뒤통수에 대고 덧붙였다.

"내 머리를 표적 훈련용으로 쓰려 들 때마다 무기 사용권을 뺏길 줄 알아라!"

아이들을 몰래 따라가기 전, 그녀가 술리엔 앞에 잠시 멈추더니 아이들의 칼을 가리키며 말했다.

"좋은 무기예요."

화가 전혀 담기지 않은 평온한 목소리였다. 하지만 그 어조는 어쩐 일인지 훨씬 더…… 살벌하게 들렸다. 이를 증명이라도 하듯 훈련장에 모여들었던 자들이 하나둘 사라지고 났을 때, 비골프가 로나에게 말했다.

"당신 일족은 참, 믿기지 않을 만큼 재미있는 거 같아."

"그렇게 생각한다니 다행이네. 왜냐면 다들 우리를 만나러 올 테니까. ……종종. 게다가 오오오래 머물다 갈 테고."

로나는 그렇게 대꾸하고 몸을 돌렸다. 자기를 남겨 두고 먼저 걷기 시작한 그녀 뒤에서 비골프가 물었다.

"얼마나 오래? 며칠? 일주일? 어, 그 문제는 우리가 의논을 좀 해 봐야 할 것 같은데……. 오래란 게 그냥 오래란 뜻이야, 아니면 너무 오래란 뜻이야? 기다려 봐! 그러니까 나랑 같이 간다는 얘기야? 거참 무례하기도 하지! 정당한 질문이잖아, 이 여자야!"

비골프는 로나의 허리를 감싸 안고 가장 가까운 마구간으로 이끌었다.

"멋지네. 말들이 한둘이 아니잖아."

그가 중얼거렸다.

"얘는 앤닐의 말이야. 바이올런스라고 하지. 귀엽지 않아?"

"아니."

비골프는 로나를 돌려세워 눈을 맞췄다.

"당신, 나한테 직설적으로 대답해 줄 필요가 있어."

"뭐에 관해서?"

"'두려움 없는 자' 로나, 이 잔인하고 매정한 여자야! 그냥 말해 주지그래."

"내 동생들이 당신의 번식적 가치에 대해 토론한 게 단서가 되지 않았어?"

"그 애들은 당신이 아니잖아, 로나. 난 당신에게 직접 듣고 싶어. 자, 말해 봐. 이 꼬리가 내 거야, 아니야?"

"내 꼬리는 내 거야, '끔찍한 자' 비골프."

로나가 한 걸음 다가서며 두 팔로 그의 어깨를 감쌌다.

"하지만 내 심장은…… 내 심장은 당신 거야. 이 순간부터 세상 끝나는 날까지."

비골프는 미소를 지었다. 양어깨에서, 거기 있는 줄도 몰랐던 육중한 무언가가 사라져 버린 느낌이었다. 그는 그녀에게 키스하고 더 가까이 당겨 안…….

"어이!"

갑자기 들려온 소리에 그들은 주춤 뒤로 물러났다. 하지만 멍하니 서 있는 말들 말고는 보이는 게 없었다.

"거기 당신들, 딴 데 가서 할 수 없어? 여긴 우리가 먼저 와 있었다고."

바이올런스가 들어 있는 칸의 바로 옆, 비어 있는 칸에서 들려온 목소리에 그들은 몸을 기울이고 안을 넘겨다보았다.

"그웬바엘!"

로나가 진저리를 치면서 머리를 내저었다.

"뭐? 난 잃어버린 시간을 보충하는 중이라고!"

"레이디 다그마."

비골프는 눈을 찡끗해 보였지만, 이 가엾은 여자는 벌거벗은 몸과 당황한 얼굴을 짝의 뒤로 감추느라 분주할 따름이었다.

"넌 새끼 때부터 그러더니, 어째 갈수록 더해 가니! 여긴 누구라도 불쑥 들어올 수 있는 곳이야. 우리가 바로 그랬지!"

로나가 사촌 동생을 쏘아보며 말했다.

"꺼지시죠."

"네 어머니한테 얘기할 거야!"

"언제는 안 그랬나, 떠버리 누나!"

비골프는 로나의 손을 잡고 밖으로 끌어낸 다음, 마구간 문을 닫았다.

"마구간이라고! 마구간에서 그 짓을 하고 있잖아! 말들이 가엾잖아!"

로나가 다시 한 번 진저리를 쳤다.

"그 건초 속에 뭐가 있을지는 또 누가 알겠어."

"으웩."

비골프는 웃음을 터트리며 이미 잡고 있는 손을 더 단단히 그러쥐고 말했다.

"가자. 내가 깨끗하고 향긋한 곳을 찾아낼게."

"그렇지, 내가 원하는 건 그 정도뿐이라고!"

39

사우스랜드 전역에 삼 주의 공식적인 애도 기간이 있었다. 왕국과 군주를 보호하다가 죽어 간 이들을 기억하고 기리는 시간이었다. 켈륀의 요청으로 아우스텔의 사체도 가반아일로 돌아왔고, 그의 영예를 기리는 장례의 장작더미가 타올랐다. 아우스텔의 일족을 비롯해서 드래곤 퀸과 그 자손들, 카드왈라드르 일족 모두가 참석한 자리였다. 그런 의식은 아주 슬픈 일이었지만 꼭 필요한 일이기도 했다.

마침내 애도 기간이 끝나자, 카드왈라드르 일족은 가반아일에서 축하연을 벌였다. 축하할 일들은 많았다. 마침내 전쟁이 끝난 것, 그 전쟁에서 승리한 것, 상병이 된 브란웬과 이지를 포함해서 전공을 인정받아 진급한 이들, 임박한 겨울의 끝과 다시 돌아오는 봄…… 그들이 생각해 낼 수 있는 온갖 것들을 축하하는 자리였다.

가반아일이 축제를 벌일 준비가 되어 있다는 것은 어느 모로 봐도 명백했다. 그리고 전쟁 기간 동안 어떤 일들은 다른 일들보다 더 오랜 변화, 더 큰 변화를 겪었다는 것 또한 분명했다.

탈라이스로서는 상당히 짜증스러운 일이었지만, 퀴비치들은 가반아일을 떠나지 않았다. 단순히 전쟁 하나가 끝났다고 해서 자신들의 임무—아이들을 지키는 일—도 끝난 것은 아니라는 주장이었다. 이 야만족 마녀들은 쌍둥이가 열여덟 살—더 이상 아이가 아닌—이 될 때까지 이곳에 머무르겠다고 선언했다. 그리고 새로운 평화의 시대를 맞아 모두가 건배를 들고 있는 동안에도, 가반아일의 성문과 성을 둘러싼 영토를 순찰하며 경계를 섰다.

'선택된 자' 렌은 자기 부모의 기별을 받고 이스트랜드로 돌아갔다. 그로서는 사우스랜드로 돌아올 의사가 충분하고도 남았지만 그 누구도, 심지어 렌 자신조차도 그것이 언제가 될지는 알 수 없었다.

케이타는 라그나와 함께 노스랜드로 가기로 했다. 물론 여전히 그를 짝이라고 부르는 것은 거절하고 있었지만 말이다. 로나 역시 비골프와 함께 노스랜드로 갈 예정이었다. 하지만 그녀는 기꺼이 비골프를 짝이라고 불렀고 훨씬 행복해 보이기도 했다.

마인하르트는 이미 자기 부대를 이끌고 노스랜드로 돌아가고 있었다. 아마도 축하연에서 춤을 추게 될까 봐 염려한 나머지 그랬을 것이라는 추측들이 돌았다. 그의 부대는, 라그나와 비골프의 어머니를 포함해서 축하연까지 머무를 생각이 없었던 노스랜드 여자들을 호위하는 임무를 맡아서 그녀들과 함께 떠났다.

밤이 깊어가고 술이 자유로이 넘실거릴 무렵이 되자, 이지는 뒷문을 통해 성을 빠져나왔다. 달은 둥그런 만월이었고 밤공기는 아직 겨울이 다 물러가지 않아 서늘하게 얼어붙어 있었다. 털코트든 망토든 드레스 위로 걸쳐 입어야 했을 테지만, 그녀는 누구에게도 들키지 않고 몰래 자리를 떠나고 싶었기 때문에 연회복 차림 그대로 나섰다.

뒷문에서 경계를 서고 있던 퀴비치들을 지나치면서 이지는 저도 모르게 미소를 지었다. 그녀는 가족들이 다시 모여 행복한 시간을 보내는 모습을 보고, 그들이 내는 소리를 듣는 게 좋았다. 음악 소리가 들리고, 그들이 춤을 추는 모습이 보였다. 심지어 그녀의 할아버지들조차 춤을 추고 있었다! 후손들이 무사히 집으로 돌아와 안전하게 모여 있다는 사실만으로도 그럴 만큼 행복한 것이리라.

나무들 사이로 나아갈수록 음악 소리가 점점 사그라졌다. 그리고 일 킬로미터쯤 더 가자 로즈힐이 나왔다. 이지는 언덕 꼭대기로 올라가 자리를 잡고 앉아, 아래쪽에 펼쳐진 땅을 내려다보았다. 그녀를 비롯해서 많은 이들이 목숨을 걸고 싸워서 지켜 낸 땅이었다. 멀리서 여전히 불타고 있는 장작더미는 웨스트랜더들이 남긴 모든 것을 끌어모아 태우는 것일 터였다. 다그마는 성 앞을 어지럽히던 그것들을 한데 모아 멀리로 보내고 그곳에서 일어난 일의 흔적이라 할 만한 것들을 말끔하게 치워 버렸다. 다그마가 처리한 일임을 감안하면, 다가오는 봄에 그곳에서 볼 수 있는 것이라고는 길게 자란 풀과 야생화뿐일 게 틀림없었다.

하지만 이지는 그 모습을 볼 수 없으리라. 더 이상 이곳에 있지 않을 테니까. 그녀는 다음 주에 배치받은 부대로 떠날 예정이었다. 어머니는 물론 전혀 달갑지 않을 테지만, 이지는 스스로도 놀랄 만큼 행복했다. 오 년의 전란이 끝나고 나자 그녀가 가장 간절하게 바랐던 것은 군대 생활—끼니마다 '참아 내야' 하는 수준의 음식, 침낭에서 때우는 불편한 잠, 자기 의사와 상관없이 수행해야 하는 명령들—로 복귀하기 전에 한 해 정도 휴가를 갖는 것이었다. 하지만 맙소사, 그녀는 벌써부터 그 생활로 돌아가고 싶었다. 군대 생활이 그리웠다. 그 모든 일을 겪은 지 얼마 지나지도 않았는데 말이다!

이지는 한숨을 내쉬고, 그녀가 다가가 앉은 옆자리의 남자에게 물었다.

"밤새 여기 나와 있을 거예요?"

"축하연에 있을 기분이 아니니까. 난 상관하지 말고 연회장으로 돌아가도 돼, 이지."

에이브히어는 여전히 정중했지만, 이지는 그의 말투에서 뭔가를 탁탁 쳐 내는 듯한, 전에 없이 차가운 울림을 감지했다.

"날 영원히 미워할 작정이에요?"

"난 널 미워하지 않아."

그녀가 뭐라고 말을 더하기도 전에 그가 덧붙였다.

"켈뤼도."

"그럼 당신이 미워하는 건 자신뿐이네요."

"아니, 나 자신도 미워하지 않아. 난 사우스랜드 드래곤이고 괄크마이 바브 과이어 가문의 왕자야. 내가 나를 미워하는 일 같은 건 실질적으로 불가능한 일이지."

이지는 그가 보지 못하도록 고개를 돌리고 웃음을 삼켜야만 했다.

"하지만 나 스스로에 대해 실망했느냐고 묻는다면, 친구의 죽음으로 마음이 완전히 뭉개져 버렸냐고 묻는다면…… 물론이야. 그럴 만하잖아?"

물론이야? 그럴 만해? 이지는 인상을 찌푸리며 말했다.

"아우스텔에 대해서는 정말 안됐어요."

그녀는 그 레드 드래곤을 딱 한 번 만났을 뿐이지만 아주 다정한 남자였다는 것은 기억하고 있었다. 아니, 그보다…… 애초에 누구도 그런 식의 죽음을 맞아서는 안 되는 거였다.

"하지만 그건 전사라면 누구나 감수해야 할 위험이잖아요. 그도 알고 있었을 테고…… 당신은 그 일로 스스로를 탓하……."

"제발 가라."

에이브히어의 그 한마디에, 이지는 날카로운 칼이 가슴에 박히는 느낌이었다. 살을 가르고, 근육을 끊고, 뼈 사이로 파고들어 심장에 곧장 와 닿는 차가운 금속 날의 느낌. 하지만 그녀는 더 이상 위로하려 들지 않고 자리에서 일어났다.

"미안해요, 에이브히어."

옷자락을 추스르며 그녀가 말했다.

"뭐가?"

"당신이 친구를 잃은 것. 그로 인해 당신이 느끼는 고통에 대해서도요."

이지는 한숨을 내쉬고 말을 이었다.

"그리고 켈뤼과 나 사이의 일을 당신이 발견하게 된 것도."

차가운 은빛 눈동자가 그녀를 올려다보았다.

"그래? 그게 네가 미안하게 생각하는 거라고?"

"그래요. 당신이 그런 식으로 우리 일을 알게 되기를 바라지는 않았어요."

"믿을 수가 없군. 정말 켈뤼이 입을 닫고 있을 줄 알았다고? 끝내 그 일을 내게 말하지 않고 혼자 간직할 거라고 생각했다는 거야? 너희 둘 사이에 일어난 일이 그토록이나 소중해서?"

"그건 그와 나 사이의 일이었으니까요. 하지만 당신을 아프게 할 생각은……."

"난 아프지 않아."

에이브히어가 천천히 몸을 일으켰다. 이지도 키가 큰 편이었지만 그가 완전히 서자 고개를 쳐들고 올려다보아야 할 정도—이런 경우는 별로 없었다—가 되었다.

"사실, 아무것도 느껴지지 않아. 너에 대해서도, 켈뤼에 대해서도, 심지어 아우스텔에 대해서도. 더는 아니야."

"그렇다면 내가 당신이 안됐다고 느껴야겠네요. 누구도 그런 식으로 삶을 보내서는 안 되니까요."

"그래? 그럼 모두를 위해 그저 고통 속에 몸부림쳐야겠군. 피

흘리는 상처투성이로 돌아다녀냐겠어. 그거 재미있을 것 같네."

"나쁜 일이 오면 좋은 일도 온다잖아요, 에이브히어."

"너 참 대단하다. 그 모든 일을 겪고도, 그 많은 것을 보고 그 많은 것을 잃고도, 네가 죽여야 했던 이들이며, 신들이 네 어머니와 앤벌과 너에게 저지른 짓이며, 널 노예로 만들기까지 했는데……."

그는 이지의 어깨를 가리켜 보였다. 오래전 뤼데르크 하일이 그녀의 살에 찍은 낙인이 있는 자리였다.

"그 모든 일에도 불구하고 감정에 대한 얘기나 하고 돌아다닐 수 있다니, 다른 이의 고통을 걱정할 수 있다니 말이야."

에이브히어가 터트린 웃음은 다시 이지의 가슴을 칼처럼 헤집어 놓았다.

"그것참…… 굉장해."

그 말을 끝으로 블루 드래곤 에이브히어는 언덕 아래로 내려가 버렸다. 하지만 그는 성으로 가지도 않았고, 일족에게로 가지도 않았다. 이지는 문득 그가 돌아오지 않을지도 모른다는 생각이 들었다. 에이브히어는 마인하르트를 따라가는 것이다. 그가 아는 모든 것, 모든 이를 떠나 노스랜드에서 새로운 삶을 시작하려는 것이리라.

그의 모습이 어둠 속으로 사라지기 전에 목소리가 들려왔다.

"잘 있어라, 이지. 행운을 빈다."

그 순간 이지는 자신의 생각이 맞았음을 알았다. 그리고 그가 완전히 사라지고 난 후에도 그대로 멍하니 서 있었다.

"너 괜찮니?"

언제부터 거기 있었는지 그녀 곁에 선 브란웬이 물었다.

"괜찮고말고."

"에이브히어가 얘기한 건 심각하게 받아들일 거 없어, 이지. 그는 그저······."

"꼭 이렇게 고약해야 하는 거야? 정말로?"

이지는 모든 드래곤이 나이를 먹어 가면서 겪어야만 한다는 변화에 대해 묻고 있었다.

브란웬이 머리를 저었다.

"팰의 경우······ 아니, 우리 모두 얼마간은 그랬지만 비참한 자기 영혼에 대해 징징거리거나 음울한 시집을 끼고 살거나, 대충 그래. 술집에 모인 아가씨들이 죽고 못 살지. 하지만 에이브히어처럼 그렇게······."

"텅 비어 버리지는 않는다고?"

"뭐, 난 '괴로워하지 않는다' 정도를 생각했지만······ 넌 언제나 나보다 극적이니까."

브란웬이 이지의 드레스—케이타가 골라 준 것으로 짙푸른 빛깔이 아름답게 반짝였다—를 슬쩍 당기며 물었다.

"좀 걸을래, 이지? 하고 싶은 얘기도 하고?"

이지는 두 눈을 잠깐 감았다 뜬 다음, 한숨을 내쉬었다.

"친애하는 내 친구, 내 일족 브란웬. 지금 내가 가장 하고 싶지 않은 게 바로 얘기라네. 난 술을 마시고 싶어. 춤을 추고 싶어. '비참한 자' 에이브히어는 깨끗이 잊고 싶다고."

브란웬이 그녀의 어깨에 팔을 걸치고 언덕 아래로, 성을 향해 이끌었다.

"앞의 두 가지라면 내가 도와줄 수 있어. 죽이게 쉬워. 하지만 마지막 건 못 해, 너 스스로 해야지."

이지는 다시 한숨을 내쉬었다.

"그래, 나도 알아."

축하연이 끝나고 일주일 후, 로나는 가반아일에서 백 리그쯤 떨어진 곳에 인간의 모습으로 앉아 어깨에 비골프가 '권리 주장' 낙인을 찍은 자리를 넘겨다보고 있었다. 로나의 일족과 달리 비골프의 일족은 번개로 낙인을 찍었고, 그녀는 입 밖으로 소리 내어 표현하진 않았지만…… 우왁!

"여기, 이게 고통을 달래는 데 도움이 될 거야."

비골프가 그녀 뒤에 웅크리고서 그 자리에 연고를 발라 주었다. 맙소사! 그는 정말이지 너무나 다정했다.

화염 드래곤 남자들은 고통을 오히려 오래 끌게 두는 편이었다. 그 고통으로 인해 자신이 누구의 짝인지를 거듭 확인하기를 바라는 것이다. 적어도 논리는 그랬다. 물론 여자들도 더하면 더했지 덜하지 않은 정도로 갚아 주긴 했지만 말이다.

"좀 나아졌어?"

"그래. 고마워."

그들은 라그나, 케이타와 헤어져 각자의 부대를 이끌고 노스랜드로 돌아가기로 했다. 일단 노스랜드로 돌아가면 다들 바빠지게 될 터였다. 퀸틸리안은 내전의 열기로 달아오르고 있었고 비골프는 자기 부대를 이끌고 가이우스와 합류할 예정이었다. 라그나와 마인하르트는 번개 드래곤이 집을 비운 틈을 타 노골적으로 국경을 넘어온 아이스랜드 드래곤들을 상대할 계획이었다. 로나는 우선 노스랜드 군대를 위해 무기를 만들어 주고 다음으로 퀸틸리안으로 향하게 될 터였다.

그러니까 지금은 둘이서만 따로 시간을 보낼 수 있는 짧은 휴가라고 생각할 수도 있었다. 물론 그들은 그 일분일초를 즐겁게 보내기로 했다.

비골프가 두 손으로 그녀의 얼굴을 부드럽게 감싸고 그녀의 눈을 똑바로 들여다보며 말했다.

"당신을 너무나 사랑해, 로나."

로나는 무릎걸음으로 다가가 그보다 깊은 키스를 돌려주었다. 그녀의 몸은 방금 그가 그녀를 취한 방식으로 인해 아직도 잔떨림이 멈추지 않은 상태였지만, 로나는 행복하게 몇 번이고 계속 그를 받아들일 수 있었다. 그녀는 살짝 몸을 떼고 말했다.

"나도 당신을 사랑해."

비골프가 그녀의 뺨을 다독이며 미소 지었다. 그리고 말했다.

"배고파 죽겠다."

로나는 눈알을 굴리며 대꾸했다.

"물론 그러시겠지."

"가서 먹을 걸 좀 잡아 올까, 아니면 도시로 들어갈까?"

"난 별로……."

로나는 미소를 지으며 일어섰다.

"뭐? 왜 그러는데?"

"봐."

로나는 그렇게만 말하고 달콤한 행복감을 느끼며, 몇 미터 밖에 서 있는 하얀 암말을 향해 다가갔다.

"안녕, 너구나. 다시 보게 돼서 진짜 반갑다."

암말이 주둥이를 비비자, 그녀는 암말의 이마를 톡톡 두들겨 주었다.

"잠깐!"

비골프가 그녀 뒤로 다가와 섰다.

"얘가 여기 있다는 건, 근처 어딘가에 그 망할 개자시…… 으어어어어!"

로나는 어깨 너머를 돌아보았다. 예의 밤색 종마가 비골프를 들이받고는 바닥에 나가떨어진 그를 우두두 밟고 지나갔다. 그리고 다시 돌아오더니 뒷발로 쿵쿵 밟고, 발굽으로 드래곤을 두들겨 대기 시작했다.

로나는 암말 친구를 부드럽게 쓰다듬으며 말했다.

"둘 다 정말 한심하다니까!"

그리고 친구에게 몸을 더 기울이며 속삭였다.

"하지만 맙소사, 난 입 밖으로 소리 내 말할 수 있는 것보다 훨씬 더 그를 사랑한단다. 정말이지 믿기지 않을 만큼 한심하다 해도 말이야."

두 여자는 나란히 서서 각자의 남자를 바라보았다.

"이 사기꾼 개자식아!"

비골프가 제대로 된 주먹질 한 방으로 종마를 뒷걸음질 치게 만들고는 소리쳤다.

"오, 둘 다 그만 좀 하지그래!"

야단치듯 한마디 던진 로나는 다시금 암말 친구에게 주의를 돌렸다. 두 천치에 대한 사랑이라는 진한 유대감이 그녀들을 묶어 주고 있었다.

"둘 다? 둘 다라니! 얘가 먼저 시작했다고!"

《나를 사랑한 드래곤》 끝